KB237048

無敵世家

무적세가

김수겸 新무협 판타지 소설

FANTASTIC ORIENTAL HEROES

무적세가 3

김수겸 新무협 판타지 소설

초판 1쇄 찍은 날 § 2007년 12월 13일
초판 1쇄 펴낸 날 § 2007년 12월 24일

지은이 § 김수겸
펴낸이 § 서경석

편집장 § 문혜영
편집책임 § 심재영
편집 § 유경화

펴낸곳 § 도서출판 청어람
등록번호 § 제1081-1-89호
등록일자 § 1999. 5. 31
어람번호 § 제2-1363호

주소 § 경기도 부천시 원미구 심곡1동 350-1 남성B/D 3F (우) 420-011
전화 § 032-656-4452 팩스 § 032-656-4453
http://www.chungeoram.com
E-mail § eoram99@chollian.net

ⓒ 김수겸, 2007

ISBN 978-89-251-1071-4 04810
ISBN 978-89-251-1015-8 (세트)

무적세가

3

질풍(疾風)

김수겸 新무협 판타지 소설
FANTASTIC ORIENTAL HEROES

도서출판 청어람

第一章 하남풍운

無敵世家

하남성(河南省).

중원의 중앙에 자리하고 있다 말할 수 있으며, 땅 또한 비옥해 밀 생산지로도 이름이 높은 곳이다.

북쪽은 하북성, 북동쪽은 산동성, 동쪽은 안휘성, 남서쪽은 호북성, 서쪽은 섬서성, 북서쪽은 산서성과 접하고 있는 요지 중의 요지.

또한, 개봉부와 낙양, 정주 등 고래로 널리 알려진 도시들이 즐비한 성으로 이곳에는 유달리 무림의 대파들이 많이 자리하고 있었다.

특히, 등봉현에는 무림의 태산북두 소림파가 자리하고 있

고, 개봉부에는 구파일방 중 일방(一幇)으로 꼽히는 개방이
자리하고 있었다.

소림파와 개방이 자리하고 있다 보니 하남성에서는 무림
세가의 영향력이 막강한 편은 아니었다.

더욱이 하남성 제일의 세가로 일컬어지는 서문세가(西門世
家) 역시 무림오대세가에 비해서는 여러모로 손색이 있다 보
니 더욱 그러했다.

그런 서문세가의 당대 가주 서문정우는 낙양 초입까지 나
와 누군가를 간절히 기다리고 있었다.

"올 때가 되었는데……."

시간이 지나도 기다리고 있는 사람이 나타나지 않자 초조
한 기색으로 연신 고개 너머를 살피고 또 살폈다.

그렇게 한참을 더 기다리고 있을 때였다.

마침내 저 멀리서 소규모 행렬이 보이기 시작했다.

"그럼, 그렇지. 그리 간절히 청했는데 그냥 지나칠 리가 있
나?"

서문정우는 크게 반색을 했다.

그의 시선은 이제 막 고개를 넘기 시작한 남궁유한 일행에
게 향해 있었다.

안휘성 합비를 떠난 남궁유한 일행은 하남성에 들어서자
마자 계속 서문세가주 서문정우에게서 하룻밤 유하기를 청한
다는 서신을 받아왔다.

남궁유한은 하루라도 빨리 하북팽가에 들른 후 영산 백두로 향하고자 하는 생각으로 가득했었다.

그러나 남궁세가를 떠나기 전 철대선생이 당부했던 말이 떠올랐다.

"사십만 리 바닷길을 잇는 것도 중하나, 할 수 있음에도 육지의 길을 잇는 것을 굳이 마다할 필요는 없습니다."

육지의 길이란 것이 무엇이겠는가?

사람과 사람, 세력과 세력을 잇는 합종연횡이었다.

하남성은 중원 길의 중심, 그 중심에 자리하고 있는 것이 서문세가였다.

호북성 제갈세가와 호남성 단목세가에 철저히 견제를 받아 그 기를 펴지 못하고 있는 서문세가.

그러나 기회만 한번 주어진다면 지리적 이점을 살려 크게 비상할 수도 있는 곳이었다.

그런 서문세가에서 가주까지 직접 나서 지극 정성으로 여러 차례 청하니 한번쯤 만나보아도 나쁠 것은 없다 싶었다.

남궁유한은 서문세가 가주로 보이는 서문정우가 보이자 말에서 내렸다.

먼저 머리를 숙이고 들어왔다 해서 상대를 무시하는 것은 오만한 짓.

마땅히 말에서 내리는 하마(下馬)의 예를 갖춰 서문정우를 대하는 것이 당연하다 여겼다.

'남궁세가주가 패도를 추구한다 하여 내심 걱정했더니 최소한 예는 알고 있는 이로구나.'

서문정우가 그 모습을 보고는 그리 생각하며 남궁유한에게 다가왔다.

탁!

그가 힘차게 포권을 하며 자신을 소개했다.

"서문세가의 가주를 맡고 있는 서문정우라 하오."

"남궁세가의 소가주 남궁유한이오."

그러자 곁에 있던 팽강 또한 포권을 했고, 당가의 당호유도 자신의 신분을 밝혔다.

"처음 뵙겠소이다."

서문정우가 팽강과 당호유에게도 예를 갖춰 인사를 했다.

서문세가 입장에서는 남궁유한이 가장 큰 손님인 것은 확실했으나 팽강과 당호유 또한 중한 손님이었다.

"이처럼 귀한 분들이 초대에 응해주시니 이 서문정우는 크게 감격했소. 자, 이제부터 내가 길을 안내하겠소이다."

삼십대 초반으로 한 세가의 가주치고는 젊은 편에 속하는 서문정우가 낙양 중심가에 자리하고 있는 서문세가의 장원으로 남궁유한 일행을 안내했다.

남궁유한 일행이 도착하자 서문세가의 정문은 물론이고

세가의 모든 출입구가 활짝 열렸다.

손님을 진심으로 환영하며, 극진히 대하겠다는 명확한 의사 표현이었다.

착! 착! 착! 착!

정문의 문턱을 넘자마자 서문세가에 속한 무사들이 모두 도열해 남궁유한 일행을 맞았다.

"남궁세가의 소가주님을 뵙습니다!"

수백에 달하는 무사들이 우렁찬 목소리로 일제히 소리치자 그 또한 장관이었다.

남궁유한은 서문세가 무사들이 풍기는 기세를 살피며 속으로 생각했다.

'흠, 나쁘지는 않구나. 몸 전체에서 맑은 기운을 절로 풍기니 내공의 기초 공부는 튼튼할 것이고, 자세 또한 그에 못지않게 굳건하다. 더욱이 눈빛에도 정광이 서려 있으니. 노력한다면 후일 대성할 재목들 또한 여럿 보인다. 서문세가의 미래가 어둡지만은 않겠다.'

그렇게 생각하며 이미 연회 준비를 해놓은 대청으로 향했다.

주인인 서문정우는 귀한 손님인 남궁유한에게 연회의 상석을 권했다.

"어머니께서 계신데 어찌 아들인 제가 상석에 앉을 수 있겠소?"

남궁유한이 그리 거절하자 서문정우가 그 부분은 미처 생각하지 못했다는 듯 가볍게 머리를 쳤다.

"이 사람의 생각이 짧았소이다."

그러며 서문정우는 태상부인 당혜를 직접 모시고 와 상석을 권했다.

무림오대세가는 아니라 해도 하남성의 패주로 불리는 서문세가의 가주가 직접 예를 갖춰 당혜를 모시는 것.

남궁유한이 나타나기 전까지 온갖 설움을 겪어야 했던 당혜였기에 상석에 앉으며 절로 흐뭇한 마음이 될 수밖에.

'얼마 전까지만 해도 내 어찌 이런 대접을 상상할 수 있었겠나? 이것은 다 유한이 네 덕인 것이다.'

당혜가 연신 미소를 지으며 남궁유한을 따스한 눈길로 바라봤다.

당혜를 처음으로 남궁유한 일행이 차례대로 좌석에 착석을 했다.

곧 상다리가 휘어질 정도의 산해진미가 차려진 상들이 연이어 나왔고, 악사들이 흥겨운 풍악을 울리기 시작했다.

또한, 빼어난 무희들이 춤을 추며 연신 흥을 돋웠다.

서문정우는 남궁유한 곁에 앉아 이런저런 얘기를 나누었다.

동시에 팽강과 당호유와도 연신 너털웃음을 터뜨리며 교분 쌓기에 여념이 없었다.

술도 몇 순배 돌자 분위기는 더할 나위 없이 화기애애했다.

그러자 그동안 기회를 노리고 있던 서문정우가 태상부인 당혜에게 정중히 말했다.

"태상부인께서 연극 보기를 무척 즐긴다 들었습니다."

"그렇습니다만."

"그중에서도 삼국지연의를 좋아한다 들었는데, 맞는지요?"

극진한 대접에 무척 흐뭇한 상태이던 당혜가 바로 답했다.

"서문가주께서 그런 세세한 부분까지 알고 계셨습니까?"

"귀한 분들이 오신다기에 알아보았을 따름입니다. 듣지 못했다면 모를까 그 얘기까지 듣고 이 사람이 어찌 지나칠 수 있겠습니까? 준비한 것을 보여 드리도록 해라."

서문정우가 주위에 명하자 서문세가 무사들 몇이 대청 맞은편의 장막을 내렸다.

장막이 내려진 곳에서는 이미 화려한 의상과 함께 분장을 끝마친 배우들이 무대에서 극을 시작하라는 명만 기다리고 있었다.

"정말 귀한 손님들이니 최고의 무대를 부탁하네."

서문정우의 말에 배우들 중 우두머리로 보이는 자가 허리를 숙이며 답했다.

"극히 당연한 분부이십니다. 최선을 다하겠습니다."

그러더니 배우들의 우두머리가 오늘 펼칠 부분에 대한 간락한 설명을 시작했다.

"오늘 보일 대목은 유비가 조조와 손권의 양 세력 틈바구니에 끼어 무수히 핍박받으며 그 뜻을 펼치지 못해 좌절하는 부분입니다. 그리고 뒤이어질 대목은 천하를 떠돌던 유비가 공명 제갈량을 만나 꺾인 날개를 펼치고 비상하는 부분입니다. 이것들의 재주가 모자라다 너무 타박하지 마시고, 흥겨이 보아주시면 기쁘기 한량없을 것입니다."

그가 그리 말하고는 곧바로 극을 시작했다.

분위기를 띄우는 악사들의 연주도 훌륭했고, 배우들의 연기 또한 출중했다. 간혹 펼쳐지는 배우들의 익살에 좌중이 온통 웃음바다가 되기도 했다.

특히 조조와 손권의 틈바구니에 끼어 핍박받는 유비의 신세가 너무나 처량하게 느껴졌다.

큰 뜻을 품고 있으나 주위 환경이 너무나 척박한 유비. 두 세력이 유비를 대놓고 핍박하는 대목에서는 태상부인 당혜와 남궁아연, 당산산 등의 여인들은 옷소매로 눈시울을 적시기까지 할 정도였다.

"저런 패악한 것들이 다 있나……."

어느새 연극에 완전히 몰입해 버린 당혜가 자신도 모르게 그리 소리칠 정도였다.

그러다 어느 순간 그토록 고생하던 유비가 삼고초려를 통해 와룡(臥龍) 제갈공명을 만나게 되자 연극을 보던 이들이 자신의 일인 양 기뻐하며 두 주먹을 불끈 쥐었다.

"그래, 그래야지. 뜻을 품은 자, 마땅히 그 뜻을 펼칠 수 있어야지."

당혜가 무릎을 탁 하고 치며 크게 기뻐했다.

제갈공명의 도움을 받은 유비는 천하삼분지계를 통해 위, 촉, 오의 삼국정립(三國鼎立)을 이뤄내며 그 뜻을 펼치기 시작했다.

그런데 연극에 완전히 몰입해 있는 다른 이들과는 달리 무심한 표정으로 극을 바라보고 있던 남궁유한.

그는 주위를 둘러보며 연극을 즐기기보다는 비장한 표정으로 서 있는 서문세가 무사들을 바라봤다.

'역시나 숨겨진 뜻이 있었나⋯⋯.'

이 연극의 의미를 짐작한 남궁유한이 가볍게 미소를 지으며 서문정우에게 말했다.

"제갈공명이라⋯⋯. 내 얼굴에 너무 금칠을 해주시는구려."

그 말에 서문정우가 일순 놀랐다.

'말하지 않아도 이미 짐작하고 있었는가? 남궁세가 소가주가 범상치 않은 인물이란 소문이 자자하더니⋯⋯.'

서문정우는 그러며 곧바로 평정심을 되찾고는 말했다.

"⋯이미 느끼셨소? 무례했다면 사과드리오."

"가주의 뜻을 충분히 읽었소이다."

남궁유한의 말에 서문정우가 무언가를 다짐한 듯 말했다.

"나에게는 이미 조조와 손권의 틈바구니에서 고생하는 관우와 장비 같은 의형제들이 있소이다."

관우와 장비 같은 의형제들이 있다?

"그들의 이름을 물어도 되겠소?"

"산동에서 황보씨를 쓰는 이가 장비이며, 강소에서 양씨를 쓰는 이가 관우 형제요."

그 대답에 남궁유한이 크게 흥미를 보였다.

"그럼, 그들과 함께 삼국지연의처럼 삼국정립이라도 해보시려 그러하오?"

서문정우가 침을 꿀꺽 삼키더니 속내를 밝혔다.

"일단은 핍박이라도 그만 받았으면 하는 뜻으로 뭉친 것이오. 우리가 무엇을 하려고만 하면 호북성과 호남성의 제갈세가와 단목세가가 오대세가란 이름으로 찍어 누르니 숨통이 막혀 살 수가 없을 지경이오. 쥐도 궁지에 몰리면 고양이를 문다 하지 않았소이까?"

남궁유한이 웃었다.

"찍어 누르려는 세력이 호북성과 호남성의 두 세력이 아니라 안휘성과 하북성, 그리고 멀리 사천성 세력으로 단순히 바뀔 수도 있을 것인데……."

서문정우가 잠시 주저하더니 말했다.

"우리가 바라는 것은 한 가지요. 뜻을 품었으니 마땅히 펼칠 자리를 달라는 것이오. 뜻을 품었으되 역량이 모자란다면 깨끗이 승복할 수 있으나, 아예 뜻을 펼칠 기회조차 갖지 못하면 비분강개할 수밖에 없소."

그는 말을 이었다.

"소가주가 오대세가의 평화시대는 끝났다라고 선언했을 때, 우리 삼형제는 크게 기뻐했소. 백 년을 기다려 마침내 기회를 얻었다며 말이오."

"쉽지는 않을 것이오. 우리와 팽가, 당가가 연수를 했다 해도 제갈과 단목가를 멸문시키는 것은 우리 쪽에서도 무수한 피의 대가를 치러야 할 것이니. 또한, 우리 스스로도 그들을 그리 만들 생각까지는 없소."

남궁세가, 하북팽가, 사천당가가 힘을 모았다 해도, 제갈세가와 단목세가를 몰락시키는 것이 쉬운 일은 아니다. 또한, 억지로 그리 만들 생각도 크지 않았다.

물론 두 세가가 몰락을 자초하는 일들을 행한다면 상황은 달라지겠지만.

"거기까지는 바라지도 않소. 그저 뜻을 품은 자, 자유로이 그 뜻을 펼칠 수 있는 자유로운 강호를 바랄 뿐이오."

"자유로운 강호라……. 만약 제갈세가와 단목세가의 핍박이 사라진다면 어찌할 생각이오?"

"경쟁을 할 것이오. 정당한 경쟁을 통해 우리의 역량을 시험해 볼 생각이오. 당대에 능력이 되지 않는다면 다음 대에,

그리고 그다음 대에라도 계속 도전해 볼 것이오. 우리 또한 천하제일세가를 노리고 있소이다!"

오대세가에도 들지 못하는 서문세가의 가주치고는 웅대한 포부를 가지고 있었다.

남궁유한은 자신 앞에서 솔직하게 뜻을 밝히는 서문정우가 그리 미워 보이지는 않았다.

"그런 뜻을 품고 있다면 필연적으로 우리나 팽가, 당가와도 부딪쳐야 할 것이오. 천하제일의 자리를 노리는 곳은 많으나 그 자리는 오직 한 가문만이 얻을 수 있는 것이니."

그 소리에 근처에서 청력을 돋우어 묵묵히 듣고 있던 팽강과 당호유가 민감하게 반응했다.

'당연히 그러하겠지. 우리 세가 또한 뒤지고 싶은 생각은 없다!'

팽강과 당호유가 동시에 그리 생각했다.

"이 사람은 지금 이 시기를 적벽대전이라 생각하고 있소. 적벽대전 후 천하가 삼분됐소. 우리는 일단 남궁, 팽가, 당가를 한 세력으로, 단목과 제갈가를 한 세력으로, 그리고 우리 삼형제와 뜻을 같이하는 군소세가를 모아 결성한 한 세력으로 강호 재정립을 원하고 있소. 그 이후에 하늘에 뜻이 닿는다면 누구라도 천하에 홀로 우뚝 설 수도 있을 것이오."

강호의 세가 세력을 삼분한다는 소리에 남궁유한이 웃으며 팽강을 바라봤다.

"우리가 너무 밑지는 장사가 아닌가? 특히 팽가 입장에서는 코밑에 호랑이가 웅크리는 격이 될 것이니."

하북성에 자리하고 있는 팽가 입장에서는 하남성의 패자 서문세가를 더욱 민감하게 느낄 수도 있는 문제였다.

그러나 이전부터 권모술수나 부리고 기득권을 통해 새 세력의 등장을 막는 현 체제에 불만이 많았던 팽강이다.

강호에 물이 고이다 못해 썩어가는 현실, 그는 현재의 강호를 재정립하고 싶었다.

"실력만 된다면 무슨 상관이겠습니까? 처음에야 밑질 수도 있으나 크게 보면 강호 전체가 크게 득을 보는 일이 될 것을요. 현재의 강호는 그 어느 때보다 허약한 상태입니다. 경쟁하고, 서로를 넘어서겠다는 의지가 있어야 강호가 활발해지고 발전이 있을 것입니다. 물론 우리 팽가는 경쟁에서 뒤질리가 없을 것이고. 하하하!"

사실이 그러했다.

정마대전이 발발하기 이전의 강호는 역사상 최약체였다. 이는 정파들은 물론 마도의 종주인 십만마교조차도.

그로 인해 정마대전이 발발하고서도 절대고수들의 대결로 단기간에 승부가 가려지기보다는 천하를 피로 물들이며 지루한 소모전이 백 년 동안이나 이어졌던 것.

'역시나 강호 전체의 역량을 발전시켜야 할 것인가? 강호 전체의 힘이 강성해야 정마대전의 발발을 막을 수 있다. 또

한, 지금 이 시대로 넘어온 혈세신마나 그 제자들과 앞으로 넘어올 마인들에게도 대항할 수 있겠지.'

남궁유한은 강호 전체를 꿰뚫는 큰 그림을 그리고 있었다.

어차피 단목세가나 제갈세가 따위가 남궁유한의 적은 아니었다. 가깝게는 이 시대로 넘어온 마도시대 마인들이 그의 적이며, 멀리는 정마대전의 발발을 막아야 하는 것.

한 사람이라도, 한 세력이라도 자신에게 힘을 보태주는 우군이 돼주겠다면 거절할 이유가 없었다.

그리고 육지에도 길을 이어볼 생각이었다.

대륙 전체를 관통하는 강호의 큰 길을!

남궁유한은 자신의 뜻을 밝힌 후 그가 어찌 나올지를 몰라 초조해하고 있던 서문정우에게 말했다.

"그 뜻, 받아들이겠소. 내가 얼마간은 유비인 가주를 돕는 제갈공명이 되어주리다."

남궁유한이 서문정우에게 손을 내밀었다.

"그, 그래 주시겠소?"

서문정우가 남궁유한의 손을 덥석 잡으며 크게 기뻐했다.

"오늘의 일, 죽을 때까지 잊지 않을 것이외다."

남궁세가, 그리고 팽가가 뒤에서 버텨주면 제아무리 제갈세가와 단목세가라 해도 서문세가를 핍박하기가 쉽지 않다.

이제야말로 서문세가가 순수한 실력으로 한번 강호에 나서볼 수 있게 된 것.

"와아아아아~!"

그 소리에 서문정우뿐만 아니라 서문세가 무인들 전체가 크게 환호했다.

"서문세가 이백 무인들은 남궁세가와 남궁유한 소가주님의 이름을 영원히 가슴에 새겨놓을 것입니다!"

무인들은 남궁유한에게 크게 감사하며 소리쳤다.

"날아보자! 우리도 강호를 향해 훨훨 날아보자!"

그런 그들을 보며 남궁유한이 속으로 생각했다.

'철대선생, 이 정도면 천하양분지계의 시작으로서 훌륭하지 않소이까?'

남궁유한의 최종 목표가 십만마교임을 밝혔을 때, 철대선생은 곧바로 한 가지 의견을 내놓았다.

"십만마교가 자리하고 있는 청해성은 대륙의 가장 서쪽에 위치한 곳입니다. 반대로 남궁세가가 위치한 안휘성은 대륙의 동쪽이지요. 호남과 호북, 섬서를 관통하는 큰 선을 경계로 광동, 절강, 강소, 안휘, 하남, 산동, 하북이 포함된 동쪽에 강력한 세를 구축하는 것입니다. 서쪽에서 최강이라 할 수 있는 십만마교가 안휘까지 오려면 무수한 장벽을 거쳐야만 하도록 말입니다. 그 거리와 장벽만으로도 우리가 무슨 일을 도모하든 십만마교는 쉬이 움직이지 못할 것입니다."

동쪽을 관통하는 세를 구축한다는 것은 결국 각 성의 패주라 할 수 있는 세가들과 손을 잡는다는 것과 동일한 의미.

어쩌면 지금 서문세가를 도와봐야 별 이득이 없을 것이고, 훗날 새로운 경쟁자를 맞이해야 할지도 모른다.

그러나 그것은 좁은 관점, 크게 보면 강호를 부흥시키는 첫걸음이 될 것이다.

마도시대를 산 남궁유한은 지금 시대 사람들과 시각 자체가 달랐다.

그날 하루, 서문세가 사람 전체는 남궁유한 일행을 성심을 다해 극진히 대했다.

그동안 제갈세가와 단목세가에 억눌려 온 서문세가에서 보면 남궁유한은 구세주이자, 대협 중의 대협이었기에.

다음날, 낙양을 떠나는 곳까지 배웅을 나온 서문정우가 남궁유한의 두 손을 잡은 채 말했다.

"소가주, 언제든 불러만 주시오. 이 서문정우와 서문세가는 천 리를 마다 않고 달려가 소가주를 도울 것이오. 소가주의 적은 이 서문정우의 적, 진정한 강호를 위해 기꺼이 한 손 거들 것이오."

서문정우가 신의를 담아 그리 말하자 남궁유한이 화답했다.

"나는 허언을 하지 않소. 돕겠다 했으면 도울 것이고, 신의를 지키겠다 하면 지킬 것이오. 우리, 새로운 강호를 위해 꿈을 꿔봅시다!"

"물론이오."

그러며 서문정우가 뒤에 도열하고 있는 서문세가 무사들에게 명했다.

"마음 같아서는 내가 직접 소가주 일행과 함께하고 싶으나 가진 바 능력이 부족해 해야 할 일도 제대로 못하고 있소. 그래서 내 동생 서문선우와 세가의 정예 몇을 동행시킬까 합니다."

그는 팽강을 바라봤다.

"팽 대공자, 내 동생에게 일러 팽가주님을 뵙고 우리의 뜻을 전할까 하오."

"아버님께서도 서문세가가 진실로 큰 뜻을 세웠다면 기꺼이 반기실 것입니다. 아버님은 머리보다는 가슴으로 사시는 분이니."

그 소리에 내심 서문세가 식솔들이 팽가에서 박대라도 당하면 어쩌나 싶었던 서문정우가 크게 웃었다.

"하하하! 가슴으로 산다라……. 언제 한번 팽가주님을 뵈었으면 좋겠소이다. 가슴으로 사는 법도 배우고 말이오."

서문정우는 이렇게 친히 멀리까지 나와 배웅하는 것은 물론 남궁유한 일행에게 일일이 인사를 하며 모두를 극진히 대했다.

사람을 진심으로 대하는데 그 누가 호감을 품지 않을 수가 있겠는가?

"다음번에 기회가 되면 꼭 남궁세가에 초대하도록 하겠습니다. 물론 숙부님이 허락하셔야 하겠지만."

남궁아연은 서문정우가 무척 마음에 들었는지 평소에는 잘 하지 않던 말까지 했다.

"아연아, 걱정 말거라. 네가 청하지 않아도 내가 그리할 생각이었으니."

남궁유한이 호탕하게 웃으며 서문정우와 마지막 인사를 나눴다.

그 후 남궁유한 일행은 하남성 북서쪽에 자리한 낙양에서 북동쪽에 자리한 개봉부로 방향을 잡았다.

며칠 후, 개봉부 초입에 당도한 남궁유한 일행은 개봉에 자리한 청류문(淸流門)이란 곳에 들렀다.

서문세가를 떠난 후 일정이 약간 지체된 것에는 이유가 있었다.

하남성에 기반을 둔 군소문파들이 계속해서 남궁유한 일행에게 꼭 한번 들러달라 부탁을 했기 때문이었다.

어느 날 홀연히 등장해 몰락할 대로 몰락한 남궁세가를 단번에 부흥시켰다.

제갈세가와 단목세가를 패퇴시키고, 유성검 단목대운마저 일패도지시킨 풍운아를 만나 교분을 쌓기 위함이었다.

남궁유한도 일정이 늦어지는 것을 감수하면서까지 그들의 청을 일일이 들어줬다.

흩어진 그들의 힘은 모래알처럼 미약할지라도 그들이 한데 모여 바람을 탄다면 세상을 집어삼키는 대막의 용권풍 같은 거대한 모래바람이 될 수 있기 때문이었다.

애당초 이번 길의 목적 중 하나가 강호에 새로운 바람을 일으키기 위함이었다.

그런 남궁유한의 의도는 정확히 먹혀들었고, 하남성 강호에는 일대 광풍이 휘몰아치고 있었다.

'남궁유한'의 이름과 남궁세가의 명성이 하남성을 쩌렁쩌렁하게 울리고 있었다.

"허~ 이거 정말 대단하군요. 하남성 사람들이면 숙부님의 이름을 모르는 이가 없게 되었습니다. 하하하!"

팽강이 너털웃음을 터뜨렸다.

"사촌이 땅을 사도 배가 아프다더니, 이거 아버님께도 팽가에만 계시지 말고 천하 일주라도 하며 숙부님처럼 바람을 일으켜 보라 청해야 할 듯합니다."

남궁유한과 남궁세가 바람이 일어나니 팽강은 흐뭇하기도 했으나 내심 질투가 나는 것도 사실이었다.

그러나 그는 그 질투심마저도 남궁유한에게 솔직히 밝혔다.

"하하하! 솔직한 것이 자네의 장점이기는 하지."

"저는 너무 솔직해서 탈이지요. 세가 어른들은 이런 제 성격을 두고 크나큰 흠이라고도 한답니다. 당최 속마음을 숨길 줄을 모른다면서 말입니다.”

남궁유한이 그런 팽강을 보며 속내를 조금 밝혔다.

“…나는 그래서 자네가 더욱 마음에 든다네.”

진심은 서로 통한다 했던가?

그 말이 가식이 아닌 진심임을 느낀 팽강은 가슴이 뿌듯했다.

‘정말 좋은 이를 만났다. 아연이의 숙부만 아니었다면 평생을 같이할 지기가 됐을 것이다. 이래서 사람은 많은 것을 보고, 수많은 사람들을 만나봐야 하는 것이다. 팽가의 가주도 좋으나, 이대로 천하를 주유하며 자유롭게 사는 것도 나쁘지는 않을 것 같구나.’

팽강은 불현듯 팽가로 돌아가는 것이 답답하게 느껴졌다.

이번에 돌아가면 세가 어른들에게 잡혀 한동안은 세가 안에서 꼼짝도 못하고 눌러앉아 있어야 할 것 아닌가?

‘진정 자유로운 강호를 꿈꾸는 나는 도리어 갇혀 살아야 한다니. 역설적인 얘기로구나.’

팽강은 언제나 자유로울 것만 같은 남궁유한을 부러운 듯 바라보며 물었다.

“숙부님, 오늘 밤에 기루에 가신다지요?”

“왜, 따라오고 싶은가?”

“하하하! 이 팽강에게는 연 매뿐입니다. 천하제일의 기녀들이 탄 만 대의 수레를 이 팽강 앞에 데려온다 해도 이 사람은 그 수레만 팔아먹고 오리발을 내밀 것입니다. 여인에게는 눈도 돌리지 않을 생각이지요.”

“그런데 어찌 기루에 가는 것을 묻는가?”

“정녕 몰라서 묻는 것입니까? 당 소저가 동행하고 있는데 숙부님께서 기루를 찾는다면, 모양새가 그렇지 않습니까?”

남궁유한이 미소를 지었다.

“선약이 있네.”

“선약이요? 개봉에 아는 이가 있었습니까?”

“그렇다고도 할 수 있고, 아니라고 할 수도 있겠네.”

아리송한 대답에 팽강은 의문을 품었다.

그러나 대장부가 풍류를 즐기러 기루에 가는 것이 크게 책잡힐 일도 아닌지라 더 이상은 묻지 않았다.

“어쨌든 기루에 가는 것이니 당 소저에게 오리발은 확실히 내밀어야 합니다. 흠, 그럴 것이 아니라 제가 오리를 한 마리 잡아와 오리발만 따로 가져옵니까? 하하하!”

연신 농을 던지는 팽강을 보며 남궁유한이 웃었다.

“사람 참, 싱겁긴!”

남궁유한이 그리 말하더니 초설과 매타자, 그리고 아평과 아소 형제를 거느리고 개봉제일루로 불리는 청롱루(靑瓏樓)로 향했다.

술과 여자를 찾아 청롱루를 찾은 사내들로 북적이는 입구에 들어서자 여인들이 남궁유한 일행에게 달려들었다.

"정말 잘생긴 공자님이시네. 이 매향이 오늘 밤 꼭 공자님을 모시고 싶사와요."

얼굴에 진한 화장을 한 매향이란 기녀가 남궁유한에게 엉겨 붙었다.

"이, 이거 놓지라. 왜 붙잡고 늘어지고 그런다요? 노, 놓지라."

매타자는 무수히 달려드는 기녀들을 떼어내느라 곤욕을 치르고 있었다.

묘한 일이었다.

제법 잘생긴 외모를 가진 남궁유한보다는 얼굴만 따지면 보잘것없는 매타자에게 기녀들이 와르르 몰려들고 있는 것은.

기녀 하나가 매타자의 몸을 주물럭거리며 호들갑을 떨었다.

"어머, 어머. 이 팔뚝. 이 복근. 그리고 이 우람한 허벅다리. 가히 밤의 황제라 해도 모자람이 없겠네."

"번쩍이는 대머리, 저 육중한 느낌의 큰 코, 그리고 강한 허벅다리. 강한 남성의 상징이로세."

"이분과 하룻밤만 운우지락을 나눠도 몇 달은 골병들지도 모르겠네에~"

"그것이 두려우면 내가 모시마. 이 설향이는 진짜 사내 품에 안길 수만 있다면 열흘이고, 한 달이고 일을 못해도 좋으니."

졸지에 밤의 황제, 강한 남성의 상징이 되어버린 매타자였다.

그가 기루에 들어서자 처음 몰려들었던 기녀들은 물론이고 주변에 있던 다른 기녀들까지 일제히 몰려들었다.

"어머, 어머. 어찌 저리 강하게 생기셨을까."

심지어 성질 급한 기녀들은 매타자의 양다리 사이에 손을 집어넣기도 했다.

그런데 다리 사이로 손을 집어넣어 본 기녀 하나가 벌렁 뒤로 나자빠지며 크게 소리쳤다.

"에구머니나! 이것이 당최 무엇이라니?"

또 다른 기녀가 대경실색을 했다.

"천하의 대, 대물이로세."

"손님, 돈은 받지 않겠수. 그러니 제발 딴 곳 가지 말고 우리 기루로 오십시오. 오늘 밤 손님 품에 안겨 완전히 녹아내리고 싶으니!"

기녀들이 매타자를 거의 보쌈이라도 할 기세로 와르르 몰려들어 매타자 주위를 감쌌다.

그에 크게 당황한 매타자가 남궁유한을 바라봤다.

"어, 어찌……."

매타자는 말도 제대로 잇지 못하며 소가주를 바라봤다.

그런데 남궁유한은 무언가 기분 상한 일이 있는 듯 매타자의 시선을 외면했다.

"가세! 이런 귀한 분을 오늘 놓치면 기녀로서 천하에 고개를 들고 다니지 못할 것이야!"

"맞아요, 맞아요."

그사이 매타자는 별다른 저항 한번 하지 못하고 기녀 무리에게 보쌈(?)을 당하고 말았다.

"…흠흠!"

남궁유한은 그저 헛기침 몇 번 하고 말 뿐이었다.

그런 그들을 향해 아직 남아 있던 기녀 몇이 다가오더니 말했다.

"아이구, 꼬마 공자님들이 일찍 세상에 눈을 뜨셨네. 나는 이런 영계가 좋더라."

"호호호! 키워서 잡아먹는 맛이 또한 별미지."

기녀들이 풍만한 젖가슴에 아평과 아소 형제의 얼굴을 끌어당기더니 말했다.

"어린 공자들, 극락을 멀리서 찾을 것 없어요. 바로 이곳이 극락이니."

그때, 사방 천지에 색기를 흘리는 기녀 하나가 초설에게 다가왔다.

"이분은 색다른 취향을 지니신 듯하군요. 여인이 기루를 찾는다 함은 여색을 즐기시는 분이시려나?"

여인이 여색을 즐긴다 함은…….

초설이 그 황당한 말에 앙칼지게 소리쳤다.

"헛소리 그만 지껄여라!"

"아잉, 너무 부끄러워하신다아~ 이리, 이리 손을 집어넣어 보셔요. 소녀는 이미 흥건히 젖어 있으니……."

기녀가 교태를 부리며 자신의 치맛자락을 들어 올리더니 초설의 손을 잡아끌어 안으로 집어넣으려 했다.

그러자 초설이 크게 화를 내며 주작투혼수의 금나수법으로 여인에게서 자신의 손을 빼더니 여인의 팔을 꺾었다.

"아얏~!"

탁!

그리고는 비명을 지른 여인을 저 멀리로 밀어냈다.

전에 기녀 생활을 했던 초설이 유달리 민감하게 반응하며 기녀를 향해 살기를 뿜어냈다.

초설은 예전의 그녀가 아니었다.

짧은 기간이었으나 남궁세가에서 고련에 고련을 거듭해 상당한 수준에 오른 여고수로 변해 있었다.

그녀가 한 수만 출수해도 이곳은 당장 피바다로 변할지도 모를 일.

"그만!"

남궁유한이 엄하게 소리치자 순간 흥분해 자신도 모르게 살수를 쓰려던 초설이 정신을 차렸다.

"너는 아직 멀었다. 그 정도 일로 흥분하다니."

그 말에 초설이 심하게 부끄러워하며 고개를 숙였다.

"죄송합니다, 소가주님!"

남궁유한이 초설을 향해 인상을 한번 쓰더니 여전히 기녀들 젖가슴에 파묻혀 있는 아평과 아소에게 말했다.

"그리 좋으면 계속 게 있고, 아니라면 당장에 빠져나오너라."

그러자 아평과 아소가 단박에 기녀들의 품에서 벗어나 남궁유한 뒤에 섰다.

아평과 아소 형제는 이제 막 성에 눈을 뜰 나이, 지분 향내와 여인의 부드러운 살결에 휘말려 정신을 제대로 차리지 못했다.

남궁유한이 그 모습에 혀를 차며 말했다.

"한심한 녀석들! 하지만 누구를 탓할까? 초설은 세상의 쓴맛 단맛을 다 보아서 탈이고, 아평과 아소는 세상에 무지해서 그런 것을. 조용히 따라오너라!"

남궁유한이 인상을 구기며 청룡루 안으로 들어서자 초설과 아평, 아소 형제가 고개를 숙인 채 뒤를 따랐다.

일행은 곧 기루에서 일하는 한 기녀의 안내를 받아 조용한 방으로 안내되었다.

일행이 자리에 앉자 곧 술상이 나오고 늙은 여인 하나가 안으로 들어왔다.

"특별히 찾으시는 아이가 있으십니까?"

남궁유한이 짧게 말했다.

"나는 서른두 번째 막둥이 연꽃을 부리는 사람이네."

그 소리에 늙은 여인이 긴장하기 시작했다.

"무엇으로 그것을 입증하시겠습니까?"

그러자 남궁유한이 품에서 작은 패 하나를 여인 앞으로 던졌다.

"이것이면 된다 들었네."

여인은 그 소리를 듣고는 패를 유심히 살피더니 조심스럽게 물었다.

"패는 확실하나 일이 중하니 재차 확인을 해야 할 것 같습니다. 먼저 읊어주시겠습니까?"

그러자 남궁유한이 입꼬리를 씰룩거리더니 말했다.

"黃山四千刃(황산 사천길 높이에)."

그러나 늙은 여인이 대구(對句)로 답했다.

"三十二蓮峰(서른 두 개의 연꽃 봉오리)."

남궁유한이 이어갔다.

"丹崖夾石柱(빨간 벼랑에 돌기둥들)."

여인이 화답했다.

"菡萏金芙蓉(도톰한 연꽃과 금빛 연꽃)."

그러더니 크게 절을 하며 여인이 말했다.

"곧 오실 것입니다."

여인은 곧장 방을 나갔다.

그리고는 일다경 정도가 흘렀을까?

다시 방문이 열리며 한 여인이 안으로 들어왔다.

여인은 일체의 화장도 없는 맨 얼굴이었고, 머리카락도 제 멋대로 잘라 마치 녹슨 가위로 억지로 쥐어뜯은 것만 같은 모양새였다.

입고 있는 옷도 낡디낡아 구멍난 곳이 눈에 보이는 천이든 뭐든 아무것으로나 덧대어놓은 볼품없는 것이었다.

그러나 그 어떤 것으로도 그녀의 타고난 아름다움을 감출 수는 없었다.

초설이 소주제일기녀라 불릴 정도로 대단한 미모를 지녔으나, 오히려 이 여인과 비교하자니 많은 손색이 있을 정도였다.

특히, 신비하고 깊은 갈색 눈동자가 유달리 사람의 눈길을 끌었다.

여인은 방에 들어오자마자 다리를 쩍 벌리고 바닥에 앉더니 술병을 통째로 들고는 벌컥벌컥 마시기 시작했다.

"캬아~ 아! 술맛 조오~ 타!"

여인은 입가로 샌 술을 소매로 닦아내며 말했다.

"막둥이는 잘 있소?"

남궁유한이 묘한 매력을 뿜어내는 여인을 보더니 웃었다.

"잡놈이 원래 생명력이 끈질기니까."

"그 잡놈, 입은 가볍지, 엉덩이에는 천근추 신공이라도 펼쳐 놓았는지 더럽게 움직이기도 싫어하는 게으른 놈이지. 게다가 돈은 또 지랄 맞게 밝혀요. 게다가 머리는 멍청해서 비어(秘語) 바뀐 지가 언제인데 예전 비어나 가르쳐 주고 말이야.”

복삼이 가르쳐 준 비어는 이미 때 지난 비어였던 것.

“제대로 된 비어를 말하면 금빛 연꽃이 도리어 의심할 거란 잡놈의 말이 딱 맞는군.”

여인이 닭다리 하나를 집어 우걱우걱 씹어 먹으며 말했다.

“우걱우걱! 하긴 제대로 된 비어가 나왔으면 나는 걸음아 날 살려라 하며 남쪽 끝 해남도까지 도망쳤을 것이긴 하네.”

여인은 뱃속에 거지가 들었는지 술상의 안주로 차려진 음식들을 쉴 새 없이 집어먹으며 물었다.

“뭐 그건 그렇고, 당신이 그 남궁유한이오?”

남궁유한이 고개를 끄덕였다.

그러자 여인이 다짜고짜 손을 내밀었다.

“돈부터 내슈!”

“얼마나?”

“한 1만 냥쯤?”

은자 1만 냥이란 거금을 다짜고짜 청했음에도 남궁유한은 이유조차 묻지 않았다.

품에서 전표 한 장을 꺼내 그녀 앞에 내려놓았다.

"하하하! 돈이 생겼으니 가서 계집질이나 해야겠구나."

여인은 남자처럼 웃으며 기상천외한 말을 했다.

그러더니 말했다.

"몇 놈 드릴까?"

"많으면 많을수록 좋지."

"요즘 같은 불경기에 하는 일도 없이 곡식만 축내는 식충이들 깡그리 보내 남궁세가 곳간에 쌓인 곡식이나 모조리 해치우라 해야겠구나."

남궁유한이 그 소리를 듣더니 웃으며 물었다.

"요즘이 불경기요?"

"물론이지. 자고로 우리 같은 것들은 칼이나 검 든 놈들이 배 터지게 피를 흘려야 호경기를 맞는 법이거든. 오대세가의 평화시대 아니오? 게다가 한 칼 한다는 십만마교 것들은 청해산 십만대산에서 복날 황구마냥 한없이 늘어져만 있으니 우리 사업이 잘될 턱이 있겠수? 사실 우리는 피를 먹고사는 것들이거든."

여인이 마파람에 게 눈 감추듯 술상에 차려진 음식을 해치우며 신세한탄을 했다.

"정보 하나에 야명주나 금자 수만 냥씩을 던져 준다는 얘기는 활극에나 나오는 얘기지. 불경기는 계속되는데 딸린 식구들은 많고, 정 안 되면 내가 몸이라도 팔 생각이었수다. 하하하!"

입이 걸진 여인을 보며 남궁유한이 웃었다.

남궁유한은 그 말이 맞다 생각해 고개를 끄덕였다.

그러며 확신에 찬 어조로 말했다.

"곧 근자에 보기 드문 호경기를 맞을 것이오."

"어라, 잡놈 말에 잘생긴 오라버니가 가끔 점도 본다더니, 사실인가 보네. 그러나 하오문이 호경기를 맞으면 우리는 좋으나, 천하는 불행할 것인데……."

같은 정보라도 시류에 따라 그 가치가 하늘과 땅 차이다. 세상이 혼란스러우면 정보의 가격은 천정부지로 치솟고, 세상이 평화로우면 아무리 은밀한 정보라도 하찮은 것이 되고 마는 것이다.

"그런데 한 가지만 물읍시다."

여인의 물음에 남궁유한이 고개를 끄덕였다.

"어디서 오셨수?"

갑자기 남궁세가에 나타난 남궁유한의 배경을 묻는 것.

"맞혀보게나."

"아마도 십만대산일 것 같기는 한데……."

"그리 추측한 이유는?"

그러자 여인이 또다시 손을 내밀었다.

"이 얘기를 듣는 데도 돈을 내야 하나?"

"말했잖수, 딸린 식구가 많다고. 그리고 남궁세가를 통째로 집어삼킨 분이 왜 이리 쩨쩨하게 구실까?"

“훗!”

남궁유한이 품에서 전표 한 장을 더 꺼내서 건넸다.

여인이 그 전표의 숫자를 확인하더니 흐뭇한 미소를 지으며 입을 열었다.

“사람이란 어느 날 갑자기 하늘에서 뚝 떨어지는 것이 아니거든. 더욱이 고수라 하는 종자들은 다 배경이 있기 마련이지. 우리 하오문은 구파일방은 물론이고 오대세가와 여타 세가들, 그리고 군소문파들의 인적 구성을 낱낱이 꿰고 있거든.”

여인이 다시 술로 목을 축이더니 말을 이었다.

“그런데 그 정보들을 아무리 뒤져도 당신은 나오질 않더란 말이야. 소주 이화장원에서 보표 생활을 했다는데, 거기 뒤를 파보려다 우리가 크게 피를 봤지. 젠장, 봉황궁의 지부인 줄 알았다면 얼씬도 하지 않았을 것을.”

그러더니 다시 손을 내밀었다.

“이화장원에 접근했다 피 본 우리 아이들 목숨 값도 내셔야겠수다.”

남궁유한이 이번에는 군말없이 전표를 내놓았다.

“이화장원이 봉황궁의 지부라는 비밀까지 알고 있는 자? 그렇다면 간혹 수십 년 동안 죽어라고 산속에서 수련을 해 뜬금없이 강호에 나타나 우리 인명록에 없는 고수일 리는 없다는 결론이 나오지. 우리 인명록에는 없는데 뜬금없이 나타난

자도 아니다? 이 두 가지를 연결시켜 보면 결국 십만대산에서 왔다는 얘기지. 우리가 아무리 피를 먹고살아도 십만대산에는 얼씬도 하기 싫거든. 그것들 손속이 워낙 독랄해야 말이지."

세상에 온통 뻗어 있는 하오문이라 할지라도 십만마교는 극히 두려워하는 것 같았다.

"어때, 내 말이 틀리오?"

"하하하! 그대는 너무 많은 것을 알고 있군. 죽어줘야겠는걸?"

남궁유한의 유쾌한 웃음에 여인 또한 화답했다.

"하하하! 이미 내 목숨줄은 당신이 잡고 있지 않소? 그대가 십만대산에 올라 나에 대해 소리치면 나는 그날로 죽은 목숨이니까. 그러니 너무 걱정 마슈. 죽을 때까지 당신 배경은 비밀로 할 터이니. 그 대신……."

여인이 또다시 손을 내밀었다.

"헐! 그대의 목줄을 내가 잡고 있다 하지 않았나?"

"그건 그거고, 내가 입 다물어주는 값도 내주셔야지."

"오늘 제대로 털리는군 그래."

남궁유한이 전표를 내놓았다. 그러며 말했다.

"그렇다면 나 역시 내가 십만대산에 올라 그대에 대해 입을 다물어주는 대가를 그대도 치러야 하겠는걸?"

그러자 여인이 갑자기 코맹맹이 소리를 내며 어울리지도

않는 교태를 떨었다.

"아잉~ 오라버니, 가진 것은 이 몸뚱이 하나뿐인데 이것으로 어찌어찌 안 될까요?"

남궁유한이 웃었다.

"저리 가게. 사내도 아니고, 여인도 아닌 이와 어울렸다가 나에 대해 나쁜 소문이 날까 두려우니."

"호호호! 지금 이 자리에서 바지를 내릴 것이니 사내인지 계집인지 직접 확인해 보시렵니까?"

그러며 여인이 바지를 내리려는 시늉을 했다.

"차라리 잘됐수다. 돈도 안 되는 하오문주 해가며 애들 먹여 살리느라 허리가 다 휘어질 지경이었소. 이참에 남궁세가 소가주 첩실로나 들어가 호사나 한번 누려보렵니다."

여인은 막무가내로 옷을 벗으려 했다.

"됐네, 됐어."

"아잉~ 소녀가 겉만 보면 부실해 보여도 옷을 벗으면 꽤 쓸 만하답니다. 그러니 부디 거절치 마시고……."

엽기적인 여인이었다.

"되었다는데도. 나는 자네보다는 단목과 제갈세가에 흐르는 암류에 대해 알고 싶네."

그러자 여인이 다시 손을 내밀려 했다.

남궁유한이 재빨리 그 손을 접게 만들며 말했다.

"나는 이제 빈털터리라네. 가진 것은 그것 두 쪽밖에는 없으이.”

여인의 분위기에 휩쓸렸는지 남궁유한 또한 농을 던졌다.

“그러시다면 제가 선심을 쓰지요.”

여인은 남궁유한이 이미 그것을 원할 것을 예측하고 있었는지 품에서 조그만 책자 하나를 꺼냈다.

“보시고 부족하다 싶으면 언제든 아이들을 시켜 연락하십시오.”

남궁유한은 그 책자를 잠시 살피더니 고개를 끄덕였다.

“많은 도움이 될 것 같군.”

그러더니 여인을 바라봤다.

“그대가 하오문주인 금빛 연꽃인 것은 알고 있으나, 정작 그대의 이름은 듣지 못했군.”

“듣고 싶으십니까?”

남궁유한은 복삼에게서 ‘문주의 이름을 들어봐야 득 될 것 하나 없다’는 말을 듣긴 했으나 궁금한 것은 어쩔 수가 없었다.

“정 듣고 싶으십니까?”

남궁유한이 고개를 끄덕였다.

그러자 여인이 잠시 고민을 하기도 하고, 일견 부끄러운 기색마저 보였다.

그러다 마침내 결심을 했는지 아랫입술을 앙다물며 말했다.

“…복순(福純)입니다.”

“풉!”

곁에서 잠자코 듣고만 있던 아평과 아소 형제의 입에서 웃음이 터져 나왔다.

남궁유한도 조금은 당황하며 물었다.

“복삼처럼 이름이 촌스러워 밝히지 않으려 한 것인가?”

그러자 하오문주 복순이 웃으며 말했다.

“호호호! 나는 일전에 맹세를 한 것이 있지요. 내 이름을 들은 남자를 지아비로 삼겠다구요. 북해빙궁이나 봉황궁 같은 신비문파의 여인들은 이름 자체에 큰 의미를 두어 그런 관습을 유지하지 않습니까?”

그 의외의 답에 남궁유한이 아차 싶었다.

‘복삼이가 문주의 이름을 들어봐야 득 될 것이 없다 했는데…….’

남궁유한이 약간 후회하며 급히 자리에서 일어섰다.

“그럼, 나는 이만 가보겠네. 다음에 기회가 되면 또 보도록 하지.”

그러자 하오문주 복순이 미소를 지으며 말했다.

“이미 이름을 말해 버렸으니 소녀는 소가주님을 평생의 지아비로 알고 섬기겠나이다. 빠른 시일 내에 소녀의 머리를 올려주시옵소서.”

님궁유한은 그 말에 답하지 않고는 서둘러 방을 나섰다.

그런 남궁유한을 보며 하오문주 복순이 속으로 웃었다.

'십만대산에서 온 것 같아 엄청난 대마귀로만 예상했더니, 의외로 순수한 사내로구나. 그런데 소가주, 너무 걱정 마시오. 내 이름을 이미 알고 있는 사내들만 벌써 서른두 명을 헤아리니. 흐흐흐!'

그녀는 속으로 유쾌하게 웃으며 남궁유한이 사라진 쪽을 한동안 바라봤다.

"또 봅시다, 서른세 번째 서방님!"

그리고 그 다음날 아침.

청룡루 기녀들에게 보쌈을 당해 끌려간 매타자가 바지춤을 들어 올리며 성큼성큼 청류문을 향해 걸어갔다.

"소리만 요란했지 별것도 아니여. 나는 처음에 수십의 여인들에게 강제로 당하는 것 같아 걱정했더만 암것두 아니었지라. 저 정도라면 하룻밤에 수백, 수천이라도 너끈하겠구만."

밤의 황제(?), 강한 남성 매타자는 다리를 후들거리기는커녕 지난밤보다 몇 배는 힘이 넘치는 위풍당당한 걸음으로 일행이 묵고 있는 청류문을 향했다.

그런데 매타자가 떠나자마자 곧바로 청룡루 입구에는 조그만 알림판 하나가 걸렸다.

장기휴업(長期休業)!

청룡루 안에서는 지난밤 거대한(?) 폭풍이 휩쓸고 지나간 후 들릴 듯 말 듯 기녀들이 끙끙 앓는 신음 소리가 바람을 타고 들려왔다.

第二章 하북팽가

無敵世家

남궁유한 일행은 개봉부를 떠나 하북팽가가 자리한 하북성 석가장(石家莊) 대신 산동성부터 먼저 들렀다.

일행이 가장 먼저 방문한 곳은 산동성 제남(濟南)에 위치한 황보세가였다.

서문세가 서문정우에게 소식을 전해 들은 황보세가 가주 황보만영은 남궁유한 일행을 최고의 귀빈으로 접대했다.

황보세가에서 짧게 머문 남궁유한 일행은 산동성에 자리한 또 다른 세가인 산동악가로 향했다.

산동악가, 악가창법(岳家槍法) 하나만은 무림의 일절로 꼽히는 전통의 세가였다.

그러나 이제껏 무림오대세가는 물론 십대세가에도 한번 꼽히지 못할 정도로 고만고만한 세가였다.

어쩌면 세가라는 이름보다는 악가장(岳家莊) 정도로 불리는 것이 오히려 더 어울릴 정도의 조그만 세가.

그러나 산동악가가 자리한 곳은 해안 지역인 위해(威海)였다.

산동성에서 새의 부리처럼 툭 튀어나온 지점에 위치한 위해는 해동 땅과도 지척지간에 있고, 장성 너머 북방 땅과도 바닷길로 바로 연결되는 곳이었다.

어쩌면 북쪽으로 향하는 최고의 요지에 자리한 것이 산동악가일지도 몰랐다.

'위해와 인근 지역을 잡고 있는 산동악가와는 반드시 손을 잡아야 한다.'

남궁유한은 사십만 리 바닷길을 잇기 위한 일환으로 이곳이 반드시 필요했다.

그래서 무림에서 그 위상이 무척 낮은 산동악가를 방문해서도 유달리 많은 신경을 썼다.

"남궁세가의 소가주께서 우리 악가를 이리도 진심을 터놓고 대해주니 이 악모는 어찌 대처해야 할지 모르겠소."

산동악가 가주 악산평은 눈가를 촉촉이 적시며 크게 감격했다.

"우리 앞으로 많은 교분을 나눕시다. 우리 남궁세가는 악가를 남이라 생각하지 않으니.”

“이 악모 역시 남궁세가를 형제로 생각하겠소이다.”

남궁유한이 악산평의 손을 정겨이 잡아주며 말했다.

“우리 함께 큰 뜻을 펼쳐 봅시다!”

서로의 뜻을 나눈 후 아쉽게도 남궁유한이 하북성으로 향하게 되자 악산평은 십 리 밖까지 배웅을 나와 그를 환송했다.

남궁유한은 그런 악산평을 보며 환하게 웃어주며 하북성 석가장으로 방향을 틀었다.

그리고 며칠 후, 남궁유한 일행은 마침내 하북팽가의 영향권 안으로 들어갔다.

그러자 곧바로 딱 보기에도 명마임에 확실한 말에 올라탄 흑색 무복 차림의 무사들이 남궁유한 일행을 향해 다가왔다.

하나같이 눈에 정광이 서려 있고, 동작 하나하나에는 절도가 있었다. 풍기는 기세를 보건대 하나같이 절정의 고수들임에 틀림없었다.

그들은 말에서 내리더니 가장 먼저 남궁유한을 향해 힘차게 포권을 했다.

“하북팽가 폭풍삼십육도객의 수객 팽영우가 남궁세가 소가주님을 뵙습니다!”

오늘의 하북팽가를 있게 한 네 가닥 바람[風] 중 최강으로 손꼽히는 폭풍삼십육도객의 수객 팽영우였다.

하북팽가는 무가 중의 무가(武家)!

허례허식을 싫어하며 겉치레에 신경 쓰는 세가가 아니다.

귀인이 팽가를 방문하면 다른 곳처럼 접객당의 누구나, 세가의 총관 같은 이들이 맞이하지 않는다.

방문자의 중요도에 따라 폭풍, 질풍, 은풍, 광풍의 수객이나 차객이 나온다.

그런데 오늘은 폭풍삼십육도객의 수객인 팽영우가 직접 영접을 나온 것!

하북팽가가 남궁유한 일행을 얼마나 귀히 대하고 있는지를 이 하나만으로도 여실히 알 수 있었다.

범상치 않은 기세를 풍기는 팽영우를 바라보며 남궁유한이 말했다.

"내가 남궁유한이오."

남궁유한의 뒤를 이어 몇 달 동안의 여행을 끝내고 본가로 돌아온 팽강이 웃으며 말했다.

"당숙, 못난 조카 돌아왔습니다."

그러자 팽영우가 크게 웃었다.

"네가 못난 것은 알고 있나 보구나? 가주 형님께서 네 녀석 주리를 틀겠다며 지금 단단히 벼르고 있는 중이니라. 하하하!"

"그러니 당숙께서 아버님께 잘 말씀해 주서야지요. 이처럼 어여쁜 며느릿감과 함께 왔는데 말입니다."

팽강이 마차에 타고 있는 남궁아연을 가리키자 팽영우가 조심스럽게 다가가 포권을 했다.

"처음 뵙겠습니다. 팽가의 영우입니다."

마차를 가리고 있는 주렴을 거두며 남궁아연이 그에게 인사를 했다.

"남궁가의 여식 아연입니다."

아연의 얼굴이 살짝 보이자 팽영우가 말했다.

"강호에 천하사미 중 은서란이 가장 아름답다 하더니 헛소문이 아님을 오늘에야 알겠습니다. 강이 녀석이 정신 못 차릴 법도 합니다. 하하하!"

"별말씀을요. 그리고 제가 아랫사람이니 말씀을 낮추셔도 괜찮을 것 같습니다만……."

그러자 팽영우가 정색을 했다.

"그럴 수 없습니다. 제가 한 항렬 위라 하나 소저는 곧 팽가의 안주인이 되실 분, 팽가에 그런 법은 없습니다. 이 팽영우, 소저를 세가의 안주인으로 생각하고 모실 것입니다."

"그러나……."

그러자 팽강이 말했다.

"연 매, 당숙의 말이 맞아. 팽가의 안주인은 팽가 사람이면 누구나 존대를 하게 되어 있어. 팽가가 불학무식한 사내놈들만 있는 것 같아 보여도 여인에 대해서는 끔찍이도 위하거든. 아버님도 그러다 한때는 팔불출 소리까지 들으셨으니.

하하하!”

“이 녀석아, 그런 중한 비밀을 이리 함부로 발설하면 어찌하느냐? 세가 최대의 비밀인 것을.”

팽강과 죽이 잘 맞는 팽영우가 유쾌하게 웃으며 남궁유한 일행을 팽가로 안내했다.

곧 팽가의 장원이 눈에 들어오기 시작했다.

그런데 팽가가 자리한 장원은 평범한 장원이 아니라 마치 조그만 성을 방불케 할 정도였다.

근 삼 장 높이의 담벽이 십 리 이상 길게 늘어져 있었다. 그리고 담벽 위에는 성벽의 망루와 같은 감시대마저 곳곳에 설치돼 있을 정도였다.

또한, 담 아래에는 작은 도랑이 담을 타고 쭉 이어져 있어 마치 성벽의 해자(垓子)와도 유사한 기능을 할 것만 같았다.

더구나 뒤편에는 강을 등지고 있고, 좌우 측에는 인공적으로 심어놓은 수목림이 빽빽하게 자리하고 있었다.

그러니 하북팽가 안으로 들어갈 수 있는 길은 오직 하나, 지금 남궁유한이 가고 있는 곳뿐이었다.

‘공성전에는 아는 바가 없으나 내가 보기에도 팽가의 장원은 가히 난공불락의 요새라 할 만하구나. 이 길 하나만 틀어막고 있으면 그 어떤 세력도 감히 팽가를 범할 수 없을 것이니.’

남궁유한이 그리 생각하고 있을 때, 팽강이 장원을 가리키며 말했다.

"황상 폐하께서 그간 저희 세가의 헌신과 노력에 답하는 의미로 내린 곳입니다. 이전부터 북경으로 통하는 군사적 요충지로 '석가철벽(石家鐵壁)'이라 불렸던 이름난 요새였었지요."

남궁유한도 그에 동의하며 말했다.

"팽가가 이제는 세가가 아니라 천하제일의 군벌 가문이 되간다 하더니 그 말이 사실이었던 게로군."

"그런 말도 있기는 하나 저희 팽가는 어디까지나 강호의 세가입니다. 황상 폐하께서 팽가병을 귀히 여기시고, 저희 팽가도 신하 된 도리로 폐하를 따르는 것이 마땅한지라 어쩌다 그리됐을 뿐이지요."

이런저런 얘기를 나누며 팽가로 향하는 외길을 따라 걷다 보니 황제의 친필 편액이 눈에 들어오기 시작했다.

그리고 그 편액 아래로는 간편한 흑의를 입고 있는 중년 사내가 굳건한 모습으로 서 있었다.

하북팽가를 상징하는 색 흑(黑), 그에 가장 잘 어울릴 것만 같은 중년인이었다.

부리부리한 눈, 사내다운 굵은 얼굴선, 그리고 입까지 굳게 다물고 있어 의지가 굳다는 인상을 절로 풍기는 사내였다.

'도왕(刀王) 소리를 듣는다는 당대의 팽가 가주 팽가우인가.'

천 명의 사람 속에 묻혀 있어도 단숨에 알아볼 수 있을 것만 같은 특별함을 풍기는 도왕 팽가우였다.

전신을 흐르는 기세만으로도 그 뒤로 도열하고 있는 수백 흑의 무사들 전체를 완전히 압도하고도 남음이 있었다.

그는 남궁세가의 청죽고검처럼 팽가를 상징하는 흑운도(黑雲刀)를 가슴 위로 힘차게 들어 올리며 소리쳤다.

"내가 팽가우외다!"

그에 이어 수백 흑의 무사들이 일제히 흑운도를 치켜들었다.

탁!

수백이 도를 치켜들었음에도 마치 한 사람이 치켜든 것처럼 단 한 번의 짧고 굵은 소리만이 들려왔다.

그리고는 일사불란한 움직임으로 한 치의 오차도 없이 크게 소리쳤다.

"하북팽가가 남궁세가 소가주를 뵙습니다!"

출정을 앞두고 사기가 하늘을 찌르는 정예 군대의 사열식을 방불케 하는 광경이었다.

남궁유한이 그런 팽가인들을 보며 검을 들었다.

그리고는 바닥을 향해 강하게 내리찍었다.

쿵!

단단한 벽돌 바닥에 통째로 꽂힌 군자검이 굉음을 발했다.

"고금제일 천추무적 남궁세가의 가주 남궁유한이오!"

광오한 첫 인사였다.

'고금제일(古今第一)…….'

'천추무적(千秋無敵)…….'

'다른 곳도 아닌 우리 하북팽가 앞에서…….'

하북팽가 무인들의 가슴속에서 일제히 무언가가 꿈틀거리기 시작했다.

이들 스스로도 믿고 있으며, 천하 사람들 또한 하북팽가를 이렇게 말한다. '당대의 천하제일가는 하북팽가!' 라고.

아무리 남궁세가의 소가주라 하나 이런 팽가의 안방에서 저리 광오한 말을 내뱉다니.

또한, 하북팽가의 중요 지위에 있는 이들은 그다음 말도 귀에 거슬렸다.

'오대세가의 평화시대를 끝내겠다 선언했다 하나, 아직 오룡제가 살아 있는 것을…….'

'오룡제의 추인도 받지 않고 남궁세가의 가주를 칭하다니.'

'저자는 어떤 자인가?'

하북팽가 전체의 눈이 오만함을 풀풀 풍기는 남궁유한에게 향했다.

팽가주 팽가우 또한 그런 남궁유한을 흥미로운 눈으로 바라봤다.

그러다 돌연 그가 크게 웃었다.

"하하하하! 남궁세가에서 대단한 사내 하나를 소가주로 내세웠다더니 사실이었구려. 그러나 나는 직접 칼을 섞어보기 전에는 그 누구도 인정하지 않소."

팽가우가 그러더니 자신의 흑운도를 들었다.

"소가주가 고금제일 천추무적을 말할 자격이 있는지 직접 입증해 보시오. 그렇다면 나 팽가우, 평생 소가주와 같은 하늘을 바라볼 것이니!"

그 소리에 팽강이 깜짝 놀라 소리쳤다.

"아버님, 남궁세가의 소가주입니다!"

팽가우가 아들 팽강을 바라보며 미소를 지었다.

"아비를 닮을 것이 없어 팔불출 소리를 들었던 아비의 그런 점을 닮았더냐?'

"아버님, 그것은……."

"하하하! 책하고자 함이 아니다. 자고로 사내란 한 여인에게 목숨 거는 순정 또한 필요한 법. 뜨거운 가슴으로 사랑할 줄도 알아야 하는 법이다."

그 말에는 팽강 또한 절로 고개를 끄덕였다.

그러나 팽가의 가주와 남궁세가의 소가주가 도와 검을 맞부딪친다?

이 방문은 화의를 다지고, 양 세가의 연수를 논하기 위한 자리였다.

그런데 비무는 필연적으로 승패가 갈리며 우열을 따지게

되기 마련이다.

다른 곳도 아니고 남궁세가와 하북팽가를 상징하는 두 사람 중 누구 한 사람이 패하게 된다면?

그 후유증은 상상을 초월할 것이다. 어쩌면 패한 쪽에서는 마음속에 깊은 앙금이 남게 될지도 모를 일.

'말려야 한다. 자칫 모든 것을 그르칠 위험이 있다.'

팽강이 그렇게 판단하며 막 나서려 했다.

"하하하! 팽가의 가주가 성미가 불같은 반면에 화통하다 들었소. 또한, 주변의 헛된 이목을 두려워하지 않고 마음이 시키는 대로 하는 장부라는 얘기도."

남궁유한의 말에 팽가우가 웃었다.

"세가의 윗대 어른들께서는 이런 팽가우를 일컬어 아직 철이 덜 들었다 하오. 하나 육체가 나이 들어가는 것은 별로 개의치 않으나 마음이 노회해지는 것만은 참을 수 없소. 머리보다는 가슴이 시키는 대로 사는 영원한 청년이고 싶다오."

탕! 탕! 탕!

팽가우가 자신의 가슴을 세 번 두드렸다.

"이 가슴이 소가주와 한번 겨뤄보라 아우성치고 있소. 소가주를 보자마자 멈췄던 내 심장이 다시 뛰기 시작했소이다. 내 가슴에 불을 지른 그대가 책임져야 할 것이외다."

가슴으로 말하는 사내 팽가우를 보며 남궁유한이 크게 웃었다.

“하하하! 그 책임지겠소이다. 또한, 추후에 이 남궁유한의 가슴에 불을 지른 가주 또한 적잖이 책임을 져야 할 것이오.”

“좋소. 좋소이다!”

스윽!

성질 급한 팽가우가 먼저 도를 뽑았다.

그러자 뒤편에 도열해 있던 팽가의 가신들이 그런 팽가우를 말렸다.

“가주님, 잠시 마음을 가라앉히시지요.”

그런 가신들을 향해 팽가우가 엄히 명했다.

“조용히 하라. 나는 팽가의 가주다!”

“하오나…….”

“팽가에서 그 누가 나 팽가우가 하겠다는 일에 대해 왈리왈시(曰梨曰杮, 쓸데없는 간섭과 참견을 하다)하느냐? 내가 곧 팽가다!”

‘내가 곧 팽가다’ 라는 말 한마디에 벌 떼처럼 일어났던 가신들이 일제히 입을 다물었다.

팽가 가주의 권위와 장악력은 가히 무소불위인 것으로 보였다.

그 모습을 보며 남궁유한이 말했다.

“내가 곧 팽가라는 그 말, 앞으로 나 역시 요긴하게 써먹겠소.”

그러더니 팽가우를 바라보며 소리쳤다.

"내가 곧 남궁세가요!"

스윽!

남궁유한 역시 군자검을 뽑았다.

세가를 대표하는 두 사람이 당장에라도 맞부딪칠 것처럼 보이자 팽강이 급히 소리쳤다.

"더 이상 말리지는 않겠습니다. 하오나 이곳은 팽가의 정문입니다. 세가 안에 마련된 조용한 연무장으로 가심이……."

그 말에 팽가우가 화를 냈다.

"사내들이 승부를 가리는 데 있어 대로변이면 어떻고, 연무장이면 어떻다더냐? 잔꾀 부리지 마라. 둘 중 한 사람이 패한다 해도 체면 깎일 일도 없고, 일이 틀어지지도 않을 것이다. 이 녀석, 장부는 가슴으로 살아야 한다 누누이 강조했건만 잔꾀만 늘었구나."

부담이 되는 일.

비무를 말릴 수 없다면 차라리 누구도 승패를 알 수 없도록 조용한 곳으로 안내하고자 했다. 그렇다면 외부에 이 사실이 알려져 이러쿵저러쿵하는 구설수는 피할 수 있다 여겼다.

또한, 패한 쪽도 자존심과 체면이 덜 깎일 것이란 계산이었다.

그러나 그 제안조차 팽가우가 깨끗이 무시하고 말았다.

그렇다면 수많은 사람들이 보고 있는 가운데 한번 겨뤄보는 것뿐.

'상황이 이렇게 흘러갈 줄 누가 알았을까?

팽강은 이 의외의 상황에 크게 당황했다.

부친의 성미 급함은 알고 있었으나 남궁세가의 실질적인 가주를 만나자마자 손을 한번 섞어보자 하다니.

'남궁 숙부의 검은 내 직접 목격한 바 있다. 나조차 감당 못한 황산 객잔의 흉수를 일검에 박살 내던 모습을. 그러나 아버지의 도 또한 극히 무섭다. 도왕은 도왕이니!'

그런데 이런 팽강의 예상과는 달리 그 광경을 지켜보고 있던 당산산이 숙부 당호유에게 말했다.

"…팽가주께서 여기서 무너지면 그 타격이 만만치 않을 텐데요."

그 소리에 당호유가 깜짝 놀랐다.

"산산아, 너는 팽가주가, 천하의 도왕이 무너진다 여기는 것이냐?'

당산산이 조용히 고개를 끄덕였다.

"그때 보았던 소가주의 검은 정말 대단했어요."

당산산은 황산 객잔에서 남궁유한이 순간 펼쳤던 폭풍마검을 떠올렸다.

'천하에 어떤 검이 있어 그 검을 꺾을 수 있을까? 소가주는 어쩌면 천하제일검일지도 몰라.'

"물론 백화예검이 고금삼대검법 중 하나이기는 하다."

당호유는 당산산이 보았던 검법을 남궁세가 예검전설의 백화예검으로만 생각하고 있었다.

"그러나 팽가에는 팽가오도(彭家五刀)가 있다. 팽가오도를 모두 익힌 천하제일도가 바로 도왕 팽가우 가주인 것을. 이 숙부는 팽 가주가 승리한다는 데 걸고 싶구나."

정파라 할 수 있는 구파일방은 물론 무림오대세가에서도 팽가만이 도를 주력으로 삼는다.

천하제일도문(天下第一刀門)을 물어보라.

백이면 백 하북팽가라 답할 것이니.

그런 하북팽가가 천하에 자랑하는 다섯 가지 도법을 일컬어 팽가오도라 한다.

"탈백도(奪魄刀), 벽력도(霹靂刀), 철혈도(鐵血刀), 사자도(獅子刀), 그리고 오호단문도(五虎斷門刀)!"

당호유가 팽가오도를 떠올렸다.

탈백도는 혼백마저 빼앗는다 할 정도의 절대쾌도이며, 벽력도는 그 위력이 벽력과 같다 할 정도로 강맹 일변도의 도법.

철혈도는 상대의 방어 초식을 완전히 무시하는 공격 일변도의 도법, 사자도는 군부의 장군들이 모두 익히고 있을 정도의 실전도법이었다.

그리고 팽가를 상징하는 도법 오호단문도는 극성에 이르면 다섯 자루의 도를 이기어도로 다루며 혼자서도 하북팽가가 자랑하는 오호패왕진(五虎覇王陣)을 구사할 수 있게 된다.

도를 부리는 자는 하나인데, 마치 다섯 사람의 도객이 있는 것과 같은 위력을 가진 것이 오호패왕진.

"그대가 남궁세가 가주를 칭했으니, 우리는 같은 가주. 내가 선수를 잡겠소."

"훗! 나이는 내가 한참 어리오만……."

남궁유한이 팽가우에 비해 어려도 한참 어리다.

"하하하! 역시 나는 말로 이득을 얻어보려 하면 안 되는군. 역시 나란 사내는 가슴이 시키는 대로 살아야 할 것 같소. 가슴이 나로 하여금 선수를 잡지 않으면 큰 낭패를 볼지도 모른다 하오."

솔직하기 그지없는 팽가우를 보며 남궁유한이 말했다.

"선수를 양보하지요."

"좋소!"

팽가우가 그러더니 도를 들었다.

그는 그 어떤 상대를 만나더라도 가볍게 상대를 시험하거나 하는 어설픈 일은 하지 않는다.

일단 도를 들고 상대와 마주하는 순간부터 생사의 갈림길에 섰다는 것, 하나뿐인 목숨을 두고 어찌 교만할 수 있겠는가?

시작부터 끝까지 전심전력, 일도 일도에 혼신의 힘을 다한다.

쉬익!

팽가우가 폭발적인 속도로 발도(拔刀)를 하는 것과 동시에 남궁유한의 요혈 다섯 개를 일시에 노렸다.

절대쾌도인 탈백도는 일종의 발도술.

도를 뽑았다 생각되는 순간, 이미 상대의 목을 날려 버리는 극쾌의 도법이었다.

변식도 일체 없다.

단 하나의 곡선을 최단거리로 돌파한다.

심지어는 쾌(快)를 위해 힘[力]까지 일정 부분 희생하며 오직 빠르기에만 집착한 것이 탈백도였다.

순수한 빠르기, 그 자체였다.

"아!"

그 무시무시한 빠르기를 알아본 사람들이 순간 탄성을 내질렀다.

천하에 쾌도가 많다 하나, 탈백도만 한 쾌도가 어디 있을 것이며, 팽가우만 한 쾌도가 또 누가 있단 말인가?

남궁유한 역시 팽가우의 쾌도만은 인정하지 않을 수 없었다.

마도시대를 살았어도 꽤 괜찮은 무인으로 평가받았을지도 모를 정도.

그러나 남궁유한의 눈과 육체는 인간의 경지를 초월한 절대쾌도마저 무수하게 겪은 바 있었다.

공수의 핵심이 되는 점과 핵을 볼 수 있는 공령경(空靈境)의 경지에 있는 남궁유한이다.

어쩌면 마도시대의 절대자를 가늠하는 것은 바로 눈인 것인지도 몰랐다.

사람들의 눈에는 탈백도가 세상 제일의 빠르기처럼 느껴졌으나, 남궁유한에게는 그저 평범한 도에 불과했다.

마도시대를 살았던 남궁유한과 이 시대 사람들은 다른 속도의 세계 속에 살고 있었다.

탈백도가 펼쳐진 지 한참 후에야 남궁유한이 군자검을 뽑았다.

탈백도의 도를 무심한 눈길로 바라봤다.

그리고는 군자검의 검첨을 중심으로 앞으로 쭉 뻗었다.

군자검의 검첨이 탈백도를 펼치는 팽가우의 도첨을 향해 느리지만, 정확하게 날아갔다.

팅~

군자검의 예리한 검첨과 팽가우의 무딘 도첨이 허공에서 순간 맞부딪치며 정지했다.

검과 검이 아닌. 검과 도가 저리 맞부딪치다니?

검은 찌르며, 도는 벤다.

그것은 두 무기가 그리는 곡선 자체가 판이하게 다르다는 얘기.

그런데 지금 이 순간 놀랍게도 다른 곡선을 가진 검첨과 도첨이 서로 맞부딪쳐 허공에 정지해 있었다.

"이런!"

사람들로서는 난생처음 보는 광경.

절로 탄성을 쏟아낼 수밖에 없었다.

"대단하구나. 내 남궁 숙부의 검이 가히 입신의 경지에 이르렀다는 사실은 진즉에 알고 있었으나, 도의 곡선을 꿰뚫어 점을 찌르다니."

팽강 역시 크게 감탄했다.

단 일 수로 남궁유한의 실력을 완전히 인정할 수밖에 없었다.

탈백도의 첫 수가 보기 좋게 막힌 팽가우는 입가를 씰룩거리며 기쁜 듯, 화난 듯 당최 속마음을 알 수 없는 표정을 지었다.

그리고는,

쿠르릉!

마치 조그만 벽력이 내리치는 듯한 소리가 들렸다.

곧이어 태산이라도 단박에 허물어뜨릴 듯한 강맹한 기세가 남궁유한을 향해 쏟아지기 시작했다.

팽가오도 중 하나인 벽력도였다.

그러나 그 거대한 벽력은 남궁유한의 곁에서 살랑살랑 부는 미풍처럼 변하고 말았다.

공수의 핵을 찌른다는 공령경은 그 힘의 중심이 어디 있는

지를 명확히 안다는 것.

모든 힘의 근원인 핵을 붕괴시킨다면 그 힘은 더 이상의 추진력을 잃고 산산이 흩어질 수밖에 없다.

부드러움으로 강함을 제압한다[以柔制强]는 의미는 바로 이 핵을 찔러 힘을 분산시키는 것과 일맥상통했다.

"하하하!"

탈백도와 벽력도의 공격이 간단히 막혔음에도 팽가우는 무엇이 그리 기쁜지 고개를 들어 앙천광소했다.

그는 그러더니 이번에는 상대의 방어마저 일체 무시하며 상대의 검과 도마저 파쇄한다는 철혈도를 펼치기 시작했다.

슈욱!

철혈도에 담긴 기세가 해일처럼 남궁유한에게 몰아닥쳤다.

그러나 이번에도 남궁유한은 느긋하게 웃었다.

쉭!

남궁유한의 검이 허공을 갈랐다.

그런데 분명 팽가우보다 늦게 검을 펼쳤으나 남궁유한의 검이 팽가우의 도보다 한발 먼저 팽가우의 가슴을 향하고 있었다.

'어찌 된 일인가?'

그 괴이한 상황에 팽가우가 크게 당황했다.

그러나 철혈도에 수비의 식은 없다.

있다면 상대의 공격마저 박살 내며 전진, 또 전진하는 것뿐!

수비하지 않으면 자신의 가슴이 크게 찔릴 것을 알면서도 팽가우의 철혈도는 멈추지 않았다.

늦은 출수였으나 상대보다 빠른 남궁유한의 검이 먼저 팽가우의 가슴을 크게 베려 할 때였다.

쉬익!

그러나 남궁유한은 더 이상 검을 전진시키지 않고 거두었다.

분명히 손속에 사정을 둔 것!

다른 사람도 아닌 팽가우가 그런 점을 느꼈으니 철혈도의 공격을 거둘 수밖에 없었다.

'이런……'

팽가우의 등에 식은땀이 흐르기 시작했다.

그러나 난감한 일이 생겼다 해 머뭇거릴 그가 아니다.

그는 이번에도 다시 한 번 먼저 철혈도를 펼쳐 남궁유한을 공격해 들어갔다.

슉!

이번에도 남궁유한의 검이 늦게 나왔으나 치명적인 공격은 그의 검이 먼저였다.

직전에는 요혈까지는 내주지 않았으나, 이번 공격은 정확히 늑골 끝, 간장 부위에 있는 장문혈(章門穴)을 향하고 있었다.

‘가볍게라도 찔리면… 죽는다.’

점혈만 당해도 죽는 장문혈을 검에 찔리고도 살아남길 바라는 것은 어불성설.

제아무리 철혈도에 후퇴의 식이 없다 해도 이런 상황에서는 물러서지 않을 수 없었다.

팽가우가 급히 도를 거두며 반 장 이상 뒤로 물러나고 말았다.

그런 팽가우를 향해 남궁유한도 더 이상 다가가지 않았다.

팽강 정도의 고수 눈에는 그 우열이 명확하게 보였으나, 이곳에 모인 대다수 무사들에게는 그것을 가리기가 쉽지 않았다.

‘대체 어찌 된 것이지?’

몇 합 나누지도 않고 다시 떨어진 팽가우와 남궁유한을 보며 사람들이 궁금해했다.

팽가우가 적잖이 난감한 표정으로 남궁유한을 잠시 노려봤다.

‘잠룡이 아니라 이미 하늘을 나는 비룡이었구나.’

그는 남궁유한에 대해 크게 감탄하며 자신의 도를 불끈 쥐었다.

슈욱! 슈욱! 슉!

그리고는 팽가의 독문권법인 파갑수(破鉀手)의 수법으로 손을 수도(手刀)로 만들어 자신이 들고 있던 도신을 세 조각으로 잘랐다.

휙!

그리고는 소매를 거세게 펄럭였다.

휘익! 휘익! 휘익!

세 조각으로 나눠진 팽가우의 도가 하늘로 떠올랐다.

"이기어도!"

주변 사람들이 크게 놀라 소리쳤다.

한 자루의 이기어도만도 놀라운데, 무려 세 자루를 동시에 이기어도로 부리다니.

'세상이 팽가주를 일컬어 도왕이라 칭송하더니 그 명성에 전혀 모자람이 없구나.'

당가의 당호유가 속으로 그리 생각하며 얼굴을 남궁유한 쪽으로 돌렸다.

'소가주… 막을 수 있겠소?'

당호유는 회의적인 얼굴로 남궁유한을 바라보고 있었다.

"내 성취가 얕아 오호단문도의 극성을 이루지 못해 오호(五虎)를 펼치지는 못하오. 고작 삼호(三虎)에 불과하나, 그대와 겨뤄보기에 크게 모자랄 것이라 생각지는 않네."

정파제일의 고수로 불리는 쌍성(雙聖), 소림성승과 무당검선이 심검지경에 달했다 한다.

'그리고 쌍성 아래 사왕(四王)! 사왕 중 천하제일도인 도왕 팽가우가 단연 발군이라고 하더니……'

그런데 당호유의 그런 판단과 달리 남궁유한은 느긋하기 그지없었다.

'세 자루의 이기어도라……. 아마도 심검지경의 초입에 들어섰겠군.'

이기어검은 수어검(手馭劍), 목어검(目馭劍), 그리고 심어검(心馭劍)의 세 단계로 나뉜다.

이는 이기어도 또한 마찬가지.

마음으로 이기어도를 펼치는 심어도는 심검지경의 초입.

세 자루의 이기어도를 그저 마음으로 펼치는 팽가우는 분명 그 정도 단계일 것이다.

"…그러나 아직 모자라오!"

남궁유한이 일갈과 함께 손을 뻗었다.

쉬익!

군자검이 하늘로 치솟았다.

또한, 하늘을 향해 양팔을 들었다.

쉭! 쉭! 쉭! 쉭!

그러자 남궁유한 뒤편에서 일순간 네 자루의 검이 하늘을 꿰뚫을 듯이 솟구쳤다.

"아~!"

그 광경을 지켜보고 있던 사람들이 일제히 탄성을 터뜨렸다.

등에서 솟구친 네 자루의 검에 남궁유한이 손에 들고 있는 군자검까지. 무려 다섯 자루의 검이 허공을 가르며 그 위풍을 드러내고 있었다.

이기어검으로 화한 다섯 자루 검이 허공을 가르더니 선혈보다 붉은 빛을 찬란히 뿌리며 꽃잎 형태로 뭉치기 시작했다.

그리고는 순간 허공에서 개화(開花)했다.

동시에 화중지왕(花中之王)이라는 목단(牧丹, 모란)의 향이 사방에 진동했다.

그 빛은 주위 십 리 안에서는 모두 선명하게 확인할 수 있었고, 천지를 진동하는 향은 하북팽가의 장원 안에 있는 이라면 누구나 맡을 수 있었다.

"아름답다."

예술을 모르고, 풍류를 모르는 사내들이라는 팽가의 사내들조차 그 화려함에는 순간 넋을 빼앗길 정도였다.

그랬으니 무림 역사상 가장 아름다운 검법이라는 백화예검을 보는 남궁아연과 당산산의 심정은 어떠했을까?

그녀들은 보는 것만으로도, 향기를 맡는 것만으로도 다리가 다 휘청거릴 정도였다.

"어찌 인간이 펼친 검에서 꽃이 개화하고, 향기가 날 수 있단 말인가……."

인간의 한계를 뛰어넘는 자들이 수두룩하다는 강호에서도 이런 일은 기사 중의 기사였다.

"역시 전설의 예검인가……."

당호유 역시 벌린 입을 다물지 못하고 연신 '예검, 예검' 소리만 앵무새처럼 되뇌고 있었다.

남궁유한이 하늘을 향해 양팔을 벌렸다.

쉬이익! 쉬이익! 쉬이익! 쉬이익! 쉬이익!

모란의 다섯 꽃잎으로 화한 다섯 자루 이기어검이 맹호의 사나운 기세를 담아 허공을 가르는 팽가우의 세 자루 이기어도를 향해 나아갔다.

한 자루의 검이 한 자루의 도를 떨어뜨리기 시작했다.

그리고 또 한 자루, 마지막 한 자루까지.

남은 검은 두 자루.

그 두 자루가 맨손인 팽가우를 향해 날아왔다.

'역시 오호단문도의 다섯 호랑이를 완성했어야 하는 것인데……'

팽가우가 속으로 분해하며 두 주먹을 불끈 쥐었다.

그러며 발로는 팽가의 절기인 연환건곤보(連環乾坤步)를, 손으로는 벽력장(霹靂掌)을 구사할 준비를 했다.

팽가인은 죽을 때도 서서 죽는다!

아들 팽강처럼 팽가우 역시 상대가 아무리 강하다 해도 넋 놓고 죽어줄 생각은 털끝만큼도 없었다.

그가 막 혼원벽력장의 장력을 쏟아내 자신을 향해 쏘아져 오는 두 자루의 이기어검을 맞받아치려는 때였다.

세상에서 가장 아름다우나 그 이상으로 살인적인 두 자루

이기어검이 그의 일 장 앞에서 급격히 방향을 틀었다.

그리고는 기이하게도 대취한 취객처럼 비틀거리더니 힘없이 땅에 떨어지고 말았다.

"……."

팽가우는 영문을 알 수 없었다.

그런데 저 멀리 서 있던 남궁유한이 그에게 포권을 하며 말했다.

"…역부족이었나 봅니다. 현재의 성취로는 다섯 자루의 검은 무리였습니다."

그는 그러며 말했다.

"오호단문도, 가히 천하제일도법이라 할 만합니다."

그런 남궁유한을 보며 팽가우가 속으로 생각했다.

'역부족이었다라… 자네 너무 겸손하구만. 다른 이는 몰라도 나는 알고 있네. 마지막까지 힘이 넘쳤던 두 자루 예검을…….'

팽가우가 쓴웃음을 지었다.

상대가 양보한 것이다.

만약 자신이 적이었다 해도 이리됐을까?

자신이 팽가 가주라는 신분을 가지고 있지 않았다면 상대가 몇 번씩이나 양보를 해줬을까?

결단코 그럴 리가 없을 것이다.

"하하하하!"

팽가우가 앙천광소했다.

그리고는 팽가 사람들에게 돌연 충격적인 발언을 던졌다.

"나 팽가우는 오늘부로 가주 자리에서 물러나고자 한다!"

그 소리에 팽가의 수뇌부들은 물론이고 무사들 전체가 크게 놀랐다.

아직 이십 년 이상은 너끈히 가주 자리를 수행할 정력이 있는 팽가우가 가주 자리에서 물러난다니.

"가주님, 대체 무슨 말씀이십니까?"

크게 놀란 팽가인들과는 달리 팽가우는 홀가분한 표정으로 웃고 있었다.

"두 번 말하지 않는다. 나 팽가우는 가주에서 물러나고, 강이에게 가주 자리를 넘길 것이다."

재차 그 뜻을 확인해 주자 팽가인들이 대경실색했다.

"가주님! 명을 거두어주십시오!"

"부디 명을 거두어주십시오!"

쿵! 쿵! 쿵! 쿵! 쿵!

팽가 수뇌부들과 무사들이 일제히 팽가우 앞에 무릎을 꿇고 간청했다.

그리고 또 한 사람.

"아버님, 소자가 무슨 잘못을 했사옵니까? 어찌 소자를 이리 꾸짖으시는 것입니까?"

쿵! 쿵! 쿵!

팽강이 바닥에 엎드려 머리를 땅바닥에 찧으며 소리쳤다.

남궁세가 일행을 맞는 자리가 돌연 하북팽가 가주의 이양식 자리로 돌변해 버린 것.

날벼락도 이런 날벼락이 없었다.

"누구의 잘못도 없다. 이것은 오직 나 혼자의 결정이다. 또한, 진즉부터 생각해 오던 일이었다."

"가주님, 부디 명을 거두어주십시오. 저희들이 목숨을 걸고 청하겠나이다!"

그러나 팽가우는 그들의 말은 귀담아듣지 않고 남궁유한의 검과 맞부딪쳐 산산조각이 난 도의 조각들을 손으로 움켜쥐었다.

주르륵!

예리한 금속 조각들이 그의 손을 찌르자 붉은 피가 주먹을 타고 흘러내렸다.

금속 조각이 살을 파고드는 아픔은커녕 찌릿찌릿한 전율감이 팽가우의 전신을 타고 흘렀다.

"한 사람의 무인으로 돌아가겠다. 그런 연후에 반드시 오호단문도를 이룰 것이다!"

그는 굳게 맹세했다.

다섯 호랑이를 이뤄 남궁가의 예검과 다시 한 번 승부를 겨뤄보겠다고.

그 길을 가는 데 팽가 가주 자리 따위는 거추장스럽기만

했다.

이전부터 무인의 삶을 살고 싶었지, 세가 가주의 삶을 살고 싶지도 않았다. 몸에 맞지도 않는 불편한 옷을 입고 있던 것 같았다.

어쩌면 남궁세가의 가주를 만나 겨룬 것은 그 결심을 공표할 계기를 마련한 것일지도 모른다.

“남궁가주, 한 번 더 기회를 주시겠소?”

팽가우는 소가주에서 가주로 호칭마저 달리하며 남궁유한을 바라봤다.

남궁유한은 이 가슴으로 말하는 사내 팽가우에게서 진즉부터 친밀함을 느끼고 있었다.

“오늘은 승부를 가리지 못했으나, 기회가 된다면 내 다시 한 번 가주께 도전장을 보내겠소.”

“하하하! 무슨 말씀을! 마땅히 이 팽가우가 창천장원을 찾을 것이외다.”

천생 무인인 자신의 발목을 잡아왔던 가주라는 짐을 털어내자 팽가우의 얼굴은 더할 나위 없이 밝았다.

“팽가인들은 들어라!”

팽가우는 우렁찬 목소리로 명했다.

“나 팽가우, 선조들이 남긴 오호단문도에 도전해 볼 것이다. 선조들이 남긴 유산 하나 제대로 간수하지 못해 언제나 죄스러운 심정이었다. 그래서 나는 오늘 가주 자리를 벗어던

지고, 한 사람의 팽가인으로, 한 사람의 무인으로 돌아가고자 한다.”

“가주님～!”

팽가우가 그러더니 터벅터벅 걸어가 팽가를 상징하는 흑색 도 한 자루를 뽑아 들었다.

그리고는 외쳤다.

“이 땅 최초의 무인은 팽가인이 아닐 것이나…….”

그가 시구처럼 그것을 읊자 팽가인 전체가 언제나 외우고 있던 그다음 구절을 외웠다.

“이 땅 마지막 무인은 팽가인일 것이니.”

“천하 최초의 의인은 팽가인이 아닐 것이나.”

“천하 마지막 의인은 팽가인일 것이다.”

팽가우와 함께 팽가인 전체가 크게 암송했다.

“우리는 죽을 때도 서서 죽는다! 죽음은 두렵지 않으나 마지막 무인으로, 마지막 의인으로 죽지 못하게 되는 것이 오직 두려울 뿐!”

수백 팽가 무인들이 그러며 일제히 하늘을 향해 도를 치켜들었다.

“우리가 만 자루 도 위에 우뚝 선 하북팽가다!”

무수한 세월 동안 단 한 번도 무림오대세가의 자리에서 내려오지 않은 하북팽가는 저력이 있었다.

무인의 정신, 열혈의 정신, 그리고 한 자루 도를 품에 안고 천하를 종횡하는 하북팽가!

남궁세가의 '영웅의' 처럼 하북팽가를 상징하는 '의인가(義人歌)'를 모두 암송한 팽가우가 아들 팽강에게 다가갔다.

그는 팽강의 어깨를 두드려 주며 말했다.

"아들아, 이제부터 네가 곧 팽가다!"

"아버님……."

"나는 너를 믿는다. 나는 오호단문도를 완성하는 날까지 세가 수련동을 나오지 않을 것이다. 아비의 남은 인생, 오호단문도에 걸었다."

"소자, 아직 준비가 되지 않았습니다."

"남궁유한 가주를 보고 배워라. 자신보다 나은 이를 보고 배우는 것을 전혀 수치스럽게 생각 말거라. 오늘은 비록 뒤질지라도 내일은, 모레는 알 수 없는 것이니."

그리고는 팽가인 전체를 향해 일갈을 터뜨렸다.

"가주로서 마지막 명을 전한다. 새 가주 앞에서 무릎을 꿇어라!"

그 명에 처음에는 주저하던 팽가인들이 일제히 팽강 앞에서 무릎을 꿇기 시작했다.

그리고는 큰 소리로 외쳤다.

"새 가주님을 뵙습니다!"

그들을 보며 망설이던 팽강을 팽가우가 독려했다.

"가주, 저들에게 한마디 해주게."

아들이나 이제부터 팽가의 가주로 선언한 팽강에게 팽가 우마저 하대를 하지 않았다.

팽강은 그에 힘입어 입술을 한번 질끈 깨물더니 자신의 애병인 묵색대도를 하늘로 뽑아 들었다.

"내가 곧 팽가다!"

이렇게 하북팽가에 새로운 시대가 열렸다.

그리고 또 한곳, 호남성 악양 단목세가.

"으읔! 천아, 대체 이게 무슨 짓이냐……?"

단목세가 가주 단목대풍은 자신의 가슴에 박혀 있는 검을 보며 도저히 믿을 수 없다는 표정을 짓고 있었다.

아들이, 그것도 다른 아들도 아니고 장남 천이가 아비인 자신의 가슴에 검을 박다니.

"천아, 천아……."

심장 부근에서 흘러내린 핏물로 범벅이 된 손을 뻗어 단목천을 불렀다.

그러나 단목천은 끝까지 아비 단목대풍을 외면했다.

"아버지, 그러니 달라 할 때 자리를 넘겨주셨으면 이런 일은 없지 않았잖습니까?"

단목천은 냉기를 풀풀 풍기고 있었다.

"어차피 네 것이 될 자리였는데……."

단목대풍은 숨을 헐떡이며 고통스러워했다.

"어차피는 의미가 없습니다. 아버지에게 물려받는 것이 아니라 내 스스로 그 자리를 쟁취하고 싶을 뿐입니다. 그리고 지금이 아니면 늦습니다."

단목천은 뒤편에 서 있는 한 사내를 힐끔 보더니 말했다.

"오대세가의 평화시대는 끝이 났습니다. 그리고 남궁가에 이어 팽가마저 젊은 가주를 내세웠습니다. 시대가 다시 흐르기 시작했습니다."

그리고는 말했다.

"아버님, 편히 가시도록 돕겠습니다."

단목천의 손에 들린 검이 하늘로 올라갔다 내려와 단목대풍의 심장을 그대로 찔렀다.

"윽!"

고통스러워하던 단목대풍은 외마디 비명을 지르고는 고개가 꺾였다.

단목천은 죽은 아비의 시체를 보더니 읊조렸다.

"아버지, 한 가지 모르고 있는 사실이 있습니다. 내 어미는 당신의 부인이 맞을지 모르나, 아비는 당신이 아니었습니다. 당신이 내 어미를 취하기 위해 죽인 이름 없는 농사꾼이었지요. 하지만 키워주신 은혜, 단목세가를 천하제일로 만들어 갚겠습니다. 그 정도면 억울하지는 않을 것입니다."

그는 길러준 아비의 심장을 찌를 때 이마에 튀어 오른 선혈을 닦으며 뒤편에서 묵묵히 바라보고 있는 사내를 바라봤다.

그러자 붉은 화의를 입고 있던 사내는 조용히 손뼉을 치며 말했다.

"잘하시었습니다."

"이제 내가 단목세가의 가주요. 이제 그대가 약속한 힘을 주시오."

"물론입니다."

붉은 화의 사내가 손을 들자 화염처럼 이글거리는 붉은 무복을 입고 있는 사내들 여럿이 안으로 들어왔다. 눈은 물론 입까지 흘러내리는 백발이 유난히 눈에 띄는 이들.

그들은 수십 권의 비급을 단목천 앞에 내려놓았다.

단목천은 그것들을 잠시 살펴보더니 물었다.

"이것이 그 비급들이오?"

"그렇습니다. 우리는 이 비급들을 신무학(新武學)이라고 부르곤 했었지요."

"신무학이라……."

"이 시대에는 상상도 못할 무공들이지요. 이것 한 권만 무림에 흘러나가도 강호에 피바람이 몰아칠 것입니다."

묘하게도 음산한 느낌을 주는 붉은 화의 사내였다.

그는 단목천에게 다가와 속삭이듯 말했다.

"이 중 탈혼검이란 것이 있습니다. 그것이 꽤 쓸모가 있지요."

"탈혼검이라……."

　단목천은 탈혼검의 비급을 들어 한참 훑어보더니 소스라치게 놀랐다.

　"인간의 혼백을 빨아들여 그 음기와 원념을 힘의 원천으로 삼는다? 이, 이거 혹……."

　붉은 화의 사내는 지그시 웃었다.

　"마공이냐고 물으시는 것입니까? 글쎄올습니다. 그러나 그 위력만은 확실할 것입니다. 탈혼검을 십성만 익혀도 무당검선 정도는 일백초 안에 제압할 수 있을 것이니."

　"일, 일백초 말이오?"

　사내는 왠지 이질감을 느끼게 하는 미소를 지으며 고개를 끄덕였다.

　단목천은 흥분으로 인해 가볍게 손을 떨며 탈혼검의 내용을 차근차근 살펴봤다.

　탁!

　그 내용을 다 살펴본 단목천은 놀라 순간 책을 바닥에 떨어뜨리고 말았다.

　이 검법을 창안한 자는 천재다.

　아니, 일대의 대종사로도 모자라 고금제일이라 칭해도 모자람이 있었다.

　파천의 위력이 이 한 권에 모두 담겨 있었다.

　"탈혼검을 익혀 천하제일을 노려보시겠습니까? 아니면 단목세가 가주 자리에 만족하시겠습니까?"

거부할 수 없는 유혹이었다.

단목천은 이 마공을 익히면 결국 기다릴 것은 파멸뿐임을 직감하면서도 그 제안을 받아들였다.

짝!

"좋습니다아~ 잘하시었습니다!"

사내는 크게 만족하며 단목천을 바라봤다.

"쓸 만한 자들을 골라 나머지 비급들도 전해주십시오. 신 무학을 익힌 자들 일백만 있어도 천하를 얻기에 크게 부족함이 없을 것이니."

"아, 알겠소."

단목천은 탐욕에 불타는 눈으로 탁자 위에 수북하게 쌓여 있는 비급들을 한동안 응시했다.

"나 단목천과 함께 단목세가가 천하제일로 우뚝 설 것이다. 아니, 나 공손천과 함께 공손세가가 반드시 그리될 것이다!"

친아비의 성을 따라 자신을 공손천이라 칭한 단목천이 사내에게 물었다.

"그대가 원하는 것은 남궁세가인가?"

사내는 웃었다.

"남궁세가 따위 어찌 되든 제 알 바 아니지요."

"그럼, 무엇을 원하는가?"

"일단은……."

“일단은?”

사내가 조심스럽게 말했다.

“남궁유한이란 자의 수급을 원합니다.”

“남궁유한을?”

“그렇습니다.”

“그럼 다음은?”

“그다음은 차차 얘기드리지요.”

“한 가지만 묻겠네. 자네는 이런 비급들을 가지고 왜 천하를 노리지 않는 것이지? 자네라면 굳이 나를 이용하지 않고도 충분할 것 같은데…….”

“그것이 궁금하셨습니까?”

단목천이 무언으로 긍정했다.

“실상 이런 천하 따위 신기루 같은 것입니다. 멀리서 보면 정말 갖고 싶고, 가고도 싶으나 막상 가보면 존재하지도 않는 허상일 뿐이지요.”

“잘 이해가 안 되네.”

“저를 쉬이 이해하기는 힘이 들 것입니다. 하나 ‘이번’ 천하는 단목가주께서 가지십시오. 이번 천하에서 저는 두 사람의 생명만 취할 수 있으면 만족하니.”

“두 사람의 생명? 하나는 남궁유한일 것이고, 나머지 하나는?”

그 물음에 사내는 말없이 웃기만 했다.

“때가 되면 절로 알게 될 것입니다. 그런데 시간이 너무 지체됐군요. 단목대풍의 죽음을 적당하게 위장해야 하지 않겠습니까?”

그러자 사전에 이미 약조가 있었던 듯 단목천이 고개를 끄덕였다.

“잠시 따끔하고 말 것입니다.”

사내가 그러며 백발이 입까지 흘러내린 적의 사내들에게 눈짓을 했다.

그러자 적의 사내 중 하나가 단목천에게 다가와 검을 들었다.

사내가 검을 앞으로 쭉 내밀었다.

쑤욱!

사내의 검이 단목천의 심장을 그대로 꿰뚫었다.

단목천이 외마디 비명을 지르며 쓰러지자 사내들은 일부러 커다란 소동을 일으키려는 듯 가주실을 와장창 깨부수며 하늘로 날아갔다.

붉은 화의 사내는 만족스러운 미소를 지으며 단목천의 심장에 남겨진 독특한 표식을 잠시 바라봤다.

‘남궁세가 비전인 창궁무애검법의 흔적! 한동안 이 일로 강호는 시끄러울 것이다. 그동안 나는 장백파가 있는 장백산에서 일을 도모하면 될 듯하구나.’

사내는 남궁유한이 지금 하북팽가에 머무르고 있는 사실

을 명확히 알고 있으면서도 이 시기를 맞춰 일부러 일을 꾸몄
다.

'비천신마 한평 교주가 보리무상장에 죽었을 때처럼 분란
이 일어날 것. 결국 흉수는 찾지 못하고, 오대세가는 지루한
소모전에 빠져들겠지…….'

일을 마친 사내는 마치 연기처럼 가주실에서 스르르 사라
졌다.

하북팽가를 단순히 무인들의 집단이라 생각하기 십상이
다.

그런데 팽가는 천하에서 둘째가라면 서러울 정도로 넓은
땅을 가지고 있었다. 또, 그간 쌓아온 부 역시 작은 왕국 하나
는 너끈히 세울 정도로 엄청났다.

남염북마(南鹽北馬) 중 북마로 상징되는 북마장(北馬莊)의
소유주이며, 백만 금군의 병장기를 납품하는 하북철방(河北
鐵幇)을 지배하고 있었다.

최근에는 전장에서 팽가병이 맹위를 떨치면서 금의위 대
도독은 물론 오군도독부의 도독 중 두 자리를 팽가에서 배출
한 장군들이 차지하고 있었다.

장성의 군사요지를 지키는 총병들 중에서도 팽씨 성을 가
진 이들을 어렵지 않게 찾아볼 수 있었다.

이런 상황이니 중간 직위에 있는 무관들은 더 말해서 무엇

할까?

‘무관으로 출세하고 싶으면 팽가의 문을 두드려라’ 라는 말이 떠돌 정도로 군부에서 그들의 영향력은 막강했다.

팽가 특유의 무력은 물론 금력에다 당대에는 권력까지 더해지니 하북팽가는 가히 천하제일가라 불려도 손색이 없을 정도였다.

그런 하북팽가의 가주가 바뀌었다.

황제는 가주에서 물러난 팽가우에게 ‘충성공(忠誠公)’ 이라는 시호까지 내리며 그의 노고를 치하했다.

그 소식을 듣자마자 팽가가 위치한 석가장에서 하루 거리도 안 되는 곳에 위치한 북경에서 관리들이 줄지어 찾아왔다.

또한, 하북은 물론 하남과 산동, 섬서와 산서 등지의 무림 방파와 세가에서도 축하 사절이 하루가 멀다 하고 하북팽가의 문을 두드렸다.

그리고 가주가 바뀌었다는 소식에 팽가 출신인 대도독들부터, 총병, 각 성 위소의 군대를 지휘하는 도지휘사사, 천호, 백호들까지 줄지어 본가로 몰려들어 인사를 하러 들렀다.

그런 이유로 팽가 정문은 연일 인산인해였다.

이런 이들 중 백의를 입고 있는 사람들 몇이 하북팽가 소가주 팽강을 찾아왔다.

또한, 그들은 팽가에 머무르고 있는 남궁세가 소가주 남궁유한을 만나기를 간곡히 청했다.

하북팽가의 가주실.

가주실 정중앙 벽면에는 '협(俠), 충(忠)'이라는 두 글자가 새겨진 족자가 걸려 있었다. 그리고 그 옆에는 단순하나 힘찬 필치로 '일도단천(一刀斷天)'이라 쓰인 액자가 있었다.

그리고 남궁세가의 시조 검왕 남궁창천과 함께 천하를 종횡하며 십만마교의 시조 천마와도 싸웠다는 전설의 도제(刀帝) 팽운의 애병인 흑백쌍도가 걸려 있었다.

전설의 시대.

십만마교의 천마가 처음 강호에 등장하고, 검왕 남궁창천과 도제 팽운이 '남검북도(南劍北刀)'로 불리며 천마와 일척건곤의 승부를 벌였던 시대의 향수를 불러일으키는 팽가의 가주실이었다.

"듣기만 해도 피가 끓는 얘기 아니겠습니까? 전설의 남검북도가 천마와 대적하며 천하를 위해 싸우던 시대! 검왕과 도제가 한 자루 검과 도를 비껴 차고 십만대산에 올라 천마의 양팔을 잘랐다는 전설! 극성에 달한 백화예검과 오호단문도가 동시에 휘둘러지면 하늘도, 바다도 모조리 갈라 버린다는!"

주먹을 불끈 쥐고 열변을 토하는 팽강이었다.

"이 팽강, 팽가의 시조이신 팽운 가조님처럼 될 것입니다!"

그런 그를 보며 남궁유한이 미소를 지었다.

"그분처럼 십만대산에 올라 당대 십만마교 교주인 한평의

한 팔이라도 자르려는가?"

마인이었던 남궁유한, 그 역시 천마와 남검북도에 대한 얘기를 너무나 잘 알고 있었다.

마교의 시조인 천마의 두 팔을 자른 검왕과 도제였으나, 그렇다고 마인들이 남검북도를 증오했던 것은 결코 아니다.

자유와 강함을 숭상하는 마인들은 도리어 자신들의 시조인 천마를 굴복시킨 남검북도에 대해 무한한 경외심을 가지고 있었다.

그들은 정파에서 다시 한 번 전설의 남검북도가 출현하기를 간절히 기원했다.

후련하게 다시 한 번 싸우고도 싶었고, 내심 언젠가는 정파가 배출한 남검북도를 꺾어 십만마교의 강함을 만천하에 입증하고 싶어했다.

'어쩌면 다시 등장할지도 모른다. 팽가에서 전설의 북도가! 그리고 아마도 그 북도에 가장 가까운 이는 팽강일지도…….'

"하하하! 기회가 되면 그럴 것입니다. 하나 한평에게 한 칼 먹고 제가 죽는다 해도 그리 분하지는 않을 것입니다. 여한없이 싸웠을 것이니까요. 다만 제가 죽게 되면 연 매가 홀로 남겨질 것이라 쉽게 십만대산에 오르지는 못할 듯싶습니다. 일단 십만대산에 오르면 살아 돌아오기 힘들 것이니까요."

진담인지, 농담인지 모를 소리였다.

팽가의 가주가 뭐가 아쉬워서 사지나 다름없는 십만대산
에 오르겠는가?

"자네가 오르게 되면 나 역시 기꺼이 한 자루 검을 비껴 차
고 오르도록 하지."

"하하하! 숙부님은 남검이 되고, 저는 북도가 되는 것입니
까? 숙부님이야 능히 남검 소리를 들으실 법하지만, 저는 아
직도 멀었습니다."

"내 기다리지. 자네가 진정한 북도가 되는 날까지."

그 소리에 팽강이 크게 기뻐했다.

조정 대관들의 축하도 다른 무림방파들의 찬사와 팽가 출
신 장군들의 복종 맹세에도 시큰둥했던 그였다.

그러나 남궁유한의 이 한마디에는 진심으로 감격했다.

"언젠가는 저 또한 아버님처럼 가주 자리를 박차고, 저 스
스로를 입증할 것입니다. 그리고 그 마지막에는 십만대산에
오르겠지요."

팽가우도 그랬지만 팽강 또한 천하 사람 모두가 부러워하
는 팽가의 가주 자리를 별로 원치 않는 듯 보였다.

그때, 방문 밖에서 시비의 목소리가 들려왔다.

"소가주님, 단목세가 분들이 오셨습니다."

"들라 해라."

곧 방문이 열리며 단목세가 특유의 백의를 입고 있는 중년
사내 셋이 가주실 안으로 들어왔다.

그들은 팽강을 보자마자 정중히 포권을 하며 말했다.

"팽가의 소가주님을 뵙습니다."

팽강이 시큰둥한 목소리로 말했다.

"나는 속마음을 숨길 줄을 몰라 반갑다는 말은 하지 못하겠소."

이제는 한 가족이라고 생각하는 남궁세가에서의 일을 떠올리면 팽강의 입에서 좋은 말이 나올 수가 없었다.

"그 부분은 언제 기회를 내 저희 소가주님과 나누셔야 할 듯합니다."

소가주 소리에 팽강이 짐짓 놀랐다.

"소가주? 단목세가에서 소가주를 세웠단 말이오?"

오대세가에서 소가주란 오룡제에서 추인을 받기 전의 가주를 말한다.

근자에는 유명무실해졌다 하나 오룡제의 정식 추인이 없으면 세가 밖에서는 정식 가주라 칭할 수 없었다.

그래서 남궁유한도 아직은 남궁세가 소가주이며, 팽강 역시 가주의 위를 실제로는 넘겨받았으나 공식적으로 소가주였다.

단목세가에 소가주가 있다 하면…….

단목세가 사절이 비통한 어조로 말했다.

"닷새 전, 단목대풍 가주님께서 자객의 암습을 받아 돌아가셨습니다. 흑흑흑!"

사절 중 하나가 울음을 참지 못하고 흐느꼈다.

"그 일이 있자마자 저희는 잠도 자지 않고 악양에서 말을 달려왔습니다."

그런 단목세가 사람을 보며 팽강은 말했다.

"단목대풍 가주의 죽음에 조의를 표하오."

그리고는 물었다.

"세가에 큰일이 있어 몸을 움직이기가 쉽지 않았을 것인데 팽가를 찾아줘서 고맙소."

아무리 마음에 들지 않는다 해도 가주가 죽었다는데 모진 말을 할 수는 없는 노릇.

"그런데 단목대풍 가주를 암습한 자들의 뒤는 알아보셨소?"

천하의 오대세가 중 하나인 단목세가의 가주다. 단목세가주를 암습할 정도라면 배포는 물론이고 그 세 또한 만만치 않은 곳에서 도모했음이 분명할 터.

단목세가 사절이 이를 바드득 갈며 말했다.

"너무나 확실히 짐작하고 있습니다."

"근자에 불미스러운 일이 있었으나 팽가와 단목세가가 척을 질 정도는 아니었소. 단목세가주를 죽인 배후를 알려준다면 팽가 역시 한 손 거들겠소. 필요하다면 소림에 청해 무림첩이라도 돌려 그 세력을 무림공적으로 선포하겠소."

"정말 그리 도와주시겠습니까?"

그러자 팽강은 자신의 뒤편에 걸려 있는 족자의 '협(俠)' 글자를 가리키며 말했다.

"팽가는 협의를 추구하는 곳이오. 아무리 불편한 관계에 있다 해도 단목세가주를 암살한 이들을 좋게 볼 리가 없소. 상종조차 하지 않을 것이오."

그 소리에 단목세가의 사절이 아랫입술을 부르르 떨며 손가락으로 남궁유한을 가리켰다.

"그럼, 당장 남궁세가는 물론 남궁유한과도 연을 끊으시지요!"

팽강이 그 소리에 발끈했다.

"무슨 소리요? 그리고 아무리 사이가 좋지 않다 하여 한 세가의 가주인 남궁 숙부의 이름을 함부로 부르다니요!"

"소가주님, 암습을 당한 저희 단목대풍 가주님과 단목천 소가주님의 심장 부위에는 선명하게 창궁무애검법의 독문표식이 남아 있었습니다. 가주님은 그 자리에서 절명하셨고, 소가주님은 간신히 살아남으셨으나 아직도 생사의 갈림길에 계십니다!"

"창궁무애검법의 표식?"

"그렇습니다! 천하에 그 어떤 검법이 시신의 심장 부위에 푸른 구름 모양의 작은 반점을 남긴단 말입니까? 나 단목영은 그런 검법은 창궁무애검법 외에 존재한다는 소리를 듣지 못했습니다!"

그 소리에 팽강이 바로 반박했다.

"설사 그런 반점이 남았다 해도 남궁 숙부께서는 닷새 전에 분명 팽가에 있었소. 그것은 팽가인 전체가 입증할 수 있는 사실이오."

"남궁세가에 창궁무애검법을 쓰는 이가 어디 남궁유한 혼자뿐이겠습니까?"

팽강이 뭐라 반박하려 하자 남궁유한이 그를 제지하며 말했다.

"단목영이라고 했나? 남궁세가에 창궁무애검법을 알고 있는 이는 다섯이다. 나를 제외하면 그중 둘은 지금 팽가에 함께 있으며, 나머지 둘은 세가에 있다."

"그럼 세가에 있다는 그 둘을 당장 내놓으시오. 저희가 조사할 것이오."

남궁유한이 비웃었다.

그리고 특유의 오만한 어조로 말했다.

"세가에 있는 둘 중 하나는 태어나서 지금까지 세가의 문턱을 넘어본 적조차 없는 이다. 그리고 나머지 하나는 한쪽 팔과 한쪽 다리가 없는 이다. 그대들은 혹 한 팔과 다리가 없는 남궁세가 사람에게 그대의 가주와 소가주가 동시에 당했다는 얘기를 하고 있는 것인가? 이거, 정말 그랬다면 단목세가가 너무 약하지 않은가?"

"그, 그것은……."

창궁무애검법을 알고 있는 남궁유한 자신과 아평, 아소 형제, 그리고 수호검 진교 노인과 총사인 조량이었다.

아평과 아소는 자신과 함께 팽가에 있었으니 그들을 흉수로 지목할 수 없었다. 또한, 진교 노인은 수호검으로 세가 밖으로 나가지를 않으니 남은 것은 총사 조량뿐이었다.

"믿을 수 없소. 우리 단목세가가 그 둘을 직접 조사해야겠소. 또한, 남궁세가에 창궁무애검법을 익힌 이가 다섯이라는 얘기를 어찌 믿을 수 있단 말이오?"

"흥! 너희 단목세가 것들은 걸핏하면 남궁세가의 누구를 끌고 가겠다는 헛소리를 지껄이는구나. 폐인이 된 단목대운 놈도 나를 단목세가로 끌고 간다 했다가 지금 아마 우리 세가 감옥에 갇혀 있다지?"

가장 아픈 곳인 단목대운 얘기가 나오자 단목영이 발끈했다.

"닥치시오! 이 천하에 사악한……."

"사악? 누가 누구를 보고 그리 말하는 것이냐?"

단목영도 지지 않고 말했다.

"우리 단목세가의 가주와 소가주를 죽이려 한 천하의 악종에게 말했소. 그대는 나 또한 창궁무애검법으로 죽일 것이오? 좋소. 여기서 나를 죽이시오. 하나 그 순간 우리 단목세가의 수천 식솔들은 단목세가의 씨가 모조리 마를 때까지 남궁세가와 싸우는 것을 멈추지 않을 것이오!"

단목영이 비분강개해 앞섶을 풀어헤치며 죽일 테면 죽여보라는 시위를 하기 시작했다.

가주가 죽었고, 소가주가 생사의 갈림길에 있는 상황.

세가 전체의 운명이 걸린 일이었다.

남궁세가 아니라 황제와도 싸워야 한다면 피할 생각이 없었다.

단목세가에서 태어나 단목세가를 비추는 태양과 그늘 아래서 이제껏 살아온 그다.

세가를 위해서라면 한목숨 초개와 같이 버릴 각오가 돼 있었다.

자신이 죽는 순간, 단목세가 전체가 검을 들고 합비의 창천장원으로 돌격해 마지막 순간까지 싸울 것이다!

남궁유한은 비릿한 웃음을 지으며 단목영을 바라봤다.

남궁유한 입장에서는 얼토당토않은 얘기를 지껄이며 시비를 거는 것만 같은 단목영을 보며 심하게 짜증을 냈다.

"흥! 죽여달라 하면 그 의기가 가상타 해 도리어 살려줄 성싶으냐? 오냐, 너를 죽이고 단목세가를 강호에서 지워주마!"

쿵! 쿵! 쿵!

단목세가 사절로 온 세 중년 사내가 동시에 발로 바닥을 구르며 소리쳤다.

"제발 그래 주시오! 만천하에 남궁세가가 쓰고 있는 위선의 가면을 벗고 진실을 밝혀주시오! 우리 셋의 목숨으로 그리

할 수 있다면……."

단목영이 채 말을 끝내기도 전에 가주실 방문이 열리며 폭풍삼십육도객의 수객 팽영우가 들어왔다.

"제갈세가의 제갈현도 가주께서 도착하셨습니다."

그 소리에 금세 피를 볼 것 같던 험악한 분위기가 일시 진정됐다.

다른 이도 아니고 제갈세가의 가주가 직접 온 것.

팽강의 부친이자 전임 가주인 팽가우조차 함부로 대하지 못할 터인데 팽강이 무례하게 굴 수는 없었다.

"어디 있습니까?"

"일도각(一刀閣) 밖에서 잠시 기다리고 있습니다."

팽가주의 거처가 있는 곳이 일도각이었다.

"안으로 모십시오."

그러자 곧 제갈세가 가주 제갈현도가 안으로 들어와 팽강에게 포권을 했다.

"제갈현도요."

젊은 시절은 물론 지금도 미남 소리를 듣기에 충분한 중년 남자였다. 진위를 가릴 수는 없으나 스스로를 삼국시대 제갈공명의 후손을 자처하는 제갈세가 가주답게 손에는 백우선을 들고 있고, 머리에는 푸른 실로 짠 두건을 두르고 있었다.

제갈세가를 상징하는 홍색 대신 소매가 넓고, 흰색 바탕에 검은 선이 교차하는 학창의(鶴氅衣)를 입고 있었다.

"팽강이오."

"새로 팽가의 소가주가 되신 것을 경하드리오이다."

제갈현도의 말에 팽강이 잠시 겸양의 뜻을 표하더니 말했다.

"제갈세가의 가주께서 이렇듯 친히 오실 줄은 미처 예상하지 못했소."

"팽가의 가주가 바뀌었다는데 마땅히 제갈가를 맡고 있는 이 사람이 와야지요."

제갈세가와 남궁세가의 사이는 계속 좋지 않았으나, 하북 팽가와 제갈세가의 사이는 본디 우호적인 분위기였다.

최근까지도 그러했는데, 남궁세가에서의 일로 일시 불편한 관계를 갖고 있을 뿐이었다.

"그리고 소문이 자자한 남궁가의 소가주도 보고 말이외다."

그러더니 다짜고짜 찌르고 들어왔다.

"대단하외다. 남궁세가에서 단목세가의 가주를 죽이고, 소가주를 그리 만들었다니. 가히 천하제일세가의 풍모라 하지 않을 수 없구려."

대놓고 비꼬는 말투였다.

"흥!"

남궁유한은 세 치 혀를 놀리는 제갈현도를 보고 한번 비웃고 말 뿐이었다.

그런데 남궁유한은 제갈현도의 얼굴을 바라보며 묘한 느낌을 받았다.

그의 얼굴이 무척이나 낯익었기 때문이다.

'저치를 어디선가 만났을 리가 없을 텐데…….'

이 시대에 남궁유한이 이전부터 알고 있던 이가 있을 턱이 없다.

그런데 수십, 수백 번은 얼굴을 마주한 것 같은 낯익음을 주고 있었다.

그런데 곰곰이 생각해 보니 가까스로 한 사람의 얼굴을 떠올릴 수 있었다.

남궁유한이 흠칫 놀라며 생각했다.

'너무나 닮았다. 무척이나 흡사하다.'

생각이 거기에 미치자 곧 자신도 모르게 엄청난 살기가 솟구쳤다.

그 살기를 곁에 앉아 있던 팽강이 느끼지 못할 리가 없었다.

'남궁 숙부가 왜 이러지? 혹 이 자리에서 제갈가주와 피를 보려 함인가?'

팽강은 제갈세가에 호감을 품고 있지 않았지만, 팽가 원로들과 수뇌부들 다수는 제갈세가와 좋은 관계를 맺고 있었다.

게다가 자신의 할머니 또한 제갈 성을 쓰고 있지 않던가?

남궁유한이 제갈세가를 좋게 보지 않는 것은 익히 알고 있었으나 제갈현도에게 대놓고 살기를 드러내는 것은 그래도 과하다 여겼다.

"하하하! 내 딸과 아우를 잡아놓고 이제 나까지 죽이려 함이오? 좋소이다. 남궁세가 소가주가 천하의 도리를 모른다 하더니 과연 그런 것 같소이다."

제갈현도가 살기를 뿜어내는 남궁유한을 다시 한 번 비꼬았다.

남궁유한은 제갈현도를 노려보며 한편으로는 다른 생각을 하고 있었다.

'단목세가주와 소가주의 몸에 창궁무애검법의 흔적이 남았다라…….'

그런 남궁유한을 바라보며 제갈현도가 비릿한 미소를 짓더니 아무렇지도 않게 말했다.

"남궁 소가주, 내 듣기에는 소가주가 십만대산에서 내려왔다는 소문이 있었소이다."

남궁세가 소가주의 과거가 여전히 의혹에 휩싸여 있었다. 그것만으로도 말이 많은데 그가 십만대산에서 내려왔다면?

사단이 나도 큰 사단이 날 만한 소리였다.

팽강이 발끈했다.

"제갈가주, 그게 대체 무슨 소리요? 근거없이 남궁 소가주를 모함하지 마시오."

"흥!"

　남궁유한은 제갈현도의 말에 코웃음을 치며 속으로 생각했다.

　'역시나 그랬나?'

　그러며 웃었다.

　"내가 아는 이 중에 제갈 성에 영호라는 이름을 쓰는 이가 있었소. 역천의 검을 쓰는 자로, 언젠가 내가 그자의 요망한 애첩 여럿을 베어버린 적이 있었지. 그리고 최근에는 그자의 제자라는 자를 아예 녹여 버렸지."

　"세상에 제갈이란 복성을 쓴다 하여 모두 제갈세가 사람이라면, 남궁이란 성을 쓰는 이는 모두 남궁세가의 혈족이겠소?"

　남궁유한이 '짝' 소리를 내며 박수를 쳤다.

　"물론이오. 하나 제갈영호란 늙은이는 참으로 등신 같은 자였지. 강한 자에게는 비굴하고, 약한 자에게는 잔인한. 게다가 늙어 아랫도리 힘도 없는 자가 여인은 어찌나 밝히던지. 언젠가 그 늙은이의 수염을 태워 버려 생쥐처럼 만들었던 적도 있었을 거요. 그자에게 수치를 준 적이 하도 많아 일일이 열거할 수도 없구려. 흠, 그 제자란 것들도 하나같이 비겁해, 싸움이 나면 언제나 뒤꽁무니를 빼느라 정신을 차리지 못했지. 천하의 제갈세가에 그런 개만도 못한 늙은이가 있겠소이까? 하하하!"

　남궁유한이 분명 누군가를 특정해 지목하자 제갈현도의

얼굴에 극히 짧은 순간 불쾌감이 스쳐 지나갔다.

곧바로 다시 웃고 있는 본래의 표정으로 돌아갔으나, 남궁유한은 그 순간의 불쾌감을 놓치지 않고 감지했다.

제갈세가에 암중 기류가 흐르고 있다 했다. 고래로 사이가 좋았던 팽가 내부에까지 손을 뻗고 있다 했다.

혈세신마가 이 시대에 온 것을 그의 제자 현호열의 입으로 확인했다.

게다가 남궁세가 비전의 창궁무애검법으로 단목가의 가주를 죽였다. 남궁세가에 그 검법을 익힌 이를 자신이 다 알고 있었고, 범인은 그들이 아니다.

마도시대에 정파 최강의 단체이자 무적세가로 불렸던 남궁세가의 검법을 마교 수뇌부라면 모두 이론적으로는 알고 있었다.

신무학 시대에 필요하다면 그것을 익히기에 어려운 점도 없었다.

남궁세가 사람이 아니라면 아마 신무학을 알고 있는 그나 그들일 것이다.

'이런 여러 사실을 가지고 제갈세가 내부에 혈세신마가 똬리를 틀고 있음을 추측하는 것은 당연한 일. 더욱이 혈세신마는 자신의 입으로 제갈세가 출신으로 정파에 환멸을 느껴 마교에 투신했다 말하고 다니지 않았던가?

그래서 일부러 혈세신마의 본명인 제갈영호를 들먹거리며

그를 조롱한 것이다.

그런데 한 가지 궁금한 점이 있었다.

혈세신마와 제갈세가는 왜 단목세가주를 죽인 것인가?

이 진실이 밝혀지면 단목세가는 어떤 반응을 보이게 될까?

남궁유한은 단목세가의 단목영을 바라보며 비웃는 듯한 말투로 말했다.

"단목세가와 제갈세가가 영원히 화목하게 지내기를 바라오. 하하하하!"

돌연 남궁유한이 커다란 웃음을 터뜨리자 자리에 있던 이들이 모두 알 수 없다는 표정을 지었다.

그런데 팽강은 남궁유한이 최근 그의 제자를 녹여 버렸다는 말에 주목했다.

황산 객잔에서 자신을 거의 죽이는 데 성공했던 그 흉수.

대략적인 설명은 남궁유한에게 들었지만 자세한 설명은 들을 수 없었던 그 흉수가 제갈세가와 연관이 있단 말인가?

생각이 거기까지 미치자 팽강의 입꼬리가 꿈틀거렸다.

그래서 이전부터 흉중에 품고 있던 생각 하나를 입 밖으로 꺼냈다.

"오대세가 모두 얽히고설켜 있으며, 때마침 세 세가의 가주가 바뀌었소. 이에……."

그러며 침을 한번 꿀꺽 삼켰다.

"이에 팽가의 가주인 나 팽강은 오룡제의 조속한 개최를

요구하오!"

오룡제는 기본적으로 오대세가의 회합이었다.

그러나 당금 정파를 실질적으로 주도하고 있는 것은 구파일방이 아닌 오대세가였다.

무림맹이 결성되지 않는 한, 구파일방이 모두 모이는 자리는 없었으니 오대세가의 오룡제가 당금 정파 무림의 최대 행사였다.

또한, 오룡제가 열리면 구파일방에서도 으레 사절들을 보내 안부를 묻다 보니 자연스레 평상시에는 오룡제가 정파 무림 전체의 회합으로 자리하고 있는 형편이었다.

"좋습니다! 전권을 받아 이곳에 온 단목세가의 단목영은 찬성합니다. 오룡제를 열어 저희 가주님과 소가주님에게 일어난 불행한 사태의 책임을 남궁세가에 묻겠습니다!"

단목영이 가장 먼저 찬동하고 나섰다.

"나쁠 것도 없겠소. 그 자리에서 남궁세가 소가주에 대해 제기되고 있는 모든 의혹을 푸는 자리를 마련해 봅시다! 소가주의 과거가 어떠한지부터 강호에 떠도는 소문처럼 소가주가 진정 십만대산에서 내려왔는지까지!"

제갈현도 또한 찬동하고 나섰다.

팽강, 단목영, 제갈현도의 시선이 일제히 남궁유한에게 쏠렸다.

그만 찬성하면 오대세가 중 네 세가가 찬성하는 것.

사천당가의 입장이 어떠할지는 모르나, 네 세가가 찬성하고 풀어야 할 일이 많은 상황에서 당가가 반대할 이유는 없었다.

오룡제의 개최 여부의 핵심 열쇠를 쥐고 있는 남궁유한이 웃었다.

"나는 시비를 걸어온 자들을 피한 적이 없었소. 대화합의 자리가 될지, 피바다가 될지는 모르나 오룡제를 열어봅시다!"

남궁유한까지 찬성하자 오룡제의 개최는 이제 기정사실화되었다.

제갈현도가 곧바로 무언가를 말하려 입을 열려 했다.

그런데, 그때 남궁유한이 크게 말했다.

"이번 오룡제는 안휘성 합비, 창천장원에서 열 것이오!"

"무슨 말도 안 되는……."

선수를 잡은 남궁유한에 이어 팽강이 바로 찬동하고 나섰다.

"팽가는 찬성하오!"

그러자 단목영과 제갈현도가 일제히 반대하고 나섰다.

"불가하오!"

남궁유한이 말했다.

"오룡제의 개최 자체는 다섯 세가의 만장일치 찬성이 있어야 하나, 개최 장소와 일시 등의 여러 사항은 과반의 찬성을 얻으면 된다 하더군. 팽 소가주, 그 말이 맞소?"

사석에서야 말을 놓지만 지금은 공적인 자리이기에 팽강에게 '하오' 했다.

"물론입니다."

"우리 남궁가와 팽가가 뜻을 모았고, 제갈가와 단목가가 반대를 하는구려. 그럼, 공은 이제 사천당가에 넘어가겠군. 당가라, 마침 내가 당가에 갈 일이 있었는데 말이오. 하하하!"

남궁유한이 자신만만하게 웃었다.

'저자가…….'

제갈현도가 속으로 이를 갈았다.

이미 강호에 파다한 소문이 남궁, 팽가, 당가가 연수를 한다는 것 아니던가?

"그럼, 물어봅시다! 당가는 어찌 생각하는지를."

그에 이어 팽강이 말했다.

"오룡제의 개최가 확정되면, 오대세가 사이의 모든 분쟁은 일시 중지되오. 그 어떤 세가도 다른 세가와 분란을 일으킬 수 없소. 만약 소란을 일으키는 세가가 있다면 오대세가는 물론 정파 전체의 공적이 될 것이오!"

오대세가의 평화시대라 해 분쟁이 없었던 것이 아니다.

천하의 커다란 이권을 잡고 있는 오대세가이니만큼 사소한 분쟁은 언제나 끊이질 않았다.

그런 문제를 무력이 아닌 세가주들이 담판을 벌여 풀기 위해 오룡제의 개최가 확정되면 모든 분쟁을 중지한다는 관례가 있었다.

남궁유한이 당황하는 제갈현도와 단목영을 바라보며 속으로 웃었다.

'훗! 잔머리 굴려봐야 결국 이렇게 되지 않느냐? 팽가만이 아니라 강호 전체가 인정하는 중지 기간 동안 나 남궁유한은 안심하고 영산 백두로 갈 것이다!'

자신이 영산 백두에 가느라 얼마나 시간을 지체할지 알 수 없는 상황.

자신이 오랫동안 남궁세가를 비웠다가 그사이 제갈세가와 단목세가, 그리고 그 배후에 웅크리고 있는 혈세신마가 움직일 가능성이 컸다.

그렇게 되면 이제껏 남궁세가에서 쌓고 있는 공든 탑이 하루아침에 무너지게 될지도 모를 일.

이렇게 확실히 못 박아두면, 오룡제 전에 남궁세가가 공격을 받거나 남궁세가 사람이 하나라도 다친다면 모든 책임과 비난은 제갈과 단목세가가 받아야 할 것.

도리어 엉뚱한 세력이 남궁세가를 공격해 자신들이 억울하게 누명을 쓸까 제갈과 단목세가가 전전긍긍해야 하는 상황이 된 것이다!

"하하하하!"

남궁유한이 제갈현도와 단목영을 보며 크게 웃었다.

‘이, 이자······.’

제갈현도는 좋은 머리를 가지고 있었으나, 미처 자신의 세 치 혀를 놀리기도 전에 남궁유한에게 선공을 당해 일격을 허용한 것을 깨닫고 연신 씩씩거렸다.

그러나 그뿐이었다.

“이놈, 철혈투마!”

붉은 화의 사내, 혈세신마 제갈영호가 팽가 인근의 객잔에서 분노를 표했다.

“개 같은 늙은이? 감히 나에 대해 그따위로 말해? 네놈이 곱게 죽기가 싫은 모양이로구나!”

제갈현도를 배후에서 조종한 제갈영호였다.

“아둔하기 짝이 없는 제갈현도 놈. 대뜸 오룡제에 찬동하고 나서면 어찌하잔 말이냐? 투마의 발을 묶어놓지는 못할망정 날개를 달아줘?”

한심하기 그지없었다.

그가 분노해 소리쳤다.

“팽가 내부에 우리에게 의지를 지배당하고 있는 자들에게 전해라! 남궁유한의 일거수일투족을 더욱 빠짐없이 보고하라고!”

제갈영호는 분노를 폭발시키며 자신의 제자 하나에게 명했다.

"알겠습니다, 사부님!"

혈세신마 제갈영호는 속으로 생각했다.

'쓸모없는 것들 천지다. 그런 것이 제갈세가주랍시고 있으니 정마대전이 벌어지자 제갈세가가 가장 먼저 마교에게 멸문을 당했지. 나라도 나타나지 않았으면 속절없이 남궁유한에게 당했을 것이 아닌가?

혈세신마는 이 시대로 넘어오자마자 가장 먼저 제갈세가 장악부터 시작했다.

그것은 너무나 쉬웠다.

제갈세가의 모든 것을 속속들이 알고 있는 그였던 데다, 제갈세가 비전의 명왕공(冥王功)으로 세가인 모두의 정신을 지배하는 데 성공했으니.

'좌측에 명왕공으로 무장한 제갈세가, 우측에 속성 신무학을 익힌 단목세가라면 충분히 일을 도모해 볼 만하다 싶었건만……'

혈세신마 제갈영호는 인상을 찌푸리며 장백산을 떠올렸다.

'어찌 됐든 지금 가장 중한 일은 장백산이다. 장백문을 찾아 더 이상은 천부경의 문을 타고 마도시대 마인들이 넘어오게 해서는 안 될 것이다! 문을 막아야 한다!'

마도시대에는 여전히 자신과 동급인 십삼신마들이 있었고, 마도천하를 연 마인들이 우글거리고 있었다.

만약 고금제일신마인 교주가 직접 넘어오기라도 한다면?

'모든 것이 끝장이다! 교주에게는 절대로 대항할 수 없다!'

교주를 떠올리자 그의 등에서 식은땀 한줄기가 주르륵 흘러내렸다.

第三章 **혈랑대**

"남궁세가주에게 통행허가증을 내주지 않는다면 천하가 비웃었을 것이오. 게다가 팽가 가주에게 특별히 청까지 받은 마당에야."

요동 땅으로 가는 장성의 관문인 산해관 총병 팽학무가 남궁유한 일행을 배웅했다.

"내 돌아가면 장군에게 크게 신세를 졌다 팽가주에게 꼭 전하겠소."

남궁유한이 그리 말하자 총병 팽학무가 크게 반가운 기색을 보였다.

그의 능력도 물론 출중했으나 팽가의 후광이 없었다면 총병의 위까지 오르는 것은 불가능했을 것이다.

또한, 언젠가 자신이 노후를 보낼 곳은 팽가의 그늘 아래일 것이라 확신하는 그였다.

"국법과 군율이 존재하는지라 더 많은 도움을 주지 못해 안타깝기만 하오. 하나 호위병 몇 정도 붙여주는 것은 내 재량으로 가능한 일이오만."

장성 이북은 원의 잔당들이 지배하고 있는 지역이었다. 또한, 원이 힘을 잃은 후 요동 땅은 여러 북방 부족이 난립하고, 마적 떼가 들끓고 있는 곳이었다.

남궁세가주의 무공이 대단하다 해도 척박하기 그지없고, 곧 추위마저 몰아닥칠 요동 땅을 무사히 횡단하는 것이 녹록한 일은 아니라는 생각이 들었다.

장백산을 찾아간다는 남궁유한 일행이라고 해봐야 남궁유한과 아직 채 소년티를 벗지 못한 소년 둘, 그가 보기에도 천하절색인 여인, 그리고 어디 하나 모자라 보이는 거한이 전부였다.

은근히 걱정이 됐다.

"지리를 잘 알고, 북방 생활에 익숙한 팽가병 출신의 병사가 몇 있소. 원하면 그들을 길잡이로 내어주겠소이다."

팽학무는 호의를 베풀고 있는 것이었다.

그러나 남궁유한은 거절했다.

"마음만 받겠소."

팽학무는 몇 차례 더 권했으나 그때마다 남궁유한이 거절했다. 그러자 팽학무도 결국에는 포기하며 말했다.

"정 그렇다면야……."

팽학무가 손을 들어 명령하자 산해관의 관문이 열리기 시작했다.

"그럼, 다시 뵙겠소이다."

남궁유한은 그리 말하고는 장성 이북으로 향하기 시작했다.

그는 영산 백두를 향하고 있었다. 아니, 정확히는 백두문을 찾아가고 있었다.

"장백산으로 간다!"

혈세신마 제갈영호는 그의 제자들과 십 명 남짓의 혈수라들을 이끌고 은밀히 장성을 넘었다.

"투마 일행을 막아라! 그사이 내가 장백산에 올라 장백문의 종자들을 모조리 죽이고 올 것이니!"

팽가에 심어둔 세작에게 남궁유한이 북쪽으로 향했다는 정보를 입수하고, 혈세신마 제갈영호는 혈수라들에게 명령했다.

혈수라들은 곧 말고삐를 돌려 뒤처져 달려오고 있는 남궁유한을 막기 위해 출발했다.

끝도 없이 이어지는 황무지.

눈을 뜨기 힘들 정도로 휘몰아치는 황토바람.

가도 가도 끝이 없을 것만 같은 메마른 땅이었다.

남궁유한이야 어떤 극한 상황에서 살아남을 수 있는 육체를 가지고 있어 아무런 문제가 없었다.

그리고 사천성 출신으로 고아로 이곳저곳을 떠돌아 험한 생활에 익숙한 아평, 아소 형제도 별문제없었다.

하늘이 준 육체를 가진 매타자는 말할 것도 없었고.

하지만 강소성 소주 출생으로 따뜻하고 안락한 기후에 익숙해져 있는 초설이 힘들어했다.

그것을 뻔히 알고 있음에도 남궁유한은 물론 아평, 아소 형제와 매타자 역시 그녀에게 아무런 도움을 주지 않았다.

앞으로 이보다 더 힘든 일도 줄줄이 겪을지 모르는데, 척박한 환경 하나 극복하지 못해서야 신폭풍대의 자격이 없다 여겼다.

그저 간간이 힘들지나 않은지 물어보는 데 그칠 뿐이었다.

그런데 설상가상이라 해야 할까?

때 이른 눈보라마저 휘몰아치기 시작했다.

황토바람에 눈보라까지 뒤섞이자 앞을 보기가 더욱 힘들어졌고, 일견 숨 쉬는 것조차 곤란을 겪어야 했다.

그런 그들을 향해 다가오고 있는 무리가 있었다.

말을 타고 안장에는 활을 걸치고 있고, 등에는 전통을 메고 있었다. 또한, 그들의 손에는 장창이, 허리춤에는 천으로 돌돌 감아놓은 도를 차고 있었다.

하나같이 흉흉한 눈빛을 풍기는 이들이 무려 일천 가까이나 됐다.

그들은 황토바람과 눈보라를 갈가리 찢어발기며 남궁유한을 향해 계속 다가갔다.

말을 타고 달리던 남궁유한은 곧 그들의 존재를 알아챘다.

'방향을 꺾거나 하지 않고 이쪽으로 곧장 오고 있다. 명백히 우리를 노리고 있는 자들! 일천 가까이 된다.'

정체도 알 수 없는 자들이 일천이나 다가오고 있음에도 남궁유한은 전혀 긴장하지 않았다.

정마대전 당시 죽음의 길을 뚫고 나왔던 그다.

전혀 두렵지 않았다.

'전심전력을 다해 부딪친다. 그리고 반드시 이긴다!'

남궁유한이 굳은 의지를 다졌다.

"준비해라!"

그가 말하자 마침내 때가 왔음을 깨닫고 아평, 아소와 초설, 매타자가 잔뜩 긴장하기 시작했다.

사신의 공을 시작으로 남궁세가의 검법, 그리고 각자 자신에게 맞는 무공을 배워 일정 수준에 오른 그들이었으나 싸움은 처음이었다.

'어쩌면 첫 살인을 하게 될지도 모른다.'

아평과 아소, 초설, 매타자가 마른침을 꿀꺽 삼켰다.

"어설피 검을 휘둘러 상대를 죽지도 살지도 못하게 만들어 고통을 주는 것만큼 무자비한 일도 없다. 일단 검을 들었으면, 한 치의 망설임도 없이 적을 베라. 손에 자비를 두지 마라. 그것이 상대에게 최대의 자비가 될 것이니!"

그러며 말을 이었다.

"끊임없이 생각해라. 적이 어느 쪽에서 오는지, 적이 어떤 방식으로 공격해 들어올지, 적이 어찌 막을지, 한 번의 공수에 이어 최소한 열 수 이상을 내다봐라. 또한, 적이 어느 방향으로 쓰러져 나에게 방해가 될지, 득이 될지도 계산해라. 복잡한가? 검 한 번 휘두르는 데 무어 그리 생각할 것이 많다 생각하는가? 그러나 명심해라. 지금 너희들이 걸고 있는 것은 하나뿐인 생명이라는 것을. 생명이 걸려 있는데 어찌 그것을 힘들다 하고, 복잡하다 하는가? 그 정도도 하지 않고 죽는 것이 억울하고, 비참하다 할 자격이 없다!"

그러며 남궁유한은 황토바람과 눈보라에 이제는 말이 일으키는 흙먼지까지 뒤섞여 온통 뿌연 전방을 바라봤다.

그런 그의 반대편에서 다가오는 일천 기마병들.

그들은 이미 자신들의 존재를 알아차렸음에도 한 치의 망설임도 없이 직진하고 있는 남궁유한 일행을 향해 코웃음을 쳤다.

"불을 보고 덤벼드는 불나방 같은 것들이구나. 요동의 지배자인 혈랑대를 감히 어찌 보고!"

혈랑대(血狼隊)!

원이 물러나고, 명이 들어서며 일시적으로 공백이 생긴 요동 땅의 실질적인 지배자였다.

처음에는 작은 마적단에 불과했다. 그러나 지난 수십 년 동안 권력 투쟁 중인 몽골에서 밀려난 몽고 기병부터 요동 땅 토착 전사들, 그리고 건주 여진족의 용사들까지 합류하면서 일약 요동 최대 세력으로 급부상했다.

하루 종일 말을 탄 채로 먹고, 쉬고, 심지어는 자기까지 하는 북방 용사들이 뒤섞이며 혈랑대는 날이 갈수록 강해졌다.

이제는 혈랑대가 있는 요동 땅으로는 명의 군대도, 몽골 초원의 전사들도 감히 얼씬거릴 생각조차 하지 못할 정도였다.

도리어 혈랑대가 초원의 몽골 부족들을 자신들에게 복속시키고, 수시로 장성을 두들기며 명나라의 국경을 위협하고 있었다.

혹자는 요동 땅에 혈랑대라는 이름의 새로운 왕조가 들어섰다고까지 말할 정도.

실제로 산해관 밖 동쪽은 이들의 땅이었다.

"거궁(擧弓)!"

혈랑대주 만티르의 명에 따라 선두에서 달리고 있는 이백 혈랑대가 일제히 활을 들었다.

"사(謝)!"

한 치 앞도 내다보기 힘들었지만 혈랑대의 궁대(弓隊)가 일사불란하게 활시위를 놓았다.

슈슈슈슈슈슈슉! 슈슈슈슈슈슈슈슉!

가뜩이나 어두운 하늘을 수백 발의 화살이 온통 뒤덮어 진한 어둠이 깔린 것만 같았다.

"내 주위로 모여라!"

남궁유한의 명에 따라 초설과 매타자, 아평, 아소가 탄 말들이 그의 좌우로 모였다.

그리고는 곧장 남궁유한이 등에 메고 있던 다섯 자루의 검이 일시에 떠올랐다.

남궁유한은 급속도로 내력을 회복하고 있었다.

미타금강밀공의 연공법에 따라 차차 내공을 찾아가고 있는 데다 단목대운과 제갈문도의 내력을 흡성대법으로 빨아들인 것이 거의 가상 단전에 녹아들어 간 상태였다.

마도시대 철혈투마로 불렸던 시절과 비교해 오 할 남짓의 내력을 회복하고 있었다.

하늘로 치솟아오른 다섯 자루의 검이 검수를 중심으로 맹렬하게 회전하더니 허공에 다섯 개의 막을 형성하기 시작했다.

"검막(劍幕)!"

그 광경을 본 초설이 깜짝 놀라 소리쳤다.

검막, 그것도 다섯 자루의 검을 이기어검으로 운용해 단번에 검막을 펼쳐 내다니.

그러나 그것으로 끝이 아니었다.

휘익! 휘익!

남궁유한이 양팔을 휘둘러 팔을 교차시키더니 앞으로 쭉 뻗었다.

그러자 다섯 자루의 검이 펼쳐 낸 검막이 놀랍게도 옆으로 퍼지더니 서로서로 이어지기 시작했다.

이전에는 허공을 둘러싼 다섯 자루의 검막이 각기 떨어져 있어 구멍이 숭숭 뚫린 그물 같은 모양이었다. 그러던 것이 이제는 촘촘하게 이어져 한 치의 빈틈도 없는 완벽한 검막으로 변했다.

"천 발의 화살도, 만 발의 화살도, 나와 폭풍대를 다치게 하지 못한다! 내가 폭풍대주다!"

남궁유한이 황토바람이 휘몰아치고 있는 하늘을 향해 크게 외쳤다.

팅! 팅! 팅! 티팅! 티티팅! 티티티팅!

검막에 부딪친 수백 발의 화살이 모조리 팅겨 나가며 허공의 눈보라에 거세게 휩쓸려 나갔다.

그 광경을 황무지의 황토바람과 눈보라에 익숙한 이천 개의 눈동자가 똑똑히 지켜보고 있었다.

그런 신위를 직접 목격했음에도 혈랑대는 전혀 동요하지 않았다.

"거궁!"

"사!"

그들은 더 이상 화살을 발사할 수 없을 때까지 묵묵히 발사하고, 또 발사할 뿐이었다.

그러나 무서운 기세를 담은 수백 발의 화살은 남궁유한이 펼친 검막에 막혀 허무하게 떨어질 뿐이었다.

제아무리 혈랑대라 하나 궁수대로는 더 이상 답이 나오지 않는 상황.

"개(開)!"

혈랑대주 만티르의 명이 떨어지자 궁대가 달리는 방향 좌우로 쫘악 갈라졌다.

마치 바다가 갈라지는 것 같은 틈을 가르며 십 척은 너끈히 넘을 것 같은 장창을 양손에 들고 있는 창대(槍隊) 사백이 나타났다.

그들은 세상을 모조리 휩쓸어 버릴 것만 같은 광풍처럼 돌격하기 시작했다.

다그닥! 다그닥! 다그닥! 다그닥!

말발굽이 천지를 진동시켰다.

세상 그 어떤 장애물이라도 쪼개 버릴 것 같은 맹렬한 기세를 담아 달려드는 사백의 창대는 가히 해일 같은 기세로 몰아닥쳤다.

그와 동시에 길을 열어주고 후퇴하는 듯 보였던 궁대 이백이 연사를 통해 다시 한 번 하늘을 뒤덮으며 화살을 날렸다.

같은 편인 창대의 돌격 속도와 남은 거리를 정확히 계산해 날린 절묘한 공격.

화살에 집중하자니 해일처럼 밀어닥치는 창대가 문제요, 창대에 신경 쓰자니 화살을 막기가 극히 어려웠다.

그러나 남궁유한은 특유의 오만한 코웃음을 날렸다.

"흥!"

그리고는,

쉬익!

하늘을 향해 양손을 뻗어 올렸다.

쉭! 쉭! 쉭! 쉭! 쉭!

그러자 남궁유한의 등 뒤에 남아 있던 다섯 자루의 검이 일제히 광풍이 휘몰아치는 허공으로 치솟았다.

놀랍게도 그가 한 번에 부릴 수 있는 검의 수는 다섯이 한계가 아니었던 것.

탁!

남궁유한이 두 손을 모아 앞으로 쭉 뻗었다.

그러자 허공으로 치솟은 다섯 자루의 검이 황토바람과 눈보라를 완전히 헤집어놓으며 날아갔다.

쫘아악! 쫘아악! 쫘아악! 쫘아악!

다섯 검이 공중으로 날아가는 동안 검에 담긴 기운을 도저히 견디지 못한 메마른 땅의 표면이 계속해서 갈라졌다.

그리고!

선두에서 달려오던 창대 중앙의 창대주를 단박에 두 쪽으로 갈라 버렸다.

그것으로도 모자라 다섯 자루의 이기어검은 그 뒤의 전사를, 또다시 그 뒤의 전사를 연달아 관통하며 한없이 날아갔다.

중앙을 관통한 다섯 자루의 검에 의해 창대 중앙의 진형이 완전히 절단나고 말았다.

그러나 검은 날고, 또 날아 창대 후미에서 달리고 있던 혈랑대주 만티르를 향해 날아갔다.

그 광경에 만티르가 놀라며 급히 도를 휘둘렀다.

만티르의 도에서 푸른 도기가 일렁이는 것 같더니 남궁유한이 쏘아낸 검을 간신히 튕겨낼 수 있었다.

"윽!"

그러나 튕겨내던 때의 충격을 이기지 못하고 손아귀 힘이 빠져 도를 놓치고 말았다.

단 한 번의 맞부딪침이었다.

상대의 검은 허공을 날아오고 여러 전사들의 몸을 꿰뚫고 오느라 그 기세마저 현저히 약해진 상태.

그럼에도 혈랑대주 만티르는 단 한 번도 견디지 못한 것.

"이, 이……!"

요동 땅에서는 그 누구에게도 패한 적이 없는 불패의 전사 만티르가 아랫입술을 깨물며 분노를 표했다.

"제갈세가가 사람 몇 죽여주는 데 은자를 일백만 냥이나 준다 하더니……. 이거 은자 탐하다 자칫 오늘 혈랑대 전체가 모조리 북망산을 넘을 수도 있겠구나."

만티르가 크게 긴장하기 시작했다.

그때, 중앙이 갈리며 일시적으로 진형이 무너진 창대를 향해 무수한 비도가 하늘을 가르며 날아왔다.

쉬시시시시시시식! 쉬시시시시시시식!

남궁유한 바로 곁에서 쏘아진 비도는 단번에 창대 수십의 목덜미를 꿰뚫고 지나갔다.

그리고 다시 한 번.

비도가 수십 방위를 일제히 차단하며 창대 수십을 또다시 쓰러뜨렸다.

일비(一匕) 일살(一殺)!

비도 한 자루에 요동 땅의 지배자 혈랑대 하나가 허무하다 싶을 정도로 쉽게 쓰러졌다.

"괜찮았다."

남궁유한이 비도를 날린 초설을 칭찬했다.

그런데 막상 비도를 날린 초설조차 자신이 익힌 경천육십사비(驚天六十四匕)가 이토록 막강한 위력을 가진 절기일 줄은 미처 상상하지 못했다.

'대성하면 일수에 예순 네 자루의 비수를 날려 육십사괘의 모든 방위를 공격할 수 있다 했다. 그 경지에 오른다면 세상 누가 내 비도 아래서 목숨을 부지할 수 있을까?'

초설은 여전히 놀란 상태로 다시 한 번 비도를 날릴 준비를 했다.

그사이 하늘로 날아온 화살을 막고, 창대의 진형을 무너뜨린 열 자루의 검이 선풍처럼 회전하며 창대에 속한 전사들을 학살하기 시작했다.

"으악! 으아악! 으아아악!"

제아무리 용맹하고, 출중한 무위를 가진 전사들이라 해도 남궁유한이 전력을 기울여 펼친 열 자루의 이기어검에 대항할 수는 없었다.

쉴 새 없이 죽어나가는 전사들을 보며 더 이상은 참을 수 없게 된 만티르가 크게 명령했다.

"도대(刀隊), 출진!"

그 명령이 떨어지자 후미에 대기하고 있던 사백의 도대가 일제히 바람을 가르기 시작했다.

"매타자, 방어해라!"

남궁유한이 명하자 매타자가 육중한 철갑으로 두른 몸을 하고는 앞으로 나섰다.

"아펑, 아소, 너희들의 검을 믿어라! 너희들의 검은 결코 약하지 않다!"

아직 어린 두 형제, 그리고 첫 번째 싸움.

당연히 검에 대한 믿음이 없을 수밖에 없었다.

이전까지는 십 년은 고련해야 어디서 칼 맞고 죽지 않을 정
도라 했다.

그런데 지금 이 순간 하늘처럼 따르는 남궁유한이 처음으
로 자신들의 검을 인정해 주자 용기백배할 수밖에 없었다.

말 한마디로 사람을 죽일 수도, 살릴 수도 있다는 말이 딱
들어맞았다.

아평과 아소가 등에 메고 있던 쌍검을 양손에 들었다.

분심양의류를 익힌 두 형제다.

한 번의 대오각성을 통해 기하급수적으로 내력이 증가하
지는 않으나, 꾸준히만 연성하면 산술급수적으로 내력이 느
는 분심양의류였다.

게다가 마음을 나눠 다시 두 가지 뜻을 발하는 분심양의류
는 두 형제가 네 사람, 여덟 사람, 아니, 열여섯 사람 몫을 너
끈히 하게 만드는 묘용이 있었다.

좌수로는 창궁무애검법(蒼穹無涯劍法)을, 우수로는 회풍무
류사십팔검(廻風霧流四十八劍)을 펼치기 시작했다.

쉬익! 쉭! 쉬쉬식! 쉬시시식!

아평, 아소 형제의 검이 허공에 푸른 검광을 연신 흩뿌렸
다.

그때마다 적게는 넷, 최대 여덟까지 뭉텅이로 혈랑대 도대

들이 피분수를 뿜으며 쓰러졌다.

히이잉~! 히이잉~!

차디찬 북풍 속에서 주인 잃은 말들이 무섭게 증가하기 시작했다.

팡! 팡! 팡! 파파팡!

사백 도대의 선두가 말을 타고 달려오는 힘까지 등에 업고 휘두르는 무수한 도는 매타자의 철갑을 뚫을 수 없었다.

설사 매타자의 철갑을 뚫고 들어온 도조차도 금강불괴신공을 익히고 있는 매타자의 또 다른 철갑인 육체는 결코 베어내지 못했다.

"우아아아아아악~!"

매타자가 어두운 하늘에 야수처럼 포효하더니 몽둥이를 휘둘렀다.

초식이랄 것도 없고, 투로조차 없는 단순한 몽둥이질이었다.

그러나 신력을 타고난 매타자는 그것으로 충분했다.

마치 도리깨처럼 휘둘러진 몽둥이질 한번에 도대 두 서넛이 대가리가 박살나며 차가운 대지 위에 거꾸로 처박혔다.

그리고……

휘이이이이이~ 익!

남궁유한이 말안장에 올라서는가 싶더니 순간 도약해 어두운 밤하늘로 비상하기 시작했다.

끝없이, 끝없이, 마치 하늘 끝까지라도 날아오를 듯한 기세로 한없이 비상하기만 했다.

그러더니 순간.

타타타타타타타탁! 타타타타타타타탁!

남궁유한은 밤하늘에 마치 보이지 않는 계단이라도 있는 것처럼 끝없이 걸어갔다.

탁!

그와 동시에 무언가에 기원을 하듯 양 손바닥을 맞붙였다.

그리고는 맞붙인 두 손바닥을 각기 다른 방향으로 강하게 틀었다.

그러자 열 자루의 검이 불화살처럼 허공으로 솟아오르더니 맹렬한 속도로 회전하는 것이 아닌가?

"십만대산에 백 만의 적을 베는 검이 있어, 그것을 오대마검이라 칭한다!"

그러더니 하늘을 향해 오른팔을 치켜들었다.

"한 자루 검이 무수한 유성으로 화할 것이며, 그 유성은 슬픈 검일지니! 밤하늘을 산산이 가르는 유성이여, 나의 의지에 따라 지금 이곳에 강림하라!"

휙!

남궁유한이 팔을 휘둘렀다.

그러자 곧 놀라운 일이 벌어졌다.

펑! 펑! 펑! 펑! 퍼퍼퍼퍼펑!

엄청난 속도로 회전하는 것을 견디다 못한 열 자루 검의 검신이 크게 폭발하며 산산조각이 났다.

지상으로 떨어지던 유성이 순간 대폭발을 일으킨 것만 같은 모양새.

쉬시시시시시시시식! 쉬시시시시시시시식!

무수한 파편으로 변한 검 조각들이 지상을 향해 찬란한 은빛 광채를 뿌리며 거세게 낙하했다.

"으악! 으악! 으아악! 으아아악!"

그리고 혈랑대 뒤편에서 이루 헤아릴 수 없이 많은 비명이 터져 나오기 시작했다.

파파파팟! 파파파팟! 파파파팟! 파파파팟!

이것이 진정한 피분수련가?

검은 어둠의 장막을 뚫고 선홍빛 선혈들이 일제히 솟구쳐 올랐다.

혈랑대 궁대 이백이 일시 빠져 대기하고 있던 자리는 그 한 수로 인해 완전히 초토화되고 말았다.

그 자리에 있던 궁대 중 아무도, 그 누구도 살아서 움직이지 못했다.

그저 움직이는 것은 콸콸콸 쏟아지는 뜨거운 피와 아직 채 멎지 못해 기계적으로 움직이는 궁대 전사들의 장기들뿐.

어찌 죽는지도 알지 못한 채 절명한 궁대 이백 전사들이 눈도 채 감지 못한 채 차가운 대지 위를 뜨겁게 적시고 있을 따름이었다.

"이런, 미친!"

그 광경을 목격한 혈랑대주 만티르는 도저히 믿을 수가 없다는 표정이었다.

저것이 사람이 해낸 일이란 말인가?

사람이 어찌 한 수로 이백을 몰살시켜?

그것도 무수한 실전으로 다져진 북방의 전사들을?

두려움이 몰려오기 시작했다.

공포가 그의 심장을 지배했다.

죽음이 그의 턱밑까지 차오르고 있는 느낌이었다.

"대체 그것이 무엇이었는가……."

만티르가 반쯤 넋이 나간 얼굴로 중얼거렸다.

"십만대산에 백만 적의 심장을 꿰뚫는 다섯 자루 검이 있어 그것을 오대마검이라 한다! 그중 하나인 유성비검(流星悲劍)이라 한다!"

그사이 전멸한 혈랑대 궁대 사이로 가볍게 착지를 한 남궁유한.

그는 곧바로 궁대의 도 한 자루를 집어 들었다.

남궁유한이 일순 마기를 흩뿌리며 도를 들었다.

"검과 도에는 고유한 운용법이 있다? 개소리다! 검이든 도든 인간을 죽이기 위한 무기! 사람 죽이는 데 무슨 방법을 따지는가?"

타타타탁! 타타타탁! 타타타탁!

남궁유한이 한 자루 도를 대각으로 쭉 뻗어 들고 질풍처럼 달려오기 시작했다.

쉬익! 쉬익! 쉬시식! 쉬시시식!

도가 허공을 갈랐다.

피가 튀었다.

혈랑대가 우수수 쓰러졌다.

그리고 그 도는 잠시도 쉬지 않았다.

"내 앞을 막지 마라! 나는 죽음 속에서 태어나, 죽음 속에서 살아온 자, 끝내는 죽음 속에서 죽어갈 자일 것이니!"

그는 천지에 가득할 정도의 살벌한 마기를 뿜어내며 혈랑대 사이를 무풍지대처럼 휘저으며 혈랑대들을 베고, 또 베었다.

하늘도, 땅도, 바다도 남궁유한의 앞길을 가로막을 수 없을 것 같았다.

"으아아악! 으악! 으악!"

괴기스러운 비명이 천지사방에 가득했다.

"나에게 검을 들이댄 자 일천이라면 일천 모두를 벨 것이다! 일만이라면 그 일만과도 싸울 것이며, 하늘이 나를 막는다면 하늘을 벨 것이요, 땅이 나를 방해한다면 땅마저 가를 것이다! 나는 죽음의 신과도 싸울 것이다!"

폭풍무적 철혈투마!

마도시대의 심장부를 관통했다.

죽음의 전장을 수없이 돌파했다.

언제나 붉은 핏물을 뒤집어쓰며 살아왔다.

마도시대 철혈투마의 재림이었다.

철혈투마는 그 어느 곳보다도 대규모 전장에서 가장 빛이 나는 전신(戰神)이었다!

"저, 저리 가라!"

"사, 살려줘!"

무수한 전투를 겪으며 요동 땅의 지배자 소리까지 들었던 혈랑대의 전사들조차 마도시대 철혈투마가 뿜어내는 압도적인 살기와 마기는 도저히 견뎌낼 수가 없었다.

그들은 혼비백산해 목숨을 구걸하기 시작했다.

그러나 철혈투마의 도는 단 한 사람도 용서하지 않았다.

초설은 비도가 모조리 떨어질 때까지 경천육십사비를 날렸다.

아평, 아소 형제는 이제 반쯤 넋이 나가 자신들이 오늘 밤 얼마나 많은 이들을 죽이고 있는지 인식조차 하지 못하고 있었다.

매타자의 몽둥이가 한 번 벼락처럼 휘둘러질 때마다 혈랑대는 뼈다귀마저 박살이 나며 시체조차 온전히 남기지 못하고 죽어갔다.

그렇게 한 시진이 지난 후.

북풍이 몰아치고, 눈보라가 천지에 자욱한 가운데 대지 위에 서 있는 것은 오직 여섯 사람뿐이었다.

남궁유한, 초설, 아평, 아소, 매타자.

그리고 혈랑대주 만티르.

터벅! 터벅!

남궁유한이 핏물이 뚝뚝 떨어지는 도를 들고 그에게 다가갔다.

쿵!

만티르는 완전히 공포에 질려 바닥에 엉덩방아를 찧고 말았다.

그는 그 상태 그대로 엉덩이를 질질 끌며 연방 뒤로 물러났다.

"다, 다가오지 마! 다, 다가오지 마!"

그는 앞으로 손을 내저으며 악귀의 형상으로 다가오고 있는 남궁유한에게서 도망가고자 했다.

그러나 이미 철혈투마 남궁유한의 기세에 압도당한 그는 옴짝달싹도 하지 못했다.

남궁유한이 물었다.

"누가 시켰느냐?"

그 엄청난 광경을 보고는 완전히 넋이 나간 만티르가 자신도 모르게 중얼거렸다.

"제갈세가……."

그것으로 끝이다.

알고 싶은 것도, 묻고 싶은 것도 없다.

철혈투마가 도를 들었다.

그리고,

쉬익!

그의 도가 만티르를 참수하면서 혈랑대와의 혈전이 막을 내렸다.

대지 위를 뒹구는 만티르의 수급에 달린 두 눈에는 그저 한 없는 공포만이 어려 있었다.

第四章 질주

無敵世家

하룻밤 사이에 일천 혈랑대가 전멸했다는 소식에 요동 땅
은 물론 몽골, 그리고 장성 너머 땅까지 급속히 퍼졌다.

그리고 그들은 모두가 경악했다.

"남궁세가 소가주와 폭풍대 넷이 말도 안 되는 일을 해냈
다!"

그 소문에 북쪽 땅이 또 한 번 크게 들썩였다.

일천 혈랑대를 어찌 고작 다섯 사람이 전멸시킬 수가 있는
가?

그러나 혈랑대가 처참히 전멸한 것을 직접 확인한 사람들
은 혈랑대주 만티르의 시신 곁에 선명하게 새겨져 있는 열두

글자를 볼 수 있었다.

검끝으로 제멋대로 써놓았으나 황토바람에도, 매서운 눈보라에도 결코 지워지지 않도록 내력의 힘을 담아 써놓은 것을.

그것은 바로!

고금제일(古今第一) 천추무적(千秋無敵) 남궁세가(南宮世家)!

분명 남궁세가 무사들의 맹세인 '영웅의(英雄意)'의 한 구절이었다.

"아~"

그 문구까지 확인한 이상 사람들은 더 이상 의심할 수가 없었다.

강호인들은 그 소식에 일제히 남궁세가를 찬양했다.

"십 년의 세월을 잃어버린 남궁세가가 드디어 찬란히 비상하기 시작했다!"

"지난 십 년의 굴욕은 앞으로 다가올 백 년의 영광을 위한 작은 웅크림에 불과했다!"

또한 남궁유한을 일컬어 이렇게 말했다.

"전설의 남검이 재림했도다!"

정파인들은 한층 더 흥분하며 소리쳤다.

"십만대산 전체가 떨어야 하는 시대가 곧 오리라!"

일부 성급한 이들은 설레발을 쳤다.

"전설의 남검이 북쪽 땅에서 돌아온 후 정파인으로는 거의 천 년 만에 십만대산에 오른다 하더라!"

북쪽에서 전해진 소식 하나로 인해 강호 전체는 흥분의 도가니에 빠져들기 시작했다.

합비 창천장원.

남궁세가 본가가 자리한 창천장원은 그 어느 때보다 역동적으로 움직이고 있었다.

남궁유한을 따르기로 맹세한 세가 재산 관리인들은 철전 한 문이라도 더 벌려 애를 썼다.

세가 살림을 모두 위임받은 총관 철대선생은 허튼 곳에 한 문이라도 쓰지 않기 위해 고심에 고심을 다하고 있었다.

큰일을 도모하는 가주가 통 크게 은자를 써댈 수 있는 이면에는 총관이 한 푼이라도 아끼고, 세가 재산을 벌어들이는 이들이 더 악착같이 벌어야 함을 잘 알고 있었다.

또한, 무에 뜻을 둔 천하 청년들이 남궁세가에 입문하고자 연일 창천장원의 정문을 두드리고 있었다.

이레 동안 그들의 숙식을 제공하고, 세가 입문이 좌절당한 이들에게 작으나마 노잣돈이라도 보태주는 금액도 만만치가 않았다.

최근에는 천하의 남궁세가가 버는 돈보다 쓰는 돈이 몇 곱절이나 많아 큰 적자를 볼 정도였다.

"그러나 뜻을 세우고 노력하겠다는 청년들을 어찌 마다할 수 있겠는가? 빼어난 인재들이 늘어난다 함은 꼭 세가를 위해서만이 아니라 천하를 위해서도 득이 되는 일인 것을."

철대선생은 그러며 자신이 황산에서 데려온 상인 황량을 찾았다.

"어찌 돈 쓸 궁리는 열심히 하고 있는 겐가?"

황량이 그 소리에 웃으며 답했다.

"잠도 자지 않고 돈 쓸 궁리만 하고 있지요. 닷새 후에는 떠날까 합니다."

"처음부터 마을을 만들어야 하니 여러 곤란한 점이 있을 것 같아 걱정했었네."

"그렇다고 사십만 리 바닷길을 잇는 것을 포기할 선생도 아니잖습니까?"

철대선생이 고개를 끄덕이며 탁자 위에 지도 한 장을 펼쳤다.

지리를 명확히 표기한 지도는 군사적 이유로 조정에서 엄금하고 있었다.

그러나 이것은 이전의 그 어떤 지도보다 정확할 뿐만 아니라 현재 조정에서 보유하고 있는 그 어떤 군사 지도보다도 상세했다.

철대선생이 연왕을 따라 정난의 사를 일으키고, 얼마 후 연왕이 황제로 등극한 후 작성한 천하 지도였다.

당시만 해도 철대선생이 천하에서 하고자 해서 하지 못할 일이 없었기에 가능했던 지도다.

"요동의 장흥도(長興島)를 시작으로 하북성 천진, 산동성 위해와 청도, 강소성 상해, 절강성 태주, 복건성 복주, 광동성 광주와 향항, 광서의 덕천, 운남과 남만 땅까지 이어지는 바닷길이네."

지도 위의 여러 지명들을 가리키며 철대선생이 말했다.

"이 중에는 천진처럼 이미 군항으로 쓰이는 곳도 있으나, 조그만 어촌 마을인 상해처럼 버려져 있는 곳도 있네."

이미 철대선생과 긴밀하게 협의를 해 자세한 내용을 알고 있었으나, 황량은 다시 한 번 확인을 하며 말했다.

"이미 군항이 들어선 곳은 팽가에서 조정에 끈을 대준다 하더군요. 하나 군항을 사사로이 이용한다 함은 국법에 어긋날 뿐만 아니라, 아무리 팽가라 해도 영향력을 발휘하기 힘들 것입니다. 이치에도 맞지 않구요. 차라리 다른 곳을 생각해 보시지요."

그 소리에 철대선생이 지그시 눈을 감았다.

군항이 이미 들어선 곳은 다 이유가 있고, 아무리 따져 보아도 그곳이 최적의 입지였기에 그러한 것이었다.

철대선생 역시 대안을 생각해 보았으나 지금 말한 곳과 같은 입지 조건을 갖춘 항구가 없었다.

그 생각을 읽은 황량이 조심스럽게 말했다.

"이 모든 것은 폐하의 결정에 달린 것, 폐하를 한 번 만나보시지요?"

"흠……."

연왕을 황제로 만든 최대 공신이 바로 철대선생이었으나, 이미 뜻이 갈린 지 오래다.

"그렇다 해도 폐하께서 선생을 초빙하기 위해 황산에도 몇 번이나 사람을 보내지 않았습니까?"

철대선생이 한숨을 내쉬며 말했다.

"폐하께서는 북벌을 원하고 계시네. 늦어도 이 년이나 삼 년 안에는 친정을 하실 게야. 폐하의 성품을 고려하건대 뜻한 바를 이루기 전에는 결코 멈추지 않으실 것이고. 그러나 폐하의 북벌은 결코 성공할 수가 없네."

"무인 황제이십니다. 또한 용병술이 신의 경지에 달하셨고, 인재를 보는 눈도 탁월하십니다. 폐하 아래는 용맹한 장수들이 즐비하며, 백만 대군이 오직 출진 명령만을 기다리고 있습니다. 원의 잔당들 정도는 충분히 제압할 전력입니다."

"그런 이유로 전투에서는 연전연승하실 것이네. 하나 전쟁에서는 결코 이길 수가 없을 것이야. 또한 북방의 메마른 땅을 얻어서 무엇에 쓸 것인가? 설사 내 예측이 틀려 북방의 땅을 점령한다 하더라도 폐하께서는 원정을 멈추지 않으실 게야. 일 년 내내 얼어붙어 있는 북해까지도 나아가실 분이네. 메마른 땅과 얼어붙은 땅을 얻어서 무엇 하겠는가?"

"대제국을 이루려 함이겠지요. 세상의 서쪽 끝까지 나아간 원나라처럼……."

"그런 원이 고작 이백 년이나 버텼던가? 겉으로는 크고 화려하나, 안이 부실하면 아무 쓸모가 없어. 내가 바닷길을 이으려 하는 것도 다 내정을 튼튼히 하려 함이네. 세상의 바닷길이 모두 이어지는 날이 오면……."

철대선생은 무언가를 말하려다 멈추고 화제를 돌렸다.

"자네는 일단 군항들이 위치한 곳보다는 상해나 향항처럼 조그만 어촌마을들을 둘러보게. 할 수 있으면 바다에 인접한 이 마을들을 모두 매입해 기초 작업을 하게나."

"일단은 그리하겠습니다. 하나 남궁세가가 부유하다 하나 한두 곳도 아니고 수십 개 이상의 마을을 매입하고, 접안 시설을 갖춘 항구까지 건설하는 데에는 재력이 달릴 것인데……."

"그렇겠지. 하나 그렇다 하여 포기할 수는 없네."

"선생, 수나라 양제는 무리하게 대운하를 파느라 나라를 망쳐 버렸습니다."

"헐헐! 알고 있네. 하나 그것과 이것은 다르네. 대운하는 인위적으로 없는 길을 잇느라 그런 것이지만, 이는 이미 존재하나 끊어져 있는 바다의 길을 점점이 잇는 일이네. 두 가지를 같은 선상에 놓고 논할 수는 없을 것일세."

황량이 잠시 고개를 끄덕이더니 말했다.

"선생, 소생이 돈을 좀 벌어봅니까? 지난 세월 돈 쓰는 법에만 익숙해져 잘할 수 있을지는 모르겠으나……."

"헐헐헐! 또다시 물산을 매점매석해 천하의 근간을 흔들 셈인가? 황금충이 다시 나타나는 것은 원하지 않네."

매점매석과 황금충 소리에 황량이 민망한 웃음을 지었다.

"그럴 리야 있겠습니까? 소가주의 행보와 연결 지어 생각해 보았습니다. 어차피 소가주는 제갈세가, 단목세가와는 공생하기 힘들 듯 보입니다. 그러니 이왕 그들과 싸움을 벌일 것, 돈줄부터 끊어버리자 하는 것이지요. 그들의 돈줄이야 대륙전장과 중원표국 아니겠습니까?"

철대선생이 잠시 생각하더니 물었다.

"할 수 있겠는가?"

"어려울 것은 없습니다. 황금충이 남궁세가의 명성과 소가주의 무력까지 등에 업고 있는데 무슨 문제가 있겠습니까? 하나 그쪽 일은 대개 지저분하며 때로는 비열한 짓도 서슴지 않아야 합니다. 소가주의 행보에 누가 될까 그런 것이지요."

철대선생이 말했다.

"나는 오늘 이 얘기를 못 들은 것으로 하겠네. 또한 소가주는 애당초 알지 못하는 일로 할 것이고."

그 말이 무슨 의미인지를 알아챈 황량이 미소를 지었다.

"떠나기 전에 예전에 모아둔 사람을 조금 부려보겠습니다. 또한 제게 신세진 이들이 천하에 널려 있으니 그들에게 연통을 날리지요. 일단 만만한 중원표국부터 잡아먹어야 하겠습니다. 그러려면 일단 녹림왕부터 만나봐야 하려나?"

황량이 음흉한 미소를 짓더니 총총걸음으로 움직이기 시작했다.

작두채를 정리하고 남궁세가를 찾은 전직 산적 용작두의 몸은 하루도 성할 날이 없었다. 팔, 다리, 허리, 무릎, 괜찮은 곳이 한곳도 없을 정도였다.

그는 기적적으로 남궁세가 입문 평가에서 살아남은 개작두에게 다리를 주무르게 하며 말했다.

"하~! 소가주님의 명성이 하늘을 찌르고 있구나. 몸은 고되지만 마음만은 뿌듯하니 요즘 살맛나는구나."

그 소리에 개작두가 투덜거리며 말했다.

"형님, 대체 남궁세가 창고는 언제 털 생각이요? 이대로 남궁세가에서 뼈 묻을 생각은 아니겠지요?"

개작두의 말에 작두채에서 내려온 다른 산적들이 일제히 고개를 끄덕였다.

"지금은 고요하나, 돌아가는 형세를 보아하니 남궁세가와 다른 세가가 크게 한판 붙을 것 같다. 우리가 노리는 때는 범 같은 창룡대와 흑룡대가 세가를 비울 때다."

기존에 남궁세가에서 수련해 왔던 창룡대와 흑룡대는 그들로서는 감히 범접하기 어려운 수준에 있는 무사들이었다.

그들이 두 눈 시퍼렇게 뜨고 있는데 세가의 창고를 털려 했다가는 개죽음당하기 십상.

"아, 그리 멀리 내다보고 계셨습니까?"

다른 산적들이 감탄하며 용작두를 칭송했다.

그러자 용작두가 어깨를 으쓱하며 거드름을 피웠다.

"아, 뭘 그 정도 가지고."

그런데 용작두의 말에 연신 감탄하는 다른 산적들과는 달리 잠시 머리를 굴리던 개작두가 말했다.

"창룡대와 흑룡대가 세가를 비워도 백룡대가 남지 않습니까? 게다가 새로 만들어진 적룡대도 있는데."

작두채 산적들이 세가에 입문할 당시 새로 만들어진 것이 백룡대였고, 이들 또한 백룡대에 포함돼 있었다.

"그리고 세가에 큰일이 생기면 저희 백룡대도 출동해야 할 것이 아닙니까?"

뜨끔!

거기까지는 미처 생각하지 못한 용작두였다.

'아, 아니, 개작두 이 자식이 내가 하는 말마다 말꼬리를 붙잡고 늘어지네. 개작두, 오늘 너에게 따끔한 맛을 보여주마.'

용작두가 눈에서 불꽃을 일으키며 자리에서 벌떡 일어섰다.

돌연 험악한 기세를 느낀 개작두가 기겁을 하며 뒤로 물러섰다.

"혀, 형님! 갑자기 왜, 왜 이러시는 것입니까?"

기가 질린 개작두가 양손을 휘저었다.

"개작두, 너 요즘 많이 컸다. 내가 하는 말마다 물고 늘어지고 말이다. 네놈이 요즘 흑룡대 고방충 대주의 밑을 살살 닦아주며 아양을 떨더니 그를 믿고 이러는 것이냐?"

우드득! 우드득!

용작두가 주먹을 풀며 개작두에게 천천히 다가갔다.

"혀, 형님! 잘못했습니다. 부, 부디……."

그러며 개작두가 잽싸게 줄행랑을 놓기 시작했다.

"흥! 네놈이 도망쳐 봐야 창천장원 안이지. 또한 네 녀석 발 느린 것은 내가 제일 잘 아는데."

용작두가 뒤따라 달리기 시작하자 먼저 도망치기 시작한 개작두를 금세 잡아챌 수 있었다.

개작두의 목덜미를 낚아챈 용작두가 웃었다.

"네가 도망쳐 봐야 부처님 손바닥 안이지. 하하하! 고방충 대주가 윗줄인지, 내가 윗줄인지 오늘 확실히 각인시켜 주겠다."

그러며 용작두가 주먹을 들어 개작두의 뒤통수를 막 후려치려 할 때였다.

"누가 누구의 윗줄이라고?"

용작두 뒤편에서 커다란 목소리가 들려왔다.

그러더니,

탁!

용작두의 뒤통수에서 순간 벼락이 치는 것 같은 고통이 느껴졌다. 그 충격을 못 이겨 용작두는 잡고 있던 개작두를 손에서 놓치고 말았다.

호랑이도 제 말 하면 나타난다더니, 용작두의 뒤통수를 후려친 것은 바로 고방충 흑룡대주였다.

그를 발견한 개작두가 크게 반색했다.

"헛! 고 형님! 흑흑흑! 왜 이제 오셨습니까?"

개작두가 억지 눈물을 흘리며 있는 사실은 물론 없는 사실까지 줄줄이 지어내기 시작했다.

"이 개작두, 용작두가 뒤에서 형님 욕하는 소리에 반발했다가 오늘 치도곤을 당할 뻔했습니다."

그 소리에 흑사회 중간 간부에서 이제는 남궁세가의 당당한 흑룡대주로 크게 출세한 고방충이 미간을 꿈틀거렸다.

"용작두, 네 녀석이 죽고 싶은가 보구나."

고방충이 험악한 기세를 풍기며 용작두를 위협하자 용작두가 순간 자라처럼 목을 움츠리며 말했다.

"아, 아닙니다. 제가 어찌 하늘 같은 흑룡대주님을 뒤에서 흉보겠습니까?"

"아, 아닙니다. 분명 저 용작두가 고 형님은 무식하기 그지없어 이름 석 자도 쓰지 못하며, 술과 계집도 즐길 줄 모르는 등신 같은 자라 한 것을 제 이 두 귀로 똑똑히 들었습니다."

용작두 입장에서는 터무니없는 모함이었으나 개작두의 말을 반박할 말이 바로 떠오르지 않았다.

"무어라? 이 고방충을 그리 말하고도 살아남을 수 있을 것 같더냐?"

고방충이 입에서 불까지 뿜으며 용작두를 노려봤다.

'아, 아니, 개작두 저 쥐새끼 같은 놈이…….'

어느새 고방충 뒤에 날름 숨어버린 개작두를 향해 용작두가 어이없다는 표정을 지었다.

"아, 아닙니다요. 이것은 개작두의 모함입니다."

"듣기 싫다. 가법이 엄해 사사로이 힘을 휘두를 수는 없으니 너는 한동안 나와 특별 수련을 한다. 용작두는 당장 수호갑과 목검을 챙겨 흑룡대 연무장에 합류해라!"

"헉! 흑룡대 연무장……."

털썩!

용작두는 다리에 힘이 풀려 자리에 주저앉고 말았다.

잠도 자지 않고, 먹는 시간도 아까워하며, 해우소 갈 시간도 없이 하루 종일 무식하게 검만 휘두른다는 흑룡대?

강호에서 제법 이름 좀 날리다 남궁세가에 입문한 이들조

차 며칠만 생활하면 반폐인이 돼 나온다는 그 무시무시한
곳?

'주, 죽었다!'

그런 용작두를 보며 개작두가 득의양양한 미소를 지었다.

개작두는 간사하게 고방충의 어깨를 주무르며 혀를 날름
내밀었다.

'용작두 형님, 가서 고생 좀 하슈. 흐흐흐!'

용작두가 혹시나 몰라 뒤편에 있는 산적 시절 수하들을 애
절한 눈으로 바라봤다.

'이, 이놈들아! 두목인 내가 흑룡대에 끌려가게 생겼는데
네 녀석들은 꿀 먹은 벙어리처럼 있느냐? 제발 뭐라고 말 좀
해봐라.'

그러나 산적들은 그 애처로운 시선을 철저히 외면했다.

'두목 편들다가 우리까지 흑룡대에 끌려갈 일 있수? 절대
그럴 수 없지.'

몇몇은 한 단계 더 머리를 굴렸다.

'아무리 봐도 두목보다는 고방충 대주 끗발이 몇 단계는
위다.'

'이제부터는 두목 눈치 볼 것 없이 개작두처럼 고 대주 뒤
나 닦아주는 것이 신상에 이로울 듯하다.'

'그리고 혹 알아? 고 대주에게 총애를 받다 보면 쓸 만한
절기 한두 개쯤 가르쳐 줄지?'

전직 작두채 산적들이 안면을 싹 바꾸며 말했다.

"용작두 형님, 뭐 그리 울상이시오?"

"흑룡대 한 번 다녀오면 눈빛이 달라지고, 기세가 달라진다 하더이다. 몇 수는 늘어서 온다지요?"

"그리고 천하의 영웅호걸인 고 대주님 밑에서 생활할 수 있다니, 형님은 전생에 무슨 공덕을 그리 쌓았기에 이처럼 대단한 복락을 누리는 것이오?"

"그럼, 그럼. 고방충 대주님이야말로 천하의 호한이시지."

산적들이 손금이 없어질 정도로 양손을 비비며 고방충에게 아부를 떨었다.

'아, 아니, 이것들이 단체로 배신을! 이, 이것들을…….'

분노한 용작두가 수하들을 향해 주먹을 휘두르려 할 때였다.

"흐흐흐! 용작두, 어서 흑룡대로 가자."

고방충이 바로 그 순간 용작두의 목덜미를 낚아채더니 끌고 가기 시작했다.

질질질! 질질질!

용작두는 결국 허무하게 흑룡대로 끌려가고 말았다.

살랑! 살랑! 살랑!

산적들은 죽을상을 하고 끌려가는 용작두에게 손을 흔들며 배웅했다.

"형님, 고수가 돼 돌아오시구려."

"힘드시면 영원히 흑룡대에 엉덩이 깔고 머무르셔도 좋고."

"형님, 무운을 비오."

말이 씨가 된다고, 이들은 흑룡대에 반강제로 끌려간 용작두가 얼마 후 상당한 고수가 돼 돌아올지를 지금 당장에는 꿈에도 상상하지 못했다.

"부총사, 절강성 항주의 용정장원에서 약간의 분란이 생겼소."

남궁세가 총사 조량이 부총사 주오와 의논을 시작했다.

"항주 용정장원에 상주하는 그 지역 무사들로는 해결하기 힘들다 하오. 그래서 그들이 급히 본 가에 지원을 청해왔소이다."

주오가 그 소리에 간단히 답했다.

"내가 창룡대를 이끌고 가 해결하고 오겠소. 넉넉잡아 보름이면 될 것이오."

"그래 주시겠소?"

"나 역시 세가의 사정을 잘 알고 있으니 게으름 피우지 않겠소."

"아무리 오룡제가 결정돼 세가 사이의 분쟁을 중지한다 해도 세가의 주력이 세가를 오래 비우는 것은 좋지 않소이다."

"물론이오. 제갈과 단목세가 놈들을 믿느니 녹림도나 남염

방 놈들을 믿고 말겠소. 걱정 마시오. 최대한 빠르게 처리하
고 올 것이니."

조량은 그렇듯 믿음직하게 말하는 주오를 흐뭇한 표정으
로 바라보더니 고개를 돌렸다.

"곽상, 그대는 호북성 은시에 잠시 다녀와야겠소이다."

세가의 무력을 관할하고 있는 조량이 검광 곽상에게 청했
다.

곽상은 그 소리에 미소를 지었다.

"다 죽이고 오면 되는 것이오?"

"호북성은 제갈세가의 영향력 아래 있소. 은시에 있는 옥
로장원이 약간의 곤란을 겪고 있다 하오. 대놓고 하지 못하니
제갈세가가 암중에서 옥로장원을 핍박하는 것일 것이오."

스윽! 스윽! 스윽!

곽상이 마검 장한을 검집째로 몇 번 허공에 휘두르더니 말
했다.

"어차피 소가주도 없어 심심하던 참이오. 게다가 매일같이
나를 귀찮게 하던 초설이 년마저 없으니 따분하기 그지없었
소. 다녀오리다."

"감사하오."

총사 조량은 사소한 문제가 끊이지 않는 것들을 일일이 처
리하느라 분주했다.

남궁세가의 주력인 차 사업과 관련된 문제들이었는데, 세

가의 주력을 창천장원 안에 남겨둔 채로 문제를 해결하느라 골머리를 썩고 있는 것이다.

철대선생과 함께 황산을 내려온 서윤은 사천당가에서 온 장인들과 숙식을 같이하고 있었다.

실상 남궁유한이 차지하고 있는 자리가 원래는 그의 것임에도 불구하고 그는 그 문제에는 전혀 관심이 없었다.

그의 머릿속에는 온통 모산파의 비기 '골(骨)'에 대한 것으로 꽉 차 있었기 때문이었다.

"천하 만물은 예외없이 영(靈)과 육(肉)으로 이뤄져 있다. 영 또한 중하나 그릇이 되는 육 또한 중한 법. 최고의 그릇을 갖추고 난 연후에야 영을 불러 골을 이룰 수 있을 것이다."

그는 천하에서 손꼽히는 당가의 명장들과 함께 연일 쇠를 다루며 무언가를 만들고 있었다.

그러나 결코 쉽지가 않았다.

수십, 수백 번의 실패만 거듭할 뿐 황산에서 내려올 때와 비교해 특별한 진전이 없었다.

그런 상황이니 연신 한숨만 푹푹 쉬어댈밖에.

철대선생은 그런 그를 멀리서 묵묵히 바라봤다.

'자네의 그 노력이라면 언젠가는 성공할 것이니 너무 낙심하지 말게나.'

철대선생은 서윤이 골의 제작에 성공하기를 간절히 바라

며 발길을 돌렸다.

그리고는 당가에서 나온 당사유를 찾았다.

"당주, 물건들 생산에 있어 진척은 있소이까?"

사천당가 제조당의 당주이기도 한 당사유가 철대선생을 보며 말했다.

"일단 철산(鐵傘)의 제조는 그리 어렵지 않았소. 아니, 제갈세가에서 만든 것보다 우리가 생산한 것이 훨씬 강할 것이라 자부하오이다. 제갈가의 철산은 그저 방어하는 데 그쳤다면, 우리 것은 철산의 날개를 예리하게 다듬어 공격까지 할 수 있도록 개조했으니."

당사유가 근처에 가지런히 놓여 있는 철산 한 개를 손에 들며 뿌듯해했다.

"그리고 이 은하추(銀河錐) 역시 장치를 당기면 추의 끝이 열리며 당가의 우모침(牛毛針)이 발사되도록 했소. 은하추를 든 추병 하나면 능히 열 배의 상대를 제압할 수 있을 것이오. 필요하다면 우모침에도 당가의 독을 바를 것이외다. 이처럼 두 번이나 개량한 은하추는 제갈세가의 것과는 비교할 수 없이 대단한 위력을 지닐 것이외다."

당사유는 철방 안에 가지런히 놓여 있는 여러 통들을 가리키며 말을 이었다.

"그래도 이 물건들을 보고는 부끄러웠소이다. 천하제일의 암기를 생산한다는 우리 당가에서조차 생각해 내지 못한 물건들이었소. 이런 물건들을 만들어낸 제갈세가에 대해 이 당사유는 크게 감탄할 수밖에 없었소.”

그가 가리키고 있는 것은 길고 짧은 갖가지 형태의 수룡(水龍)과 분사통, 그리고 휴대용 물통 등이었다.

“형태를 본뜨는 것은 어렵지 않았으나, 고리 한 번 당기는 것으로 통 안에 든 약물들을 발사하는 장치가 놀라웠소이다. 또한, 염산 같은 부식성 약물을 통에 넣고도 통에는 전혀 손상이 없는 이유를 알아내느라 고심했소.”

“그런데 당주의 표정을 보아하니 이제는 알아낸 듯싶소만⋯⋯.”

당사유가 그 말에 미소를 짓더니 곧 크게 웃음을 터뜨렸다.

“하하하! 답은 한 가지 재질이 아니라 철, 납, 흑연, 구리 등을 얇게 눌러 만든 다중 벽과 그 사이사이에 소량의 물을 흘리는 데 있었소이다. 그렇게 구조를 만들어보니 부식성 약물은 물론이고, 독성은 뛰어나나 휴대와 운반이 힘들어 당가 안에서 잠들고만 있던 액체 형태의 독까지 운반이 가능하게 되었소이다. 이 사실을 저희 가주께 보고하면 이 당사유, 크게 칭찬을 받을 것 같소이다.”

당가에는 수천 종의 독이 있다. 그러나 그 모든 독을 쓰지는 못한다.

강한 독은 운반하기도 힘들었고, 독성이 너무 강해 독을 담는 용기마저 통째로 녹여 버릴 정도였으니.

그러니 제아무리 독성이 뛰어나다 한들 간편한 용기에 들고 자유로이 휴대하며 적을 상대할 수가 없었다.

그런 이유로 진즉에 개발이 되고도 현재는 거의 무용지물이 돼 당가 안에서만 잠자고 있는 독들이 이루 헤아릴 수 없이 많았다.

모든 독을 사용할 수 있는 당가계에서만큼은 당가가 천하무적이었으나, 사천성 밖을 나오면 당가가 가지고 있는 모든 힘을 쓰지 못하는 것도 그러한 이유에서였다.

운반과 휴대라는 난제를 해결할 수 있는 방도를 여기서 찾았으니 당가는 이번에 남궁세가와 손을 잡으며 크게 득을 본 셈이었다.

어쩌면 당가가 이 일을 기회로 사천성이 아니라 천하를 향해 크게 웅비할 수 있는 기회를 잡은 셈이었다.

'머지않아 사천당가의 천하가 열릴지도 모른다.'

당사유는 속으로 그리 생각하자 가슴이 절로 벅차올랐다.

그는 가슴과 허벅다리, 정강이의 각반에 차는 사각 가죽 주머니들을 가리켰다.

독회(毒灰)와 철사(鐵沙), 그리고 유황화탄 등이 담겨 있는 것.

"저것들을 쓸 때 제갈세가 사람들은 강철수갑을 사용해야 했겠지만 우리 당가는 녹피장갑을 쓰오. 제아무리 정교하게 만들어졌다 해도 강철수갑을 낀 손이 녹피장갑을 낀 손보다 부드러울 수는 없는 법. 이제부터는 보다 정확하게 이 물건들을 쓸 수 있을 것이오."

그리고 화살 끝에 폭약을 장착해 폭발을 일으키는 폭렬시를 가리켰다.

"화약을 써야 하는 폭렬시는 아무래도 걸리는 부분이 있소. 당가에도 비전의 화기 제조 방법이 없는 것은 아니나 이는 가주께 직접 의견을 물어야 할 것 같소."

철대선생은 고개를 끄덕였다.

강호인들이 아무리 국법에 구속받지 않는다 하나 화약을 쓰는 문제만큼은 조정, 특히 황제가 좌시하지 않을 것이기에.

"그 문제는 신중을 기하는 것이 좋겠소."

그러며 철대선생은 흐뭇한 표정으로 당가의 장인들이 새로 개량한 물건들을 바라봤다.

'오랜 시간과 만금의 황금을 투자해도 쉬이 키울 수 없는 것이 무력이다. 그러나 이 병기들로 어느 정도는 부족한 무력과 고수의 수를 보충할 수 있을 것이다.'

주오가 이끌던 흑사회 중 일류나 이류 수준에 있던 이들은 흑룡대에 편입된 지 오래다.

그런데 삼류나 흑도방 파락호 수준인 나머지 사백은 여전히 발전이 더뎠다.

천하에서 인재를 모을 때 그들 또한 유심히 살펴보고, 특별히 수련도 시켜보았으나 그들의 진전은 너무 더뎠다.

'무공에는 자질이 없으나 흑도방 생활을 버틸 수 있을 정도의 체력과 오기만은 가지고 있는 이들이다. 그들에게 이 물건들의 사용법을 가르쳐 잘 훈련시킨다면 남궁세가에 일류 이상 고수들 사백이 추가될 것이다.'

철대선생은 세가 살림을 꼼꼼히 챙기는 것과 동시에 차근차근 세가의 무력을 키우고 있었다.

"진 사부와 의논을 해봐야 하겠군. 허~ 그렇지 않아도 백룡대와 적룡대를 가르치느라 눈코 뜰 새 없을 것인데. 내가 진 사부에게 너무 부담을 주겠구나."

철대선생이 혼잣말처럼 그리 중얼거리자 당사유가 웃으며 말했다.

"진 사부가 대단한 분인 것은 나 또한 알고 있소. 하나 진 사부의 특기는 검, 아무래도 암기술에는 우리 당가가 낫지 않겠소이까?"

"그건 그렇소만……."

당사유가 시원하게 답했다.

"이 물건들의 개량에 대해 가주께 보고하면서 내 청해볼까 하오. 우리 당가에서 암기술을 가르쳐 줄 수 있는 이들이 있는지를 말이오."

"정녕 그리해 주시겠소?"

"우리가 남궁가에 이번에 크게 신세를 졌는데 이렇게라도 갚아야 할 것 아니겠소? 또한 요즘 같으면 당가와 남궁가가 한 가족이 될지도 모르는데 말이오."

당사유는 자신의 조카이기도 한 당산산을 염두에 두며 넌지시 운을 뗐다.

"소가주가 세가를 비우며 선생께 모든 것을 맡기지 않았소? 이는 소가주가 선생을 극히 신뢰한다는 의미일 것이오. 소가주가 그리 믿는 선생께서 우리 산산이에 대해 좋은 말 한마디만 해준다면 더 바랄 것이 없겠소이다."

그 의미를 알아챈 철대선생이 껄껄 웃었다.

"헐헐! 알겠소이다. 내 말이 얼마나 효과가 있을지 모르나, 기회를 보아 소가주에게 잘 말해주리다."

철대선생은 당산산이 어떤 여인인지 잘 모른다. 그러나 한 가지는 확실했다.

당가와 좋은 관계를 맺으면 큰 이득이 될 것이다.

"하하하! 고맙소이다."

당사유가 기분 좋게 웃으며 다시 철방으로 돌아가 땀을 뻘뻘 흘리며 일하기 시작했다.

철대선생은 바빴다.

안휘성 각지의 군소문파들은 물론이고 강소성과 절강성, 심지어는 호북성 문파들의 수장들이 연일 그를 찾아왔다.

중원의 각 성은 성 하나가 어지간한 국가 규모를 방불케 할 정도로 컸다.

안휘성은 남궁세가, 하북성은 하북팽가, 호북과 호남은 제 갈과 단목세가가 패주로 불린다 해도 하나의 세가가 한 성에 가지는 영향력은 한정될 수밖에 없었다.

그 영향력 밖의 나머지 부분을 차지하고 있는 것이 바로 군 소세가와 문파들이었다.

남궁유한이 남궁세가에 있을 때보다 최근에 남궁세가의 그늘에서 살고 싶다며 찾아오는 이들이 더욱 많아졌다.

남궁유한이 하남성과 산동성을 거쳐 천하에 일대 바람을 일으켰다. 또한 요동 땅에서 혈랑대를 전멸시키며 그 명성을 떨쳤기 때문이었다.

"강소성 남경부의 삼도문주 우창석입니다."

"상해 수창회의 회주 상호방입니다."

"호북성 은시의 벽라문주 장호간입니다."

안휘성에서 가까운 성은 말할 것도 없고 저 멀리 광동성과 복건성에서조차 사람이 와 남궁세가와 연을 맺고자 했다.

지리적으로 멀리 떨어져 남궁세가와 연을 맺어도 아무 득 이 없을 것 같은 문파에서도 사람이 오기 시작한 것.

'사람이 천하에 명성을 날리면 절로 사람이 모이는 법이 지. 그래서 강호인들이 그리도 명성에 목숨을 거는 것이 아니 겠는가?

철대선생은 속으로 그리 생각하며 남궁세가를 찾는 무수 한 이들을 성심성의껏 대했다.

　아무리 작은 문파라도, 남궁세가 입장에서는 별 득이 될 것
같지 않은 이들도 절대 허투루 대하지 않았다.

　하루에도 최소 몇 명씩, 많을 때는 십수 명씩 세가를 찾아
오니 철대선생은 힘이 들 법도 했으나 전혀 내색하지 않았다.

　"이렇게 남궁세가를 찾아주시니 얼마나 힘이 되는지 모르
겠습니다."

　"아닙니다. 천하의 남궁세가에서 이렇듯 보잘것없는 저희
들을 이리 환대해 주시니 몸 둘 바를 모르겠습니다."

　군소문파 수장들이 무척 만족스러운 표정으로 웃었다.

　그중 강소성 남경부에 자리한 삼도문의 문주 우창석이 말
했다.

　"철대선생, 내 한 가지 제의할 것이 있습니다."

　"말씀해 보시지요."

　"남궁세가를 중심으로 남궁세가와 뜻을 같이하는 문파나
가문들로 연합체를 구성하면 어떻겠습니까?"

　"연합체요?"

　"원단이나 중추절 같은 시기에 서로 예물도 교환하고, 어
느 시기를 잡아 서로 교류도 하며, 무공도 겨루는 연합체 말
입니다. 잘되면 제자나 자손들 사이에 혼인도 맺고. 하하하!"

　철대선생이 그 말의 의미를 알아채고는 웃었다.

　"이 사람도 생각해 보지 않은 바는 아닙니다. 하나 우리 쪽
에서 먼저 말을 꺼냈다가는 오해를 살 수도 있는 일이라 말

이오."

"남궁세가가 작은 문파를 핍박해 그 위에 군림하려 한다는 오해 말이오?"

철대선생이 대답 대신 지그시 미소로 답했다.

"이런 말하기는 그렇소만, 남궁세가가 지난 십 년 동안 곤경에 처해 있지 않았습니까? 과부 사정 홀아비가 안다고, 그토록 고생한 남궁세가가 설마 우리들을 핍박할 리 있겠습니까?"

이어 상해 수창회주 상호방이 말했다.

"사실 불안합니다. 오대세가의 평화시대가 끝날 것 같은 분위기에 오대세가가 세력 다툼을 시작한다면 우리 같은 작은 방회는 분명 어딘가에 줄을 서야 할 것인데……."

호북성 은시의 벽라문주 장호간이 고개를 끄덕였다.

"우리 벽라문 같은 경우는 호북성에 위치한지라 제갈세가의 눈치를 보지 않을 수가 없습니다. 하나 우리 벽라문이 위치한 은시는 고래로 벽라차의 생산지로 이름이 높고, 차 생산과 유통을 담당하는 남궁세가와 밀접한 관계를 맺어왔지요. 지리적으로는 제갈세가의 영향력 아래 있는데 실상 하는 일은 남궁세가와 가까우니……."

그는 잠시 주저하더니 말했다.

"남궁세가를 중심으로 한 연합체가 구성된다면 우리 벽라문은 기꺼이 참여할 것입니다. 수십, 수백의 문파들이 모여

결성된 연합체에 속한 우리 벽라문이 눈에 거슬린다고 제갈
세가가 쉽사리 핍박할 수 있겠습니까?"

그러자 삼도문주 우창석이 맞장구를 쳤다.

"더구나 전설의 남검, 남궁유한 가주께서 버티고 계신 남
궁세가인 것을요. 그렇지 않습니까?"

상호방과 장호간이 동조했다.

"그렇고말구요. 가주께서 몸만 일으키신다면 우리는 기꺼
이 따르겠습니다."

그러더니 세 사람이 자리에서 일어나 동시에 포권을 했다.

"저희 세 사람, 연합체의 결성을 원합니다!"

이렇게 청하는 이들이 한둘이 아니었다.

그래서 철대선생은 더욱 바빠질 수밖에 없었다.

해동청(海東靑) 한 마리가 위풍당당한 모습으로 하늘을 날
고 있었다. 해동청의 기세에 눌린 하늘의 모든 새들은 감히
해동청 근처에도 갈 엄두를 내지 못했다.

삐익!

하늘 높이 길게 퍼진 휘파람 소리에 해동청이 하늘을 몇 번
선회하더니 급격히 지상으로 하강했다.

해동청은 그러더니 화염이 이는 듯한 적의를 입고 있는 남
자의 팔목에 앉았다.

적의 사내는 해동청의 발목에 묶인 전통을 열어 그 안에서

자그마한 종이를 꺼내 읽었다.

그 내용을 전부 읽은 적의 사내는 비릿한 미소를 짓더니 말했다.

"혈랑대가 그래도 투마의 길을 잠시나마 지체시켰군. 나와는 이제 사흘 거리나 뒤처지게 되었으니."

적의 사내, 혈세신마 제갈영호와 철혈투마 남궁유한의 실력은 백중지세.

마도시대에 철혈투마의 명성이 천하를 진동시켰으나 실력만은 자신과 별반 차이가 없다고 그는 굳게 믿고 있었다.

그런 상황에서 사흘 거리 차이라면 투마가 결코 자신을 따라잡을 수 없을 것이다.

그래도 모르니…….

"아무리 투마라 하더라도 혈수라 열둘에는 크게 곤혹을 치를 것이다. 아마 투마를 잡을 수 있을지도……."

제갈영호는 잔뜩 기대를 하며 다시 말고삐를 영산 장백으로 향했다.

"장백산에 올라 장백문을 찾고, 천부경의 문을 막을 것이다! 그런 연후에 힘을 길러 반드시 십만대산에 오를 것이다!"

제갈영호의 궁극적인 목표도 남궁유한처럼 십만대산에 오르는 것이었다.

그러나 남궁유한이 한 사람의 죽음을 막고자 하는 것이었는 데 반해, 그의 목표는 한 사람을 죽이는 데 있었지만…….

　제갈영호와 그의 제자들이 탄 말이 요동을 거쳐 요서의 메마른 땅을 거칠게 질주하기 시작했다.

　남궁유한 일행은 요동과 요서의 경계에 자리한 한 객잔에서 잠시 쉬고 있었다.
　그들은 몸에 온통 흙먼지를 뒤집어쓰고 있는 데다, 황토 먼지가 땀과 뒤섞여 극히 초라한 몰골을 하고 있었다.
　소주제일미녀 소리까지 들었던 초설조차도 그 미모가 전혀 밖으로 드러나지 않을 정도로 형편없었으니.
　더러워진 몸을 씻고 허기진 배를 채워야 했다. 말에게도 건초를 풍족히 먹이고, 휴식을 주어야 했다. 그렇지 않으면 지평선 끝까지 아무것도 존재하지 않는 황무지 위에서 말이 죽어버리는 불상사를 겪을 수도 있기에.
　"이 근처에 있는 말들 중 최고의 말을 가져와라. 은자는 상관하지 말고 말이다."
　남궁유한이 객잔 주인에게 그리 말했다.
　"급히 구하려면 웃돈을 얹어주실 것을 생각하셔야 합니다."
　"상관없다."
　그러자 객잔 주인이 종종걸음으로 객잔 밖을 빠져나갔다.
　남궁유한은 그리고는 혈랑대와의 혈전 이후에도 잠시도 쉬지 않고 달려온 네 사람을 바라봤다.

매타자는 언제나처럼 싱글벙글한 표정이었지만, 초설의 안색은 그리 좋지 않았다. 더욱이 아평과 아소 형제는 잔뜩 겁에 질린 듯한 표정이었다.

'역시 첫 살인의 충격이 여전히 가시지 않나 보군.'

혈랑대와의 싸움이 아평, 아소 형제의 첫 싸움이었다.

소년이라 할 수도 없지만, 청년이라고 하기에도 어중간한 나이인 아평, 아소 형제.

검을 들기로 했으니 그들 또한 머릿속으로는 살인에 대한 것들을 수없이 상상했을 것이다.

그러나 상상한 것과 피와 살이 튀고, 내장과 뇌수가 쏟아져 나오는 현실의 전장이 같을 리 만무했다.

'그러나 스스로 극복하는 수밖에 없다. 나 역시 그러했으니……'

남궁유한은 아평, 아소 형제를 안타까이 바라보더니 객잔 내부 탁자에 앉아 잠시 눈을 감았다.

그 역시 피곤하지 않은 것은 아니었다.

결국 남궁유한은 피로를 이기지 못하고 깜빡 잠이 들었다.

십만 개의 봉우리가 있다 하여 십만대산으로 불리는 곳에 자리한 마교의 광경이 스쳐 지나갔다.

세상은 마교라 손가락질하지만, 십만대산에 살고 있는 마인들은 마교란 소리를 도리어 자랑스럽게 생각했다.

또한 그곳에는 남궁유한의 모든 추억이 깃들어 있는 곳이기도 했다.

언젠가는 돌아가고 싶었다.

마도시대의 십만대산이 아니라면, 현재의 십만대산에라도!

'그곳은 나의 모든 것이니.'

남궁유한이 깊이 잠이 들어 꿈을 꾸고 있을 때였다.

"손님, 손님!"

객잔 주인이 조심스레 남궁유한을 부르는 소리에 잠에서 깨어날 수 있었다.

"손님, 분부하신 대로 근처에서 말을 싹 쓸어왔습니다."

남궁유한은 그 말에 바로 자리에서 일어서 객잔 밖으로 나섰다.

객잔은 요동 땅과 요서 땅을 여행하는 이들이 잠시 머물러 가는 작은 마을에 위치해 있었다.

이곳에 크게 농사를 짓거나 말을 기르는 목장이 있는 것도 아니고, 사람이 많이 거주할 리도 없다.

그래도 그렇지, 지금 남궁유한 앞에 보이는 십여 필의 말들은 너무나 형편없었다.

머리는 크고, 귀가 두터웠다. 털도 거칠며, 볼 살은 얇고, 척추가 너무 높고 곧았다.

"늑골이 드물고 배도 좁아. 무릎뼈도 작고 뒷다리는 너무 곧아. 이거 모조리 노마(駑馬, 느린 말)가 아닌가?"

남궁유한이 짜증 섞인 말투로 소리치자 객잔 주인이 움찔했다.

"이곳 말들이 다 이렇습니다. 그래도 저것들이 보기에는 볼품없어도 모두 몽고마입니다. 순간적인 속도와 돌파력은 떨어지나 지구력만은 천하제일이라는 몽고마 말입니다."

남궁유한도 몽고마에 대해 알고 있으나, 지금 자신에게 필요한 것은 하루라도 빨리 백두문까지 가게 해줄 빠른 말들이었다.

"다른 말들은 없는 것이냐?"

"손님, 이곳은 여행객들이 지나는 마을이지 마시장이 서는 마을은 아닙니다. 이 말 구하는 데도 꽤 애를 먹었습니다."

땀을 뻘뻘 흘리며 변명하는 객잔 주인이었다.

"게다가 사흘 전 적의 사내들이 그나마 이곳에 있던 좋은 말들은 모조리 쓸어가 남은 말들이 없습니다."

"사흘 전? 적의 사내들?"

남궁유한이 그 소리에 흠칫 놀랐다.

적의를 입고, 요동 땅을 지난 사내들이라……

그것을 혈랑대를 조종한 제갈세가와 연결시켜 생각해 보면.

'혈세신마가 사흘 전에 이곳을 지나갔구나.'

사흘 거리나 뒤처지면 도저히 따라잡을 수가 없다.

남궁유한이 잔뜩 긴장하며 물었다.

“그들이 혹 어디로 간다는 소리는 못 들었느냐?”

“자세한 것은 모르나 산을 오를 것 같았습니다. 그 산 근처 마을에 산을 오르는 데 필요한 물자가 없을 것 같아, 이곳에서 이것저것 구해오라 시켰으니까요.”

“홋!”

남궁유한이 그 대답에 바로 비웃음을 지었다.

그러더니 다시 힘이 솟는지 큰 목소리로 물었다.

“말 한 필에 얼마냐?”

객잔 주인이 마른침을 꿀꺽 삼키더니 답했다.

“한 필당 은자 오십 냥입니다.”

그 답에 남궁유한이 쓴웃음을 지었다.

“장성 이남에서는 보통 몽고마를 구하는 데 은자 삼십 냥이면 충분하다. 그런데 몽고마라 하나 이런 노마를 은자 오십 냥이나 받으려 들어?”

“헛!”

폭리를 취하려 했던 것이 들통난 객잔 주인이 자라처럼 목을 움츠렸다.

“그러나 물건의 시세는 지역마다 다른 법이지요. 그리고 구하는 자가 얼마나 간절히 물건을 원하는 바에 따라……..”

객잔 주인이 구구절절 변명을 늘어놓으려 하는 것을 남궁유한이 끊었다.

“되었다.”

그리고는 가지고 온 전낭 여러 개를 객잔 주인에게 던졌다.

"금자와 은자가 같이 들어 있다. 족히 은자 사백 냥은 될 것이다."

그 소리에 객잔 주인이 전낭을 열어 확인하더니 크게 기뻐했다.

"이렇게나 많이……."

"훗! 말도 말이지만, 네 입에서 나온 말에 대한 대가 또한 포함된 것이다."

"무슨 말씀이신지?"

남궁유한은 그에는 답하지 않고 말했다.

"수고비는 그것으로 넉넉할 것이니 우리에게도 산을 오르는 데 필요한 물건들을 구해다 주어라. 값은 넉넉하게 치를 것이니."

그 소리에 객잔 주인이 허리를 굽실굽실하며 말했다.

"다, 당연합지요."

객잔 주인은 곧 산을 오르는 데 필요한 육포와 건량, 특별한 밧줄, 산의 추위를 막는 데 적당한 방한복과 방한모, 방한화 등의 물건들을 준비해 왔다.

남궁유한은 그 물건들을 몽고마 안장 위에 싣게 하더니 동물 털가죽으로 만든 방한복을 걸쳤다.

'혹 뒤에 누가 따라붙어 이 마을을 들른다 해도 혈세신마는 우리 역시 산을 향한다 생각할 것이다. 그러나 우리는 영

산 백두가 아니라 태왕촌을 향할 것이다!'

남궁유한은 득의양양한 미소를 짓더니 크게 소리쳤다.

"출발한다!"

남궁유한의 명에 따라 방한복과 방한모를 걸쳐 장성을 넘을 때와는 외양이 크게 달라진 네 사람이 출발했다.

남궁유한과 폭풍대가 이제는 요서의 땅을 거침없이 질주하기 시작했다.

第五章 마룡봉의 법

객잔을 떠난 남궁유한 일행은 거침없이 달리고 또 달렸다.

그렇게 하룻밤을 쉴 새 없이 달리자 산해관에서 타고 온 말들은 더 이상 견디지 못하고 쓰러지고 말았다.

객잔에서 휴식을 시켰음에도 불구하고 지난 며칠 동안의 혹사를 견디지 못한 것이다.

바닥에 쓰러져 헐떡거리고 있는 말을 보며 남궁유한이 말했다.

"이곳에 버려두고 가는 것이 오히려 더 고통스러울 터. 편히 가거라! 그리고 내세에는 부디 사람으로 태어나길 기원하겠다."

남궁유한은 검을 들어 말들을 편히 잠들게 해주었다.

그리고는 객잔에서 사온 말로 바꿔 타며 다시 달리기 시작했다.

확실히 속도도 느렸고, 승마감도 좋지 않았으나 별수없었다.

그렇게 또다시 반나절을 달렸을까?

남궁유한은 하늘에서 해동청 한 마리가 자신들의 머리 위를 선회하고 있는 모습을 볼 수 있었다.

"해동청이라……."

십삼신마 중 하나로 장백문, 아니, 백두문 출신인 장백신마가 마교에 처음으로 저 해동청을 들여왔다.

그전에는 급한 일이 있을 때면 전서구로 소식을 전했었다. 그러나 빠르고 멀리 날 수 있으며 상대 전서구마저 낚아챌 수 있는 하늘의 제왕 해동청이 그 자리를 대신하면서 마교의 정보망은 한 단계 더 강해졌었다.

"혈세신마는 이 시대에도 이미 해동청을 이용하고 있었는가? 하긴 사람의 이지마저 지배하는 그이니, 해동청을 마음대로 부리는 것이 힘들지는 않을 터."

해동청을 전서구처럼 훈련시키는 데는 많은 시일이 걸렸다. 그러나 특별한 재주를 가진 혈세신마라면 별 어려움이 없었을 것이다.

저 해동청이 아무 이유 없이 자신들의 머리 위를 선회하고 있을 턱이 없다.

남궁유한이 달리는 말을 멈추고는 뒤를 돌아봤다.

"준비해라."

남궁유한이 그리 말하자 아평, 아소, 초설, 매타자 등이 긴장하며 자신들의 병기를 매만졌다.

"준비는 하고 있으되, 절대 나서지 마라. 혹 내가 죽을 위험에 처하더라도 말이다."

그러자 초설이 가장 먼저 소리쳤다.

"말도 안 됩니다!"

"이것은 명령이다. 그리고 내가 만약 죽게 되면 너희들은 무조건 도주해라. 그들과 절대 싸워서는 안 된다!"

아평과 아소가 말했다.

"소가주님, 저희는 소가주님과 함께 살고 함께 죽을 것입니다!"

매타자도 특유의 느릿한 말투로 말했다.

"저희를 버리면 안 되지라."

이들이 간청했으나, 남궁유한은 뜻을 바꾸지 않았다.

"내가 가르쳐 준 것들을 너희들이 죽어라 연마해도 저들에게는 미치지 못한다. 그들은 너무나 강하다!"

그러더니 남궁유한이 재차 명령했다.

"너희들이 지금 여기서 한 발자국이라도 움직인다면 내가 먼저 너희들을 벨 것이다!"

남궁유한은 살기마저 풍겨대며 네 사람에게 한참이나 무언가를 설명했다.

"명심해라, 나는 저들을 이기지 못한다. 그러나 너희들이 나를 돕는다면 죽는 것은 저들일 것이다. 저들은 너무나 강하기에 너희들은 신경조차 쓰지 않을 것이다. 그것이 나와 우리에게는 큰 기회가 될 것이다."

남궁유한은 세가를 떠날 때부터 가져왔던 물건들을 싣고 있는 말들을 가리켰다.

"할 수 있겠느냐?"

아평과 아소, 초설, 매타자가 아랫입술을 꽉 깨물었다.

"기억해라. 너희들이 폭풍대라는 사실을!"

그 말을 끝으로 남궁유한은 홀로 앞으로 달려나갔다.

그리고 멀리서 그 광경을 바라보는 열둘의 도객들이 있었다.

그들은 겉으로는 느긋한 표정이었다.

그러나 속으로는 크게 긴장하고 있었다.

그들 중 하나가 소리쳤다.

"가자!"

짤막한 소리와 함께 열두 명의 도객들이 일제히 남궁유한 반대쪽에서 달려오기 시작했다.

다그닥! 다그닥! 다그닥!

양편에서 남궁유한과 열두 명의 도객들이 달려오더니 곧

중간 지점에서 마주쳤다.

찌릿!

남궁유한과 열두 도객이 서로를 마주 보며 눈빛을 교환했다.

그러다 열두 도객의 수좌인 일수라가 가볍게 고개를 숙였다.

"폭풍무적(暴風無敵)! 절대투마(絕大鬪魔)!"

마도시대 폭풍대와 철혈투마를 찬양하는 구호를 읊조리며 일수라가 남궁유한에게 예를 갖췄다.

일수라를 단박에 알아본 남궁유한이 혼잣말처럼 중얼거렸다.

"일수라로군."

"묘한 곳에서 만나게 되었습니다. 등봉현에서 소림의 기둥 뿌리를 뽑을 때 투마와 같이한 적이 있었지요."

남궁유한이 고개를 끄덕였다.

"기억이 나네. 폭풍대와 수라대가 투입됐었지."

일수라가 그 광경을 떠올리는 듯 지그시 눈을 감았다 떴다.

"영원히 잊지 못할 것입니다. 그때의 투마와 폭풍대를."

"그리 말해주니 고맙네."

남궁유한이 그러더니 일수라에게 말했다.

"나는 교주와 뜻이 갈린 몸. 교주가 나를 죽이고자 하는 것은 당연하다 생각하네. 나 역시 교주를 죽이고자 하니.”

“하아~”

일수라가 낮은 신음성을 터뜨렸다.

고금제일신마인 교주와 교주가 가장 사랑하고 아꼈다는 철혈투마가 설마 가는 길이 갈릴 것이라고는 누구도 예상하지 못했다.

‘모두가 믿었다. 교주의 다음은 투마의 세상일 것이라고. 교주가 마도시대를 열고, 투마가 마도시대를 반석 위에 올릴 것이라고.’

그러나 현실은 전혀 상상하지 못한 방향으로 흘러가고 있었다.

남궁유한은 단호하게 말했다.

“그러나 혈세신마에게 죽어줄 생각은 없네. 나는 교주와 뜻이 갈린 것이지만, 혈세신마는 십만대산을 배신했으니까.”

일수라가 차분히 말했다.

“알고 있습니다. 그가 이 시대에서 교주까지 배신하려 한다는 사실을.”

“그런데 왜 그의 명을 따르는가?”

일수라가 묘하게 웃었다.

“그의 명을 따르는 것이 아닙니다. 저는 오직 십만대산에만 충성할 뿐, 명을 따른다면 오직 교주의 명만을 따를 뿐입니다.”

"혈세신마는 이 시대에 온 것을 기회로 교주보다 먼저 마도시대를 열고자 하네."

또 한 번 예상의 대답이 나왔다.

"그 또한 알고 있습니다."

"그렇다면 왜 그의 명을 따르는가?"

일수라가 짧게 답했다.

"교주의 명이기 때문입니다!"

남궁유한은 그 대답에 속으로 적잖이 의심을 품었다.

'저 말은 대체 무슨 의미인가? 교주가 설마 혈세신마의 배신마저도 모두 예상하고 있었단 말인가? 혹 교주의 마성이 이곳까지 미치고 있는 것인가. 혹 정마대전 또한 교주의 안배에 의한?'

그러나 남궁유한은 고개를 크게 가로저었다.

제아무리 고금제일신마이며, 자연경의 경지에 도달해 인간의 몸으로 마선(魔仙)이 되었다 하나 백 년 후의 사람이 이 시대를 쥐락펴락할 수는 없는 노릇이었다.

그렇다면 일수라의 말은 대체 무슨 의미인가?

이해할 수가 없었다. 당최 이해할 수 없는 얘기뿐이었다.

온갖 의문이 몰려와 고민하고 있는 남궁유한을 보며 일수라가 말했다.

"명을 받았으니 따를 수밖에요. 투마, 개인적인 원한은 없습니다. 비록 뜻은 갈렸으나 저희는 투마를 여전히 십만대산의 형제로 여기고 있습니다. 또한, 일정 부분 투마의 뜻에 동조하고 있기도 합니다."

일수라가 마지막에 '동조'라는 단어를 말할 때는 한숨을 내쉬며 말을 이어갔다.

"길지 않을 것입니다. 그러니 처음부터 전력을 다해주시길!"

그러자 남궁유한이 고개를 끄덕였다.

그러더니 그는 하늘을 향해 검지를 움직여 한 글자를 쓰기 시작했다.

스윽! 스윽! 스윽…….

그를 따라 일수라는 물론 뒤편에 대기하고 있던 열한 명의 혈수라들 또한 검지로 동일한 한 글자를 따라 썼다.

하늘을 향해 일시에 열세 개의 글자가 떠올랐다.

글자의 수는 열 셋이었으나 모두가 같은 글자.

바로,

마(魔)!

마의 하늘 아래 서 있는 열세 사람.

남궁유한이 먼저 외쳤다.

"십만대산에 성스러운 불이 있어."

혈수라들이 그 말을 받았다.

"하늘과 땅을 밝히네."

"성스러운 불로 이 몸을 태우니."

“하늘과 땅에 광명의 길이 이어지네.”

“십만대산에서 태어나.”

“십만대산에서 죽으니.”

“십만대산에서 한 자루 검을 들어.”

“적의 심장을 꿰뚫는다.”

“힘들 때나, 괴로울 때나, 즐거울 때나, 슬플 때나.”

“우리는 언제나 함께였느니.”

남궁유한과 혈수라들이 한목소리로 외쳤다.

“성화(聖火)는 우리를 십만대산의 형제라 말한다!”

그들이 동시에 검과 도를 뽑아 하늘을 향해 소리쳤다.

“만세무적(萬世無敵), 마교불패(魔敎不敗)!”

그때였다.

쉭!

마상에서 남궁유한이 먼저 하늘로 치솟았다.

쉬시시시식! 쉬시시시시식!

그리고 혈수라 열둘이 일제히 하늘로 도약했다.

남궁유한이 하늘을 날았다.

그런 남궁유한을 향해 열둘의 혈수라들이 일제히 원을 구성하며 그를 포위했다.

자신들은 열둘이라 하지만 상대는 어디까지나 마도시대 전설 중 하나인 철혈투마!

절대 방심할 리가 없다.

쿠르릉! 쿠르릉! 쿠르릉!

남궁유한이 들고 있는 군자검에서 작은 폭풍이 휘몰아쳤다.

오대마검 중 하나인 폭풍마검(暴風魔劍).

오대마검 각각은 주변 환경에 따라 극강의 위력을 발휘할 수도, 아예 펼치지 못하는 것도 있다.

오대마검은 자연의 검이었다.

태양마검(太陽魔劍)은 하늘 위에 태양이 솟아 있어야 펼칠 수 있으며, 주변 온도가 높을수록 극강의 위력을 발휘한다. 폭염이 내리쬐는 여름이나 남방에서 최강인 검법.

월광요검(月光妖劍)은 어둠 속 달빛 아래서 최강의 위력을 발한다. 벽력우뢰검(霹靂雨雷劍)은 비가 내리는 때, 특별히 벼락이 내리칠 때는 가히 고금제일의 검으로 변한다.

유성비검은 어두운 밤에, 그리고 폭풍마검은 지금처럼 바람이 휘몰아칠 때 가장 강하다.

휘이이이익! 휘이이이익!

요서 땅의 황토바람이 폭풍마검의 묘용에 따라 사막의 용권풍처럼 변해 열두 수라를 향해 휘몰아쳤다.

그러나 열두 사람 역시 마도시대 한복판을 헤쳐 온 마인들!

"수라멸절진(修羅滅絶陣)!"

일수라의 명에 따라 열두 수라가 허공에서 일제히 방향을 틀며 한 가지 형태를 그리기 시작했다.

그들은 계속해서 회전하며 한 글자를 그려냈다.

만(卍)!

그들은 허공에서 만(卍) 자 형태로 계속해서 회전하며 엄청난 기운을 뿜어내기 시작했다.

쿠르릉! 쿠르릉! 쿠르릉!

주변의 대기가 뒤틀리며 천둥소리보다 더 큰 굉음을 발하기 시작했다.

콰콰콰쾅! 콰콰콰쾅! 콰콰콰쾅!

대지가 마지막 숨통이 끊기며 발악하는 야수처럼 울부짖었다.

쩌억! 쩌억! 쩌억!

견디다 못한 땅이 갈라지며 사방 천지가 뒤집히기 시작했다.

"회(回)!"

일수라의 명에 따라 만 자를 이루고 있던 혈수라들이 허공에서 급격히 회전하기 시작했다.

수라멸절진!

신무학이 마도의 무공과 정파의 무공이 뒤섞여 창조됐듯이 수라멸절진 또한 그러하다.

수라멸절진의 원형은 소림이 천년불패를 자랑하는 '백팔나한진(百八羅漢陣)'을 마교의 천재들이 개량한 것.

나한진을 기본으로 하고 있으나 수라멸절진의 위력은 백팔나한진을 능가하고도 남음이 있었다.

게다가 지금 수라멸절진을 펼치고 있는 것은 마도시대에서도 그 명성이 자자했던 수라대의 열두 수라들.

유기적으로 연결된 열두 명의 육체에 어린 극한의 기세. 인간으로서는 가히 강함의 끝에 거의 도달해 있다.

게다가 한 몸처럼 움직이는 열두 명의 막강한 힘.

살아서 꿈틀거리는 듯 움직이는 열두 명의 강력한 내공.

그리고 무적불패의 자부심과 긍지로 타오르는 열두 명의 하나 된 마음.

혈수라 열둘이 펼치는 수라멸절진은 진정 무서운 진이었다.

수라멸절진의 진정한 위력이 중앙에 갇힌 남궁유한을 끊임없이 압박해 들어갔다.

어지간한 고수라면 일수유도 버티지 못할 엄청난 위력이었다.

하지만 혈수라들은 아직 공격을 시작하지도 않은 상태였다.

혈수라들이 자신들의 자리에서 회전하며 진을 형성한 것만으로도 태산이 짓누르고 있는 듯한 엄청난 압력을 발하고 있는 것.

남궁유한의 주위로 세상을 찢어발기고, 태산을 짓누르고,

세상 모든 것을 단숨에 압사시킬 정도로 강력한 광풍(狂風)이 휘몰아치고 있었다.

'좋지 않다. 아니, 최악이다.'

조금이라도 더 지체했다가는 저 압력만으로도 살이 찢기고, 뼈가 부러지고, 피가 분수처럼 쏟아질 것만 같았다.

계속해서 이 진 안에 머물렀다가는 순식간에 잘게 다져진 고깃덩어리로 화(化)해 버릴지도 모를 일.

상대에게 짓눌린 상태로 싸움을 하는 것은 남궁유한의 방식이 아니다.

'나의 검을 믿고, 나의 폭풍마검을 믿는다!'

황토바람 속에서 남궁유한이 군자검을 더욱 꽉 움켜쥐었다.

그러자 폭풍마검이 한층 더 기세를 타며 천지간에 거대한 광풍을 일으켰다.

남궁유한의 기세가 달라진 것을 느낀 일수라가 크게 소리쳤다.

"출(出)!"

그 명에 다른 열한 명의 혈수라가 열한 자루의 도를 일제히 남궁유한의 미간을 향했다.

휘이이잉! 휘이이잉!

그 동작만으로도 또 한 번의 일진광풍이 휘몰아칠 정도.

"퓹!"

남궁유한이 그 기세를 이기지 못하고 순간 입에서 피분수를 뿜어냈다.

그러나 남궁유한은 웃었다.

"이 고통이, 이 붉은 피가, 극한에 도전하는 내가 스스로를 불타게 만든다! 잠들었던 나의 영혼이 깨어나고 있다!"

몸이 절로 반응하고 있었다.

검이 스스로 공명하고 있었다.

함께 마도시대를 살았던 혈수라들을 만나게 되자 그의 신경 세포에 알알이 새겨져 있던 마인의 본능이 살아나기 시작했다.

"으하하하하하하!"

육체가 불타오르기 시작했다.

영혼이 활화산처럼 요동치고 있었다.

쉬익!

남궁유한이 군자검을 크게 휘둘렀다.

콰콰콰쾅! 콰콰콰쾅! 콰콰콰쾅!

폭풍이 휘몰아치며 열두 수라를 향해 쏘아져 나갔다.

또한, 열두 수라가 기세만으로 일으킨 일진광풍도 천지를 가르며 남궁유한의 폭풍마검이 일으킨 폭풍을 향해 정면충돌해 왔다.

쿵! 콰쾅! 콰콰쾅!

커다란 진동음이 들렸다.

공기 중에 지진이 난다면 바로 이런 소리가 날까?

"욱!"

남궁유한이 짤막한 신음성을 내질렀다.

남궁유한의 입가로 한줄기 핏물이 흘러내렸다.

비릿한 냄새가 났다.

"큭! 크큭! 크크큭!"

그러나 피를 흘리고 있는 남궁유한이 기묘한 웃음소리를 내며 웃었다.

비릿한 혈향(血香)을 잔뜩 풍기며 남궁유한이 다시 한 번 폭풍마검을 구사했다.

"크크큭!"

이번에는 더욱 크게 웃더니 수라멸절진의 면이 아닌 한 점을 노렸다.

그 한 점, 한 명의 혈수라에 모든 힘을 집중시켜 폭풍마검으로 공격해 들어갔다.

쉬익! 펑!

남궁유한의 육체에서 폭발한 힘이 그 혈수라를 향해 쏟아졌다.

그러나 공격당한 혈수라는 아무렇지 않은 반면 남궁유한은 왈칵 피를 쏟았다.

"우욱!"

무리였다.

이제 겨우 오 할 남짓 내력을 되찾았을 뿐인 남궁유한의 몸으로 폭풍마검을 펼쳐 낸다는 것은!

이전보다 더한 충격이 몰려왔다.

내부의 장기가 온통 진탕됐고, 온몸이 커다란 망치로 두들겨 맞은 듯한 거대한 충격을 느껴야 했다.

그러나 남궁유한은 다시 한 번 폭풍마검을 구사했다.

또 한 번의 광풍이 몰아쳤다.

이번에도 혈수라들은 아무 타격이 없었다.

그러나 폭풍마검은 끝없이 이어졌다.

"해낸다. 반드시 해낸다!"

남궁유한이 광기에 찬 눈으로 하늘을 향해 포효했다.

입에서 피를 분수처럼 흘리면서도 남궁유한은 끝없이 공격했다.

온몸의 뼈가 바스라지는 고통을 느끼면서도, 내부의 장기가 뒤집어지는 극한 상황 속에서도 남궁유한의 공격은 멈출 줄을 몰랐다.

"투마……."

일수라는 그런 남궁유한을 보며 순간 적잖이 감탄했다.

철혈투마가 마도시대의 신화를 쌓았던 것은 다른 이유가 아니다.

상대를 압도하는 기세로 선수를 잡고, 상대가 쓰러질 때까지 천 번이고 만 번이고 밀어붙였기 때문.

상대는 철혈투마에게 한 번 선수를 잡히면 제대로 공세 한 번 취하지 못하고 끝없이 이어지는 공격 속에서 무기력하게 파멸하고 말았다.

공격, 공격, 또 공격!

그것이 철혈투마가 사는, 싸우는 처음이자 최후의 방식이었다.

"대단하구나."

투마에 대한 얘기는 귀가 닳도록 들어왔으나 이렇게 직접적으로 상대하다 보니 소문이 오히려 모자람이 있었다.

"그러나 우리 역시 수라대! 피할 생각도, 도망칠 생각도 없다!"

수라멸절진을 구성하고 있는 혈수라들이 천지 사방을 뒤덮을 정도로 강렬한 마기를 내뿜기 시작했다.

"정면에서 공격한다! 물러서지 마라! 뒤돌아보지도 마라! 공격하라!"

혈수라들이 도를 들어 하늘을 갈랐다.

남궁유한의 폭풍마검과 혈수라들의 아수라도(阿修羅刀)가 정면에서 충돌했다.

펑!

굉음이 터지고, 일수라가 그 순간을 노려 크게 하늘로 치솟았다.

"아수라도법 수라독존(修羅獨存)!"

순간 허공에 아수라의 상이 그려지며 남궁유한의 몸을 덮쳐 갔다.

쉬익!

남궁유한이 일수라의 아수라도에 맞서 왼손에서도 검을 뽑았다.

월하검이었다.

그리고 그의 눈에 이제 막 떠오르기 시작한 만월(滿月)이 보였다.

"그나마 나에게는 운이 따랐다. 하늘에 달이 떠오르면 한 자루 요검(妖劍)이 세상에 그 모습을 드러낸다!"

남궁유한이 들고 있는 월하검에서 세상 전체를 감싸고도 남을 요기(妖氣)가 일렁이기 시작했다.

"월광(月光)이 하늘을 뒤덮고, 요기(妖氣)가 땅을 가리니, 이를 일컬어 월광요검(月光妖劍)이라 한다!"

그 순간 월하검을 중심으로 무수한 초승달이 쏘아져 나갔다.

그것도 하나같이 극음의 요기를 담고서!

퍼퍼퍼퍼펑! 퍼퍼퍼퍼펑!

요기를 담은 월광이 아수라도의 아수라상과 부딪치며 연달아 폭음을 냈다.

열두 수라가 집중시킨 내력으로 만들어낸 거대한 아수라상이 월광요검의 요기에 휩쓸려 일순 휘청거릴 정도.

월광요검 자체의 위력은, 철혈투마 혼자의 힘은 대단했다.

그러나 철혈투마는 혼자였고, 상대는 그처럼 마도시대의 혈로를 뚫고 살아남은 혈수라들이었다.

아수라상은 월광에 무수히 공격당하며 일순 휘청거리는 듯했으나 줄어들기는커녕 점점 커져 가기만 했다.

그러나,

"포기하지 않는다! 포기하는 순간, 패하는 것이다!"

남궁유한이 이를 악물고 또다시 월광을 아수라상을 향해 뿜어냈다.

또한, 그와 동시에 오른손에 들고 있는 군자검으로 끊임없이 폭풍마검을 구사해 아수라상을 공격해 들어갔다.

뼈가 부서지고, 내장이 뒤집어진다 해도 공격을 멈출 생각은 없다.

한 번으로 안 되면, 열 번을, 열 번으로 부족하다면 수백, 수천 번을 공격할 것!

월광요검의 요기가 끝없이 아수라상을 공격해 들어갔다.

그러나…….

아수라상이 이제는 하늘의 달빛마저 가릴 정도로 거대해졌다.

수라멸절진의 가장 큰 묘용은 백팔나한진처럼 '격체전이(隔體轉移)'였다.

서로 떨어진 상대의 몸에 자신의 힘을 전달시키고, 이동시켜 한 몸에 힘을 몰아주는 격체전이!

그 의미는 다른 이도 아닌 마도시대의 혈수라 열둘의 힘과 내공이 한 사람에게 모아진다는 것.

그 힘과 내공이 점점 일수라에게 집중되니 일수라가 만들어낸 아수라상은 점점 커져만 갔던 것이다.

이 시점에서는 저 아수라상을 깨뜨리는 것은 거의 불가능했다.

그러나 남궁유한은 그에 굴하지 않고 끝끝내 그렇게 하려 했다.

머리로 생각하지 않는다.

그의 본능이 그렇게 하겠다고 한다.

그렇게 할 수만 있다면 언제까지고 이렇게 할 것이다.

쿵! 쿵! 쿵! 쿵!

지독한 것을 넘어, 미친 것만 같은 남궁유한의 검이 계속해서 아수라상을 공격해 들어갔다.

"투마, 그대의 투지와 한 사람으로서의 힘은 대단하나 거기까지요. 이제 끝냅시다!"

일수라가 그리 외쳤다.

그러자 커질 대로 커진 아수라상이 움직였다.

아수라상이 남궁유한의 전신을 뒤덮기 시작했다.

쉬익!

곧이어 아수라상이 남궁유한의 전신을 완전히 잠식해 들어갔다.

그의 다리부터 시작해, 몸통, 양팔, 그리고 머리까지…….

아수라상에 모조리 잠식당한 남궁유한의 육체.

곧 달빛마저 가리고 있던 아수라상이 남궁유한의 온몸을 쓸어가더니 형체도 없이 사라졌다.

그리고,

쿵!

허공에서 남궁유한의 몸이 추락해 큰 소리를 내며 지상에 처박혔다.

보통 사람이었다면 그렇게 떨어지는 것만으로도 온몸의 뼈다귀가 산산조각이 나고 말았을 것이다.

흙먼지가 풀풀 날렸다.

그사이에서 어떻게든 일어나려고 꿈틀거리는 남궁유한의 모습이 보였다.

"으, 으윽……."

그 모습을 보며 하늘에 떠 있던 혈수라 열둘이 차례로 지상으로 내려왔다.

어중간하게 끝내지 않는다.

상대의 숨통이 완전히 끊긴 것을 확인하는 것이 마인이다.

또한, 만에 하나 상대가 무기력해진 것을 가장해 암습을 가하는 것도 경계하고 있었다.

혈수라 열둘은 그것을 경계하며 남궁유한 근처로 몰려들 었다.

혈수라들이 바닥에 쓰러져 숨을 헐떡이고 있는 남궁유한을 위에서 내려다보며 말했다.

"길이 갈렸으나, 우리는 형제……. 형제 된 정리로 고통없이 보내주겠소."

일수라가 손을 허공으로 치켜들었다.

남궁유한의 심장을 찔러 고통을 느낄 새도 없이 죽이려는 것.

그것이 마인이 같은 마인을 위해 베풀 수 있는 최대한의 자비.

그런데 남궁유한은 죽음을 목전에 두고서도 웃고 있었다.

그는 말했다.

"그대들이 이겼다……."

일수라 역시 쓴웃음을 지었다.

"투마가 내력을 완전히 회복하지 못했다 들었소."

"그래도 그대들이 이긴 것은 사실, 구차하게 더 말해봐야 무엇 할까?"

"부끄러운 일이오. 투마 한 사람을 우리 열둘이 공격했다는 사실이. 만약 투마 곁에 폭풍대가 있었다면……. 아마도 투마와 우리가 지금 자리하고 있는 위치가 바뀌었을 것이오. 폭풍대는 십만마교 최강이었으니!"

긴 흑색 피풍의로 온몸을 두르고, 머리에는 흑색 죽립을 깊숙이 쓰고 마도시대의 전장을 누볐던 폭풍대.

폭풍대 개개인의 무력은 최강이 아닐지라도, 하나로 뭉친 폭풍대는 마도시대 최강의 칭호에 어울릴 정도로 강했다.

철혈투마와 폭풍대는 마지막 순간에 인간의 몸으로 마선이 된 교주의 한 팔마저 자르지 않았던가?

강호를 일통하며 역사상 최강으로 불렸던 마도시대의 십만마교 전체가 덤벼도 털끝 하나 스칠 수 없다는 교주.

하늘이 열린 이래 누구도 감히 대적할 수 없다는 교주의 한 팔이라니…….

꿀꺽!

'교주를 인간의 범주에 놓고 같이 논해서는 안 된다. 그런 교주와 한판 승부를 벌인 투마와 폭풍대야말로 인세 최강이라 할 만하다.'

혈수라는 그들을 떠올리며 마지막 폭풍대이자, 대주였던 철혈투마를 바라봤다.

"그랬지. 폭풍대만이 무적 칭호를 들을 자격이 있었다. 폭풍대만이……."

남궁유한이 그렇게 말하며 희미하게 웃었다.

"그대들이 이겼다. 그런데 그대들이 한 가지 모르는 사실이 있다."

남궁유한이 소리쳤다.

"죽는 것은 내가 아니다. 또한, 폭풍대는 여전히 내 곁을 지키고 있다!"

그때였다.

쾅! 쾅! 콰쾅! 콰콰쾅!

남궁유한과 혈수라 열둘이 자리한 지점으로부터 정확히 네 방향에서 동시에 거대한 폭발이 있었다.

"이, 이런……."

일수라는 물론 나머지 혈수라들이 모두 순간 당황했다.

하늘을 날며 싸웠던 이들이라 하나 워낙 창졸지간에 무방비로 당한 것.

폭음에 이어 주변 공간이 완전히 허물어지기 시작했다.

그러자 그들은 크게 당황하며 사방을 둘러봤다.

슈욱! 슈욱! 슈욱! 슈욱! 슈욱!

그 순간 네 개의 은하추가 일제히 혈수라들을 향해 날아왔다.

또한 무수한 암기들이 하늘을 뒤덮으며 쏟아졌다.

흡사 사천당가의 만천화우라도 되는 듯 손가락 마디만 한 단검과 우모침, 표창, 화살촉 등이 사방을 뒤덮으며 날아오는 것.

도저히 인간의 손재주로는 펼치지 못할 속도와 양.

그것은 바로 기이한 모양의 통에서 연사되고 있는 것이었다.

일수라마저 그 상황에 순간 놀라서였을까?

탁!

남궁유한의 손이 일수라의 손목을 낚아채는 것을 그는 피하지 못했다.

그리고는,

주르륵! 주르륵! 주르륵!

일수라의 체내에 있던 내력이 잡힌 손목을 타고 남궁유한의 몸 안으로 모조리 빨려 들어가기 시작했다.

"흡, 흡성대법!"

일수라가 소스라치게 놀라 경악성을 터뜨렸다.

남궁유한은 비릿한 미소를 짓고 있었다.

"그대는 손목의 맥문을 잡혔다. 교주마저 나에게 맥문을 잡히면 어쩔 도리가 없다!"

일수라 역시 흡성대법을 익힌 마도시대의 마인.

그는 썰물처럼 빨려 나가는 내력을 빼앗기지 않기 위해 필사적으로 대항하려 했다.

그러나 다른 곳도 아니고 내력이 흐르는 중요한 맥문을 잡혀 버린 후였다.

"으, 으윽!"

일수라는 몸부림쳤다.

그러나 무슨 수를 써도 그것을 막지 못하자 들고 있던 도를 들어 맥문이 잡힌 팔을 잘라서라도 빠져나가려 했다.

그러나 이미 때가 늦어버렸다.

한 톨의 내력도 남김없이 남궁유한에게 모조리 빨려 버린 후였다.

남궁유한이 포만감을 느끼며 느릿하게 말했다.

"잘 쓰겠다."

탁!

그러고는 그 어느 때보다 강렬한 안광을 뿌리며 허물어지는 땅을 박차고 하늘로 솟구쳤다.

폭발과 함께 은하추와 연사되는 암기를 피하느라 정신이 없던 다른 혈수라들을 향해 남궁유한이 앙천광소를 터뜨렸다.

"너희들은 끝이다! 진정한 투마의 위력을 보여주마!"

일수라의 내력을 모조리 빨아들였다.

수라멸절진은 격체전이를 이용한 진법, 일수라의 몸에는 더군다나 격체전이를 통해 받아들인 다른 혈수라들의 내력까지 몸에 흐르고 있었다.

그 말은 곧 일수라 하나만이 아니라 다른 열한 수라의 내력의 일부까지 빨아들인 남궁유한의 내력은 차고도 넘쳐흐를 정도였다.

반대로 다른 혈수라들의 몸에는 평소보다 훨씬 적은 내력만이 남아 있다는 말.

"마교의 적 백만을 벤다는 오대마검이 무엇인지를 똑똑히 볼 수 있을 것이다!"

그 외침이 끝나기가 무섭게 남궁유한의 몸에서 일순간 다섯 자루의 심검이 솟구쳤다.

그중 두 자루에는 폭풍의 기세와 월광의 기운이 담겨 있었다. 그리고 또 한 자루는 유성보다 더욱 밝은 은색을 휘황찬란하게 뿌리고 있었다.

"으……."

경악한 혈수라들이 일제히 도를 남궁유한에게 향했다.

광풍처럼 휘몰아치는 혈수라들의 기세는 여전히 위력적이었다.

그러나 그들은 이제 처음보다 훨씬 약해져 있었고, 반대로 남궁유한은 터무니없이 강해져 있었다.

슉!

남궁유한이 앞으로 손을 뻗었다.

그러자 네 자루의 심검이 열한 명의 혈수라들에게 날아갔다.

이전에는 별 힘 들이지 않고 막아냈던 남궁유한의 오대마검이었다.

그러나 이번 오대마검은 완전히 달라져 있었다.

막아낼 수도, 튕겨낼 수도, 피할 수도 없었다.

모든 것이 불가능했다.

그 어떤 것도 할 수가 없었다.

네 자루의 심검이 단번에 혈수라 넷의 심장을 관통했다.

그리고 마지막 한 자루!

하늘로 솟구친 심검이 일순 밤하늘에서 폭죽처럼 터지며 유성을 흩뿌렸다.

그리고 그 유성은 숨 쉬고 있던 혈수라 일곱의 온몸에 박히며 그들의 숨통을 단박에 끊어버렸다.

혈수라들이 흩뿌린 피분수를 지켜보며 남궁유한이 마성이 담긴 웃음을 터뜨렸다.

"하하하하! 그대들이 승부에서는 이겼을지 몰라도 결국 살아남은 것은 나다!"

그리고 피를 탐미하는 흡혈귀처럼 빨아들인 내력의 힘을 음미하며 입맛을 다셨다.

"단전이 박살나기 이전의 내력을 회복했다. 나 철혈투마가 돌아왔다."

흡성대법으로 빨아들인 내력을 모두 체내에서 융화시키지는 못한다. 그러나 당분간은 마도시대에 그가 가졌던 양보다 훨씬 많은 내력이 체내에 남아 있을 것.

마도시대 철혈투마의 완벽한 귀환이었다.

털썩!

반면, 마지막 순간에 남궁유한을 죽이는 것을 실패한 것은 물론 내력마저 모두 빼앗겨 버린 일수라가 망연자실한 상태로 바닥에 무릎을 꿇었다.

“모두 내 잘못이다.”

그는 자책하며 자신에게 다가오는 남궁유한을 바라보며 말했다.

“투마가 살아남았소. 이제 나를 죽이시오!”

이제는 남궁유한이 위에서 내려다보며 말했다.

그런데 남궁유한은 돌연 이렇게 소리쳤다.

“마룡봉(魔龍峰)의 법을 행하고자 한다!”

쿵!

그 소리에 일수라가 크게 충격을 받으며 소리쳤다.

“투마, 너무나 잔인하오! 제발 죽여주시오!”

일수라는 남궁유한에게 죽여달라 애원했다.

“불가!”

“형제의 정리를 생각해 그것만은 거두어주시오!”

“불가하다!”

그러며 남궁유한이 소리쳤다.

“그대가 마룡봉의 법을 받아들이지 않고, 십만대산을 영원히 등지려 함인가?”

일수라가 크게 당황했다.

“그, 그것은…….”

“십만대산을 영원히 등지고 그대가 홀로 이 시대에서 살아가도 상관하지 않겠다. 그러나 그대는 그때부터 우리 형제가 아닌 게 되겠지.”

일수라는 십만대산을 등져야 한다는 소리에 고개를 푹 숙였다.

"선택은 그대의 몫이다."

마룡봉의 법.

과거 십만마교가 둘로 갈라졌던 시절.

각기 나름의 이유를 내세우며 정통 교주를 자처하는 두 마인이 십만대산의 봉우리 중 하나인 마룡봉에 올랐다.

두 마인은 칠 주야 동안 경천동지할 격전을 벌였고, 결국 한 마인이 승리했다.

패한 마인은 승리한 마인에게 죽을 때까지 충성을 맹세했다. 그로 인해 십만마교는 분열의 위기를 극복하고 이전보다 더한 성세를 구가하게 되었다.

그때부터 목숨 값을 빚진 마인은 죽을 때까지 자신의 생명을 거두지 않은 마인에게 충성을 바치는 것이 바로 마룡봉의 법이었다.

마룡봉의 법을 따르지 않는다 하여 별다른 제재는 없다.

단지 십만대산을 떠나야 하며, 이후로는 십만대산의 형제를 자처할 수 없게 되는 것뿐이었다.

그러나 십만대산에서 태어나 십만대산에서 죽는 것을 지고의 가치로 삼는 마인들에게 십만대산을 떠나야 한다는 것은 죽음보다 더욱 가혹한 형벌이었다.

그런 이유로 마룡봉의 법을 어기는 마인은 거의 없었다.

일수라 역시 마찬가지였다.

"주술의 문을 건너 다른 시대로 온 것으로도 모자라, 투마에게 종속당해야 한다니. 내 삶이 어찌 이리 흘러가는 것인가."

일수라는 당장에라도 죽을 것만 같은 표정을 지은 채 자신에게 등을 보이고 있는 남궁유한을 따라나섰다.

"잘해주었다."

남궁유한은 아평, 아소, 초설, 매타자를 바라보며 웃었다.

"소가주님, 괜찮으세요?"

초설의 걱정 섞인 물음에 남궁유한이 그저 미소로 답했다.

"소가주님, 그런데 저자는……."

아평이 불안한 표정으로 일수라를 바라봤다.

그러자 남궁유한이 짧게 말했다.

"걱정할 것 없다. 그는 지금 그저 체력이 좋은 사내에 불과한 상태니."

남궁유한에게 내력을 모조리 빨린 일수라였다.

그 역시 사신의 공을 알고 있었기에 약하다고만은 할 수 없으나, 지금 이 자리에 있는 이들과는 큰 차이가 있었다.

물론 그 역시 흡성대법으로 내력을 빨아들인다면 남궁유한처럼 금세 마도시대 무인의 강력함을 되찾기는 하겠지만.

"저자는 앞으로 너희들처럼 내 명령에 절대복종하게 될 것이다.”

“그럴 리가요?”

아소의 물음은 당연했다.

직전까지 남궁유한을 죽이려 했던 자들의 우두머리였던 자가 어찌?

“마룡봉을 무너뜨리는 신인(神人)이 등장하기 전까지 그는 나의 명을 따르게 될 것이다.”

남궁유한이 의미심장한 말을 건넸다.

그러자 아소가 가장 궁금한 점 한 가지를 물었다.

“소가주님, 그런데 저들과 싸우기 직전에 하늘로 떠올랐던 글자, ‘마(魔)’ 자가 맞지요?”

분명 그것은 마 자였고, 이들 네 사람 또한 똑똑히 볼 수 있을 정도로 크고 선명했다.

남궁유한은 그 물음에 잠시 비릿한 미소를 짓더니 역시나 짧게 답했다.

“그것 또한 알 필요 없다.”

“…….”

궁금했으나 이들 네 사람은 남궁유한에게 더 이상은 묻지 않았다.

남궁유한을 하늘처럼 따르는 그들이었기에…….

그때, 매타자는 어느새 일수라 곁으로 다가가 말했다.

“자네도 소가주님을 따르기로 맹세했는감?”

“…….”

일수라는 그저 아랫입술을 깨물 뿐.

“잘한 일이여. 소가주님 말만 잘 따르면 기루 같은 곳에도 데려다 주고, 그, 그, 여인네들과도, 흐흐흐!”

매타자는 개봉부 기루에서의 일을 떠올리며 얼굴에 홍조를 띠었다.

“우리 이번 일이 끝나거들랑 함께 기루에 가보드라고.”

일수라의 속도 모르고 매타자가 친한 척을 해대자 일수라는 속으로 분노했다.

그러나 마룡봉의 법이 있는데 어찌할 수도 없는 일.

그저 묵묵히 참는 수밖에 없었다.

“자네 벙어리여? 왜 이리 말이 없는감?”

매타자는 아무 말도 하지 않는 일수라를 보며 고개를 갸웃거렸다.

그러나 일수라는 여전히 말이 없었다.

그 광경을 보고 있던 남궁유한이 코웃음을 한 번 쳤다.

“홍! 신경 쓰지 마라. 우리에게는 할 일이 있지 않느냐?”

그러자 곧 폭풍대 일행이 곧바로 말에 올라탔다.

“이제 그리 멀지 않았다. 우리는 백두문으로 간다!”

운이 따라 혈수라들도 잠재울 수 있었다.

그리고 지금처럼 내력이 충만한 상태라면 혈세신마와 그 제자들을 만나더라도 전혀 걱정할 것이 없었다.

오히려 지금 상태에서 만나게 해달라 기원이라도 해야 할 판이다.

남궁유한 일행이 백두문으로 말을 달리기 시작했다.

남궁유한이 막 백두문을 향해 다시 출발했을 때, 혈세신마 제갈영호는 제자들과 함께 이미 영산 장백을 오르고 있었다.

자신들은 장백산이라 알고 있었으나, 장성 너머 사람들은 모두가 백두산이라고 부르는 곳이었다.

산세가 그리 험한 곳은 아니었으나, 산 전체에 영기가 흐르고 있어 범상치 않은 산이었다.

제갈영호는 영산 백두를 오르며 속으로 한 가지를 생각하고 있었다.

'혈수라들로부터 오던 해동청이 끊어졌다. 설마 그럴 리는 없겠지만 그들이 투마에게 당했을지도……'

철혈투마는 교주에게 심하게 당해 폐인이 된 채 주술의 문을 넘었다.

신무학을 통해 가상 단전을 만들고, 흡성대법으로 내력을 회복하기야 하겠지만 그것이 그리 간단한 문제만은 아니었다.

그것은 투마도 알고, 혈세신마 자신도 잘 알고 있는 일이다.

'게다가 혈수라가 열둘이다. 설사 예전의 힘을 되찾은 투마라 해도 그들 전부를 상대로 승리할 가능성은 적다. 그런데 왜 연락이 없는 것인가?'

내심 걱정도 됐지만 한편으로는 속이 후련하기도 했다.

혈수라들은 분명 자신의 명을 잘 따르기는 했지만 자신이 수족처럼 부리는 이들이 아니었다.

교주의 친위대인 수라대는 교주의 명만을 절대적으로 따른다.

분명 자신이 교주를 배신한 것을 알면서도 그들이 자신을 따르기는 했지만, 그래도 영 불편한 부분이 많았다.

'어차피 그것들과 대사를 같이하기에는 무리가 있었다. 이 기회에 그들이 투마와 싸우다 공멸하는 것도 괜찮겠지. 최소한 시간은 끌어줬을 것이니. 몇 년이면 충분하다. 이 허약한 시대를 통째로 집어삼키고 십만대산에 오르는 것은.'

혈세신마는 그렇게 생각하며 영산 백두를 계속해서 올랐다.

추위가 몰아치는 시기라 산을 오르는 것이 쉽지는 않았으나, 혈세신마에게 큰 문제는 아니었다.

"죽기 싫으면 장백문이 있는 곳으로 안내해라!"

혈세신마는 영산 백두 곳곳에 모르는 곳이 없다는 십수 명의 심마니들을 윽박질렀다.

눈앞에서 심마니 몇을 찢어발겨 죽인 터라 잔뜩 겁을 먹은 심마니들이 눈치를 보며 곧 길을 잡기 시작했다.

그렇게 하루를 더 올랐을까?

혈세신마는 마침내 영산 백두의 정상에 오를 수 있었다.

그리고 그의 눈앞에 안개가 잔뜩 끼어 있는 푸른 호수 하나가 보이기 시작했다.

"이것이 장백문이 자리하고 있다는 천지(天池)라는 호수인가……."

안개에 가려 제대로 그 모습이 보이지 않는 천지 근처를 보기 위해 혈세신마가 안력을 돋우었다.

그러자 곧 자신이 있는 곳 저편에 무언가 석비 하나가 서 있는 것이 보였다.

석비에는 이렇게 쓰여 있었다.

백두문(白頭門)이라고.

"제대로 찾아왔는가? 장백신마의 사문에? 하하하하!"

그는 크게 웃더니 제자들에게 명령했다.

"장백문 것들을 모조리 죽여서라도 주술의 문을 막을 방도를 알아내야 한다!"

그는 천지 반대쪽의 석비 쪽으로 향했다.

장백문이 신비지문이라 하나, 마도시대의 십삼신마 중 하나인 자신을 대적할 수 있을 리 만무했다.

좋은 말로 했을 때 자신을 따르면 피를 보지는 않을 것이나 정 말이 통하지 않으면 이 천지를 온통 피의 호수로 만들어

버릴 작정이었다.

그로부터 이틀 뒤.

압록강과 그 지류인 통구하(通溝河)에 둘러싸인 작은 충적 평야에 자리한 통구(通溝).

통구하 동쪽 언덕에는 과거 국내성(國內城)이라고 불렸던 옛 대제국의 성터가 자리하고 있기도 했다.

통구에서 동북쪽으로 가면 나오는 태왕촌(太王村)을 향해 남궁유한은 계속해서 말을 달리고 있었다.

남궁유한은 혈세신마와는 달리 영산 백두가 아니라 처음부터 바로 이곳을 향해 달려왔던 것.

대다수가 백두문은 당연히 영산 백두에 있을 것이라 믿기 마련이다.

천하의 모든 책을 읽었다 말해지는 철대선생은 고서적인 환국기(桓國記)와 삼성기(三聖記), 단군세기(檀君世記) 등을 모조리 찾아보았다.

그 결과 환국기의 구석진 자리에 이런 구절이 있었다.

'하늘의 법에 따라 영산 백두를 지키던 사람들이 태왕촌으로 그 자리를 옮겼다.'

그 구절을 발견한 철대선생은 남궁유한에게 이 사실을 전했다.

모험이라 할 수도 있었으나, 남궁유한은 영산 백두로 가는 대신 지금 이곳 태왕촌으로 향한 것이다.

사실 뒤늦게 혈세신마를 쫓는다 해도 그보다 먼저 영산 백두에 도달하는 것이 무리이기도 했다.

도박을 한다는 심정이었다.

입구에 도착한 남궁유한이 태왕촌의 전경을 훑어보며 말했다.

"이곳은 마을 전체가 석릉과 토분으로 된 무덤 마을 같은 느낌이군."

아닌 게 아니라 태왕촌이라는 마을에는 적게 잡으면 수천 기에서 많게 잡으면 일만 기에 달하는 무덤들이 산재해 있었다.

그런데 태왕촌에 들어서자 곧 이상한 점 하나를 느낄 수 있었다.

평범한 사람들처럼 보이지만 마을 사람들 전부에게서 현기(玄氣)와 비슷한 기운이 절로 풍겨 나왔다.

'무당이나 화산의 현기와도 다르고, 후천지기(後天之氣)도 아니다. 이런 것을 두고 선천지기(先天之氣)라 해야 할 것이다.'

분명 무공을 익힌 것 같지 않으나 무공을 익힌 이들보다 더한 현기를 뿌려대는 마을 사람들을 경계하며 마을 안으로 들어갔다.

남궁유한은 잔뜩 경계하며 곧 근처를 지나던 노인 하나를 붙잡고 물었다.

"노인장, 이곳에 객잔은 없소?"

그러자 노인이 잠시 고개를 갸웃거리더니 환하게 웃었다.

"저쪽 황토 나라에서 오신 분들이시군 그래."

중원의 말을 하고는 있었으나 왠지 억양이 독특한 것이 촌부는 원래 다른 말을 쓰는 것 같았다.

"그렇소. 노인장, 객잔을 찾고 있소만……."

"헐헐! 객잔이라……. 그쪽에서는 외지에서 손님이 오면 돈을 받고 숙식을 제공하오? 이곳 태왕촌에서는 그러지 않는다오. 예를 갖춰 청한다면 누구도 집에서 거하는 것을 거절치 않을 것이오."

"그럼, 노인장의 집에서 거할 수도 있단 말이오?"

"물론이오. 하나 그대가 예를 갖출 때의 일이겠지."

"어찌하면 예를 갖췄다 하는 것이오?"

번거로울 정도로 고리타분한 예의범절을 따지는 것은 아닌가 하는 생각도 들었다.

남궁유한은 그런 허례허식을 무척이나 싫어하는 사람이다.

"헐헐! 뭐 큰 것 있겠소? 그저 지나가는 과객이온데 하룻밤 머물고 갈 수 있겠소 정도로 청하면 그만이겠지."

그 소리에 남궁유한이 피식 웃으며 말했다.

"노인장, 지나가는 과객이온데 하룻밤 머물고 갈 수 있겠소이까?"

"헐헐! 그럼, 그럽시다."

그러더니 노인이 앞장을 서서 걷기 시작했다.

"노인장, 우리에게 남는 말이 있소. 거리가 멀다면 말을 빌려줄 요량도 있소만……."

"헐헐! 두 다리 멀쩡한데 무엇 하러 말에 의지하겠소?"

남궁유한은 자신은 말에 타고 있는데 노인은 걷자 민망해서 그리 청한 것이었다. 그러나 노인이 끝내 말 타기를 거절하자 어쩔 수 없이 남궁유한이 말에서 내려 노인과 어깨 높이를 맞춰 걷기 시작했다.

잠시 동안 노인과 발걸음을 맞춰 걷던 남궁유한이 노인에게 물었다.

"노인장, 이곳에 혹 백두문이란 곳이 있소?"

"황토 나라 사람이 어찌 백두문을 아시오?"

"내게 지혜로운 이 하나가 있다오. 천하에 읽지 못한 책이 없으며, 알지 못하는 내용이 없는 사람이. 그가 천하에 있는 모든 책을 모조리 뒤져 겨우 백두문이 이곳에 있다는 사실을 알려줬다오."

"헐헐! 황토 나라가 넓다 하더니 백두문에 대해 기술한 내용까지 알고 있는 이가 있었구나. 그대가 백두문을 찾아온 것이라면 제대로 찾은 것이오."

그 소리에 남궁유한이 크게 기뻐했다.

"그럼, 백두문부터 안내해 주실 수 있겠소?"

"헐헐! 안내라……. 이미 백두문 안에 들어와 있으면서 어찌 안내해 달라 청하시오?"

남궁유한이 그 답에 놀랐다.

"그게 무슨 의미요?"

노인이 손으로 마을 전체를 가리키며 답했다.

"이곳 태왕촌 전체가 바로 백두문이오."

"이 무덤 마을이 말이오?"

"헐헐! 백두문은 영산 백두의 천지에 하늘님이 내려와 지상에 하늘나라를 세운 때부터 내려온 곳이지. 그러다 하늘님의 후손인 광개토경평안호태왕(廣開土境平安好太王) 폐하가 이곳에 묻히자 백두문 또한 그때부터 이곳에 자리하게 되었다오. 그러니 대대손손 태왕 폐하들의 능을 지켜온 이곳 태왕촌 자체가 백두문이 될 수밖에."

"광개토경평안호태왕?"

"그대들은 대개 호태왕이라고 부를 것이오."

남궁유한이 왕 중의 왕을 의미하는 호태왕이라는 얘기를 듣고서야 누군지를 알아들었다.

어찌 모르겠는가?

대제국을 건설한 위대한 정복군주를.

"저기 보이는 것이 호태왕 폐하의 아드님이신 태왕께서 광개토태왕의 업적을 기리며 세운 석비라오."

얼마를 더 걷자 거대한 석비가 남궁유한의 눈에 들어왔다.

높이는 두 장을 훌쩍 넘는 장방형 사면을 가진 자연석 석비였다. 사면에 각기 글이 적혀 있는 석비였다.

"태왕 폐하의 석비에는 총 일천칠백칠십오 자의 글자가 새겨져 있소. 일면은 고구려 건국신화가, 이면은 태왕 폐하의 정복 전쟁 기록이, 삼면과 사면에 걸쳐서는 묘를 지키는 이들에 대해 자세히 적혀 있고."

남궁유한은 그 거대한 석비를 유심히 살펴보며 자신의 손바닥 크기인 글자 하나하나를 한참이나 읽어 내려갔다.

二九登祚號爲永樂太王恩澤洽于皇天威武振被四海掃除不庶寧其業國富民殷五穀豊熟昊天不弔삼有九宴駕棄國以甲寅年九月甘九日乙酉遷就山陵於是立碑銘記勳績以示後世.

"왕은 십팔 세에 왕위에 올라 영락태왕이라 일렀는데, 그 은혜와 혜택이 하늘에까지 이르고, 그 위엄과 무공은 온 세상에 떨쳤다. 또 생업을 편안케 하였으므로 나라는 부유하고 백성은 넉넉하고 오곡이 풍요하게 무르익었다. 그런데 하늘이 돌보지 않아 삼십구 세에 돌아가시면서 나라를 버리었다. 갑인년 구월 이십구일 을유일에 산릉에 옮겨 모시고 이에 비석을 세워 훈공과 업적을 새겨놓음으로써 후세에 보이는 바이다."

그리고는 일면을 넘어 이면에 적힌 태왕의 전쟁 기록 중 하나를 읽었다.

百殘新羅舊是屬民由來朝貢而倭以辛卯年來渡海破百殘東新羅以爲臣民.

"백잔(백제를 낮춰 부른 말)과 신라는 옛날에는 우리의 속민이었고 그전부터 조공을 바쳐 왔던 것이다. 그런데 신묘년에 왜가 백잔의 꾀임으로 도래하자 백잔을 격파하고 동쪽으로 신라를 구원하여 신민으로 삼았던 것이다."

그것을 해석한 남궁유한이 웃었다.

"이리 당연한 얘기를……. 왜가 해동에 기원을 둔 나라며, 대대로 속국이었음은 누구나 아는 사실인데."

"헐헐! 지금은 모두가 당연하다 여기나 후세에는 어찌 왜곡될지 모르는 일이니."

"하늘이 알고, 땅이 아는 사실을 왜곡할 비열한 것들이 세상에 존재하겠소이까?"

남궁유한은 절대 그럴 리 없다고 말하며 노인에게 물었다.

"태왕에 대한 얘기는 그렇고, 이곳에 풍백과 우사, 운사라 불리는 이들이 있소?"

그 물음에 노인이 자연스레 말을 편히 하기 시작했다.

"허~ 황토 나라 사람이 어찌 그리 많이 알고 있는 겐가?

아무리 곁에 지혜로운 이가 있다 해도 그렇지……."

"내 곁의 지혜로운 이가 보통이 아니라 그렇소."

"내 기회가 되면 그 치를 한 번 보고 싶구만 그래. 이곳 태왕촌을 지키는 세 현명한 이를 가리켜 풍백과 우사, 운사라 한다네. 우사께서는 천하의 수맥을 돌보러 가 지금 이곳에 없지만 풍백과 운사는 이곳에 있네."

그 소리에 남궁유한이 자신도 모르게 두 주먹을 불끈 쥐었다.

'천부경의 주술로 만들어진 문에 대한 모든 비밀을 풀 수 있을 것이다. 특히 운사는 기필코 만나야 한다!'

"그 사람들을 만날 수 있겠소?"

"어려울 것은 없네. 그분들은 찾아온 이를 한 번도 거절한 적이 없으니."

"안내해 주면 정말 고맙겠소."

노인의 안내에 따라 곧 백두문의 풍백과 운사를 만난 남궁유한.

쿵!

"……."

풍백과 운사에게 주술의 문에 대한 얘기를 듣고 난 후 남궁유한은 차마 말을 잇지 못했다.

풍백과 운사는 희망과 실망을 동시에 안겨주었다.

한 번 열린 주술의 문, 이미 이어진 길을 막을 수 있는 방도는 없었다.

그리고 남궁유한은 장장 하루에 걸쳐 그들에게 정말 놀라운 사실들을 들을 수 있었다.

같은 시각.

쉬이익! 쉬이익! 쉬이익! 쉬이익!

영산 백두 정상에 오른 혈세신마는 분노의 검을 휘두르고 있었다.

"이곳이 아니었다! 이미 천 년도 더 이전에 장백문은 다른 곳으로 이동했다! 이런 빌어먹을!"

백두문이 이곳에 존재했던 것은 사실이었으나 지금은 그 흔적만이 남아 있을 뿐이었다.

"사, 살려주십시오!"

정상까지 길을 안내한 심마니들이 분노한 혈세신마의 살기를 느끼고 몸을 바르르 떨었다.

쉬익! 쉬익! 쉬익!

그러나 분노한 혈세신마는 그들을 살려두지 않았다.

순식간에 영산 백두 정상에 자리한 호수 천지가 피로 물들고 말았다.

第六章 사천당가 가는 길

無敵世家

남궁유한은 장성을 넘었다 근 한 달 만에 하북팽가로 돌아올 수 있었다.

백두문의 풍백과 운사, 특히 운사에게 들은 얘기들은 더할 나위 없이 충격적이었다.

하기는 운사의 존재 자체가 남궁유한에게는 충격 그 자체였으니…….

침상에 누워서도 그에 대한 생각이 뇌리를 떠나지 않았다.

그것들을 떠올리느라 그가 전전반측하며 잠을 이루지 못하고 있을 때였다.

"숙부님, 잠시 들어가도 될까요?"

방 밖에서 남궁아연의 목소리가 들려왔다.

어차피 잠도 오지 않던 터라 남궁유한은 남궁아연을 안으로 들였다.

아무리 숙부와 조카라 해도 이런 야밤에 마주하는 것이 보기 좋은 모습은 아니다. 그러나 남궁유한은 그런 예법 따위에 신경 쓸 사람이 아니다.

"혹시나 잠이 드셨으면 어쩌나 걱정을 했어요."

남궁아연이 자리에 앉으며 말했다.

"아니다. 생각이 많아 쉽게 잠을 이루지 못하던 차였다."

남궁유한은 남궁아연에게 차를 권했다.

차를 마시며 남궁아연이 조심스럽게 말했다.

"오라버니……."

"말해보거라."

남궁아연은 계속 머뭇거리더니 용기를 내 입을 열었다.

"오라버니, 저는 꼭 팽 소가주와 혼인을 해야만 하는 것인가요?"

그 말에 차를 마시려던 남궁유한이 동작을 멈췄다.

그리고는 복숭아 빛으로 상기된 남궁아연의 얼굴을 보며 말했다.

"팽 소가주가 싫은 것이냐?"

남궁아연이 고개를 가로저었다.

"싫은 것은 아니에요."

“내가 아는 팽 소가주는 남아 중의 남아다. 또한 그는 일생 동안 너만을 바라보고 살 사람이다. 팽가의 가주라는 신분이나 그의 무공 등은 고려하지 않더라도 천하에 그만한 남자는 없다.”

“그것은 알고 있지만…….”

남궁유한이 그런 남궁아연에게 한숨을 내쉬듯 말했다.

“혹 다른 이를 마음에 품고 있는 것이더냐?”

“…….”

남궁아연은 긍정도, 부정도 하지 않았다.

그저 침묵할 뿐이었다.

“휴우~”

남궁유한이 다시 한 번 한숨을 내쉬더니 말했다.

“알겠다. 내가 어머님을 만나뵙고 네 뜻을 전하마.”

“하지만 할머니께서는 이 일이 그 무엇보다 중하다 하셨는데…….”

“중하기는 하다. 하나 네 인생이 걸린 일을 두고 내 어찌 득실을 따지겠느냐? 내 몇 번이나 강조했었다. 나는 잠시 남궁세가를 빌리는 사람이며, 언젠가는 떠날 사람이라고. 내가 떠나면 세가에는 오직 너만이 남는다. 그런 너의 뜻을 어찌 내가 중히 여기지 않겠느냐?”

여기서 남궁아연이 팽강과 혼인을 맺지 않는다 하면 어렵게 만든 양가의 화의가 단박에 깨질 수 있다.

천하의 팽가 가주가 파혼을 당하면 체면에 크게 손상을 입는 것이다. 팽가 전체가 참을 리 없는 것.

그것은 곧 남궁세가와 하북팽가, 사천당가의 삼자 연수가 근본부터 흔들리게 된다는 의미였다.

그것을 누구보다 잘 알고 있는 남궁유한이었다. 그러나 그는 남궁아연이 원하지 않는다면 이 혼사를 성사시키고 싶지 않았다.

어쩌면 그의 내심에는 그가 먼저 이 혼사를 깨고 싶다는 마음이 한구석에 자리하고 있는지도 몰랐다.

"내 곧바로 어머님을 찾아뵐 것이다."

"무, 무슨 소리냐? 아연이가, 아연이가 정녕 그리 말했단 말이냐?"

당혜는 손을 부르르 떨 정도로 놀랐다.

"그리고 너 역시 아연이의 뜻대로 하라 했다고? 아니지, 그러면 안 되지. 너라도 말렸어야 하지 않았느냐?"

"강요하고 싶은 생각은 없습니다."

"꼭 세가 사이의 정략혼이 아니더라도 대체 팽 소가주의 어디가 마음에 안 든다는 것이냐? 나는 그것조차 이해가 가지 않는구나."

절세의 미남에다 팽가의 가주다. 성품 좋고, 무공 또한 십 년 내 정파제일고수가 될 거라 말해진다. 더욱이 남궁아연에 대해 지극한 애정까지 품고 있지 않던가?

"사람의 마음은 참으로 알 수 없는 것이지요."

당혜가 손으로 머리를 싸매며 고민했다.

"대체 누구라더냐? 아연이가 마음에 품고 있다는 사내가?"

남궁유한은 씁쓸한 어조로 말했다.

"그것까지는 묻지 않았습니다."

물을 용기가 나지 않아 묻지 못했던 것이다.

"물었어야지. 그것이 가장 중한 문제인데."

그러며 당혜가 남궁유한을 미심쩍은 표정으로 바라봤다.

당혜와 남궁유한의 눈빛이 한동안 허공에서 교차했다.

그러더니 당혜가 알 듯 모를 듯한 한숨을 내쉬며 말했다.

"절대 안 되는 일이다. 나는 진심으로 너를 아들로 생각하고 있다. 너는 남궁가를 잠시 빌린다 하고, 곧 떠난다 했었지? 하나 주인이 자기 집을 두고 어딜 떠난단 말이냐? 너는 남궁유한이다. 남궁유한이야."

당혜는 오랜 세월을 살아온 여인이다.

남궁유한과 남궁아연이 넘지 말아야 할 경계를 오가고 있다는 것은 진즉부터 짐작하고 있던 차였다.

이제 막 남궁세가가 부활하려고 하는 시점에 이런 남녀 사이의 미묘한 문제가 생기다니…….

그녀가 처량한 어조로 말했다.

"나는 너도, 아연이도 결코 잃고 싶은 생각이 없다."

진심이었다.

"세가에는 진짜 남자 후손이 있을 것입니다. 찾아보면 분명 나타날 것입니다."

남궁유한은 철대선생에게 들어 진즉부터 알고 있었다. 철대선생이 분명 남궁가의 후손을 알고 있다 했으니.

그러나 철대선생도 그가 정확히 누구인지 말하기를 원치 않았고, 남궁유한 또한 물을 생각이 없었다.

그래서 아직까지 세가의 진짜 후손을 찾지 못한 것.

"그래서 너는 떠나고, 그 아이를 소가주로 세우라? 말도 안 되는 얘기야. 그 아이가 백치일지도 모르며 천하에 막돼먹은 이일지도 모를 일이다. 단지 남궁가의 피를 이었다는 이유만으로 누군지도 모르는 아이에게 세가를 맡길 생각은 없다."

당혜가 말을 이어갔다.

"혹여라도 네가 떠날 생각을 하고 있다면 그 생각 당장 접거라. 너는 내 아들이다. 네가 곧 남궁세가란 말이다!"

당혜는 남궁유한을 그 누구보다 아끼고 있었다.

"네가 나서기 그렇다면 내가 나서마. 아연이가 뭐라 하든 이 혼사, 나라도 성사시킬 게야. 이 어미가 팽가주 앞에서 무릎 꿇고 애원해서라도 그리 만들 것이야."

"어머니……."

어느 때부터인가 남궁유한은 당혜를 진짜 어머니로 여기

는 마음이 조금씩 생기기 시작했다.

남궁유한 또한 자신을 낳아준 부모는 있을 것이나 한 번도 본 적 없었다.

그런 그였기에 입으로 자꾸 어머니라 부르다 보니 마음마저 당혜를 어머니라 여기기 시작한 것.

사람의 마음은 참으로 알 수가 없는 것이다.

"눈에서 멀어지면 마음에서도 멀어지는 법이다. 이번 당가행에 아연이는 제외할 것이다. 또한 일정을 최대한 앞당겨 사흘 안에는 당가로 떠날 것이다. 그리 알거라."

당혜가 일방적으로 말했다.

남궁유한이 그 말에 잠시 생각했다.

'휴우~ 아무래도 그러는 편이 낫겠다. 아연이와 소소가 닮았다 하나, 아연이는 절대 소소가 아니다. 그리고 나에게는 더 중한 일이 있지 않은가? 일단 그쪽에 집중하자.'

남궁유한은 그렇게 마음을 정리하며 당혜의 처소를 나왔다. 그러나 마음을 완전히 정리하는 것이 결코 쉽지는 않았다.

"숙부님, 이리 급작스럽게 떠나게 돼 아쉽기 그지없습니다."

언제나 웃는 얼굴인 팽강이 남궁유한을 배웅하며 말했다.

"나도 아쉽네. 장성 밖에 다녀오느라 자네와 무공에 대해

애기를 할 시간도 적었으니."

"그러게 말입니다. 다음에 시간이 나면 저와 함께 며칠이고 무공에 대해 논해보는 겁니다."

"내 약속하지."

그 약조에 팽강이 크게 기뻐하며 말했다.

"당호유 당주 편에 당가주에게 전하는 친서를 보내기는 했습니다. 물론 숙부님께서 알아서 잘하시겠지만 최소한 서신 한 장은 전해야 될 듯해서 말입니다."

"알았네."

남궁유한이 그러며 팽강 곁에서 어두운 표정을 짓고 있는 남궁아연을 바라봤다.

하북팽가에 남게 된 남궁아연은 눈으로 자신도 함께하게 해달라 간절히 청하고 있었다. 그러나 남궁유한은 정말 힘들게 그 눈길을 외면하며 말했다.

"아연이를 잘 부탁하네. 혼인도 하지 않은 몸으로 팽가에 머무는 것이니."

"각별히 신경 쓰겠습니다. 말 많은 자들이 쑥덕거리지 못하게 특별히 팽가 소유의 장원에서 머물게 할 생각입니다. 그사이 제가 북경 구경도 시켜주고, 황상 폐하도 알현케 할 생각입니다. 황상 폐하께서도 제 정혼녀가 왔다 하니 꼭 자금성에 함께 들라 하더군요."

"그래도 걱정이 되네."

"하하하! 숙부님답지 않습니다. 이 팽강이 그리도 못 미더우셨던 것입니까? 또한 사람들이 쑥덕거리면 어떻습니까? 하늘이 무너져도 이 팽강은 연 매와 백년해로하게 될 것인데."

남궁유한이 보기에도 팽강은 참으로 좋은 사내였다.

그가 어딘가 모자란 구석이 있거나 마음에 들지 않았다면 아연을 생각해 당장에라도 이 혼인을 깨고 싶었다. 그러나 그는 너무나 훌륭한 사내이기에 남궁유한도 차마 그럴 수가 없었다.

"그건 그렇고, 숙부님과 당 소저 사이는 어떻습니까? 팽가에서 월하노인을 자처하고 나선 이상 관심이 안 갈 수가 없습니다."

남궁유한이 쓴웃음을 지었다.

"사내로 태어나 아직 뜻도 이루지 못했는데 어찌 가정을 갖겠는가?"

"하하하! 숙부님, 그거 저 들으라고 하시는 얘기입니까? 알겠습니다. 이 팽강, 불철주야 무공을 닦아 반드시 북도가 돼 숙부님과 함께 십만대산을 오를 것입니다!"

"오해는 말게. 그런 의미는 아니었으니."

"알고 있습니다. 하지만 믿어주십시오. 이 팽강, 자질은 조금 떨어질지 모르나 반드시 노력으로 극복해 숙부님께 부끄럽지 않은 한 사람의 무인이 될 것이니."

팽강은 절세의 자질을 가지고 있었다. 단지 남궁유한과 비교해 보니 다소 손색이 있을 뿐이었다.

그런 그가 혼신의 힘을 다해 노력한다니 그가 앞으로 얼마나 강해질지는 추측이 힘들었다.

"그럼, 자네를 믿고 나는 떠나겠네."

남궁유한은 사람 좋은 팽강과 수심이 가득한 남궁아연을 번갈아 바라보더니 무거운 마음을 안고 팽가를 떠났다.

백두문까지 동행했던 아평, 아소, 초설, 매타자 등 남궁세가를 처음 출발했던 서른 정도 인원에 하오문에서 보내준 분사 십여 명이 당가로 가는 전부였다. 그리고 여전히 이 일행에 동화되기 힘들어하는 일수라까지…….

하남 서문세가나 산동 황보세가에서 하북팽가로 함께 온 이들은 이미 전부 각자의 세가로 돌아간 상태였다.

당금 천하에 명성이 자자한 남궁세가 가주의 일행치고는 여전히 단출한 규모였다.

청해성 십만대산.

험준한 산봉우리가 끝없이 이어져 있는 곳.

강수량도 극히 적고, 농사지을 땅조차 변변치 않은 변방의 오지에 자리하고 있었다.

사람이 살기에 이곳만큼 적합하지 않은 땅도 드물 것이다.

그러나 그런 척박한 자연환경과는 달리 강호에서 이곳이

차지하는 비중은 대단했다. 아니, 강호 제일의 비중과 영향력을 가졌다 말해도 전혀 과장되지 않다 할 것이다.

이유는 바로 이곳 십만대산에 고금제일세로 칭해지는 십만마교가 자리하고 있기 때문이었다.

십만 개의 봉우리가 있다 말해지는 이곳 십만대산의 한 봉우리를 오르고 있는 이들이 있었다.

그들이 지금 오르고 있는 봉우리는 십만대산에서 거주하고 있는 이들에게도 잘 알려지지 않은 미망봉(未忘峰)이란 곳이었다.

빠른 속도로 미망봉 정상에 오른 그들은 한 노인에게 향하고 있었다.

잡티 하나 없는 백발에다 턱에는 온통 은염까지 기르고 있어 신선 같은 풍모를 풍기고 있는 노인.

그들은 그 노인을 보자마자 땅에 부복하며 고개를 조아렸다.

"교주님, 알아보고 왔습니다."

교주라 불린 노인은 사내들에게 담담한 어조로 물었다.

"맞는가?"

사내들은 잠시 주저했다. 그러더니 마른침을 꿀꺽 삼키며 힘겹게 입을 떼기 시작했다.

"틀림없었습니다. 오대마검이었습니다!"

노인은 그 소리에 혀를 차며 말했다.

"나타나지 않기를 그토록 바랐건만……. 예언이란 원래 빗

나가라고 있는 것이건만, 왜 이런 중차대한 예언은 이리도 정
확히 들어맞는 것인가……."

노인은 고개를 가로저으며 안타까운 표정을 지었다.

사내들이 그 노인을 향해 조심스럽게 청했다.

"교주님, 저희가 하산하겠습니다. 오대마검의 주인을 저희
가 베겠습니다. 그렇게 되면 교주님께서도 천수를 누릴 수 있
을 것입니다."

"내 천수는 길어야 이 년 남짓 남았다. 오대마검의 주인을
베든, 베지 않든 간에 말이야."

그러더니 노인은 말을 이었다.

"오대마검의 주인이 남궁세가 소가주라 했더냐?"

"그렇습니다."

노인이 몸을 일으켰다.

"그렇다면 내가 직접 마검의 주인을 만나야겠구나."

백발에 은염 노인…….

당대의 십만마교 교주 비천신마 한평이 말했다.

"마교 안에 또 하나의 마교가 자라고 있음이다. 나에게 허
락된 이 년이라는 시간, 유용하게 쓰고 떠날 것이다!"

사내들이 떨리는 목소리로 마교 교주 한평에게 물었다.

"교주님, 세상에 신위를 드러내려 하십니까?"

"내가 움직이면 천하가 크게 소용돌이칠 것이나, 별수없게
되었다. 혹 천하가 우리를 막고자 하면 천하를 짓밟아 버리면

그만인 것을.”

그 선언에 사내들이 더할 나위 없이 감격해 몸을 바르르 떨며 소리쳤다.

“준비하겠습니다!”

“마기를 덜 풍기는 이들로 준비시켜라. 그러나 굳이 내 행보를 감출 것은 없다. 천하를 향해 내가 한 수를 둬보려 함을 알릴 것이니.”

사내들이 땅에 머리를 박으며 소리쳤다.

“존명!”

마교 교주 한평은 그러더니 십만대산의 하늘을 바라보며 나지막한 목소리로 읊조렸다.

“십만대산에 성스러운 불이 있어, 하늘과 땅을 밝히네. 성스러운 불로 이 몸을 태우니, 하늘과 땅에 광명의 길이 이어지네. 십만대산에서 태어나, 십만대산에서 죽으니, 십만대산에서 한 자루 검을 들어 적의 심장을 꿰뚫는다. 힘들 때나, 괴로울 때나, 즐거울 때나, 슬플 때나, 우리는 언제나 함께였느니. 성화(聖火)는 우리를 십만대산의 형제라 말한다.”

한평이 사천성 성도 쪽을 바라봤다.

“남궁유한이라 했던가? 그대와 나 역시 십만대산의 형제일 것이다. 그러나 어쩔 수 없게 되었구나.”

그러더니 하늘을 향해 한 자루 검을 들었다.

“만세무적(萬世無敵), 마교불패(魔敎不敗)!”

그와 동시에 하늘로 향한 검강은 끝없이 이어져 구름마저 꿰뚫고 지나갔다.

만세무적, 마교불패!

그 여덟 글자에 더할 나위 없이 어울리는 마교 교주 한평이 몸을 움직이기 시작했다.

"십만대산이 움직였소!"

개방의 장로 취걸개가 다급한 목소리로 무림의 태산북두 소림의 장문인 법현 대사에게 소리쳤다.

"아미타불! 아미타불!"

법현 대사는 그 소리에 불호만 연방 외우며 차마 눈을 뜨지 못했다.

연신 불호만 외우는 법현 대사를 보며 곧바로 답답함을 느낀 취걸개가 소리쳤다.

"대사, 그러고만 있지 말고 뭐라 말 좀 해보시오!"

"무슨 말을 할 수 있겠소이까? 십만대산이 움직이면 천하에 피바람이 불 것인데. 아미타불."

성질 급한 취걸개가 가슴을 쾅쾅 두드리며 말했다.

"대사, 다른 곳도 아니고 십만대산이오. 당장에 무림첩을 돌리고, 무림맹 결성이라도 해야 할 것 아니오? 이렇게 아무 것도 하지 않은 채 불호만 외실 셈이오?"

그때서야 법현 대사가 감고 있던 눈을 뜨며 말했다.

"다른 곳이 아닌 십만대산이기에 소승은 아무것도 할 수 없는 것이오."

"으이구! 또 그놈의 선문답이오? 대사께서 결정할 수 없다면, 내가 성승이라도 만나뵙고 직접 얘기를 올릴 것이오."

"그분께서는 더 이상 외인을 만나지 않소이다. 찾아가 봐야 무소용일 것이오."

"그럼, 무당산에 올라 검선 어르신이라도 만날 것이오."

그러더니 취걸개가 말했다.

"내 당장 하북팽가에 소식을 알려야 하겠소. 어차피 오대세가 쪽도 오룡제를 연다 하니 이참에 무림맹을 결성할까 하오."

"아미타불!"

연신 불호만 외는 법현 대사를 보며 취걸개가 이제는 답답해서 속이 터질 것 같다는 표정으로 말했다.

"그리고 남궁세가 소가주가 마침 사천당가를 방문할 예정이니, 남궁세가와 사천당가에도 의향을 물어야겠소. 그럼, 나는 하북성 석가장을 들러 사천당가로 가겠소. 그러니 그동안 잘 생각해 보시구려."

그런 취걸개를 보며 법현 대사가 말했다.

"너무 호들갑 떨지 마시구려. 타초경사의 우를 범할 수도 있는 노릇이니."

"십만대산이 움직이면 가장 먼저 우리 개방 거지들이 떼로 몰살을 당하오. 그것들이 정보부터 끊을 것은 불을 보듯 자명한 일. 방도들의 목숨이 달린 일인데 내 어찌 호들갑을 떨지 않을 수 있겠소?”

법현 대사는 개방도들이 가장 먼저 죽는다는 취걸개의 말까지는 차마 외면하지 못하고 말했다.

“무당산에는 우리 소림이 소식을 전하겠소. 그러나 아무리 급하다 하여 십만대산을 일부러 자극해서는 안 될 것이오. 십만대산에만 있기 갑갑하여 세상 유람이나 한 번 나온 것일 수도 있으니.”

“아이구! 속 편해서 좋겠소. 비천신마가 한가하게 유람이나 하자고 십만대산을 내려왔겠소? 그놈들이 항상 입에 달고 다니는 소리가 뭐요? 강호일통, 무림독패 아니오? 이번에도 틀림없소. 그것들이 다시 한 번 우리와 해보자는 것일 게요.”

취걸개는 확신하고 있었다.

그에 반해 법현 대사는 여전히 신중한 편이었다.

‘비천신마, 그 사람은 대체 무슨 생각인가? 천기를 보는 사숙조 말씀에 따르면 그의 수명이 이제 고작 이 년 남짓 남았다 했는데……’

법현 대사는 사숙조이자 강호에서 성승으로 추앙받고 있는 사숙조의 말을 떠올렸다.

一夫當關 萬夫莫開

한 사람이 관문 막으면 만 사람도 관문 뚫지 못하네.
蜀道之難 難於上靑天
촉으로 가기 어려워 푸른 하늘 오르기보다 어려워라.

시선 이백은 촉도난(蜀道難)이라는 시에서 사천성으로 들어가는 관문인 검문관을 이리 표현했다.
촉도난(蜀道難).
그러던 것이 이제는 검문관뿐만 아니라 사천성 전체를 상징하는 표현이 되었다.
호북성과 사천성 경계를 장강이 가로지르는 곳에 형성된 삼협(三峽)의 물길을 거슬러 가면 사천성에 들어갈 수 있다.
그러나 성난 용처럼 몰아치는 급류와 수운(水運)의 험난함으로 인해 삼협의 물길을 거슬러 가는 것은 목숨을 걸어야 할 만한 일.
그렇기에 다른 곳에서 사천성 안으로 들어가기 위해서는 검문관을 통하는 길이 가장 빠르고 안전했다.
검문관을 지나 사천성 안에 들어서면 비옥한 평야가 끝없이 펼쳐져 있다.
쌀과 밀의 생산량이 천하에서 으뜸. 목화와 차, 저마, 유채 등의 생산도 많으며 양잠업도 크게 발달했다. 또한, 소와 돼지의 사육 두수도 다른 성들은 따라올 엄두도 내지 못할 정도로 많다.

서쪽 산지에는 광대한 원시림이 펼쳐져 있다. 여기서 나오는 목재와 동유(桐油), 동백유, 옻칠, 오배자(五倍子)를 비롯해 약재도 풍부했다.

게다가 자공(自貢) 일대 염정(鹽井)에서 소금마저 나오니 굳이 외부와 통하지 않고도 모든 것을 자급자족할 수 있는 곳이었다.

천하삼분지계를 완성한 제갈공명이 달리 이곳 사천을 기반으로 촉을 건국한 것이 아닐 게다.

달그닥! 달그닥! 달그닥!

북풍한설이 몰아치는 겨울날에 마차 하나 제대로 통과하기 힘든 검문관을 지나 이런 사천 땅에 들어선 남궁유한 일행은 몸을 녹이기 위해 근처의 객잔을 찾았다.

조금은 외진 곳에 있는 곳이었으나, '검문객잔(劍門客棧)'이라 쓰인 객잔은 규모가 꽤 컸다.

또한, 내부 또한 깔끔해 안휘나 하남, 하북의 일류객잔 못지않아 보였다.

남궁유한 일행이 검문객잔 안에 들어가자 객잔 점소이 춘달이 화들짝 놀랐다.

"헛! 외당주님 아닙니까?"

사천당가 외당주를 맡고 있는 당호유가 점소이 춘달을 보며 미소를 지었다.

"자네 이름이 춘… 춘, 춘팔이라고 했던가?"

당호유 역시 점소이의 얼굴은 분명 알고 있는 듯 보였으나 이름까지는 잘 기억하지 못하는 것 같았다.

그러자 춘달은 허리를 굽실굽실하며 말했다.

"헤헤! 이놈 이름은 춘달이라고 합니다."

"아, 그랬지. 미안하네."

"아닙니다요. 큰일하시는 분께서 저 같은 점소이 이름 외울 시간이 어디 있겠습니까? 주인 어른 모셔오겠습니다."

"그래 주겠나?"

점소이 춘달은 빠르게 움직여 객잔 주인 마영충을 불러왔다.

마영충 역시 춘달 못지않게 굽실굽실하며 당호유를 맞았다.

"마 대인, 오랜만이오."

당호유의 대인 소리에 마영충이 급하게 손사래를 쳤다.

"대인이라니요, 당치도 않습니다. 그런 소리 자꾸 듣다가는 이 사람이 제명에 죽지를 못합니다."

"마 대인은 이 객잔뿐만 아니라 이 근처에서 가장 큰 부자가 아니던가?"

"다 당가에서 보살펴 준 덕분이지요. 사천 사람치고 당가의 그늘 아래 살지 않는 이가 어디 있겠습니까?"

사천 땅은 황제가 거하는 하북성 북경과는 너무나 멀리 떨어진 곳이다. 또한, 사천 땅은 폐쇄적인 지형을 갖고 있는 터라 사천의 패주를 자처하는 사천당가의 영향력은 더욱 클 수 밖에 없었다.

오대세가 중 다른 사대세가는 그 지역의 패주를 자처한다 하나 성 전체에 고루 영향력을 발휘하지 못한다.

하나 천 년 이상 사천성에만 뿌리박고 살아오며, 상대적으로 중앙의 통제도 덜 받아온 사천당가는 거의 완벽하게 사천성을 장악하고 있었다.

중앙에서 사천에 파견되는 지방관마저 당가의 영향력 아래 있을 정도.

사천 땅은 가히 사천당가라는 하나의 왕국에 의해 지배되고 있는 것과 마찬가지였다.

구파일방 중 하나인 청성파가 사천성 청성산에 자리하고 있다 하나 그들은 도를 닦는 구도자들이었다. 사천당가와 감히 경쟁할 수는 없는 것이다. 물론 사천당가가 그들과 얼굴 붉힐 만한 일을 하지도 않았지만.

객잔 주인 마영충이 당호유 뒤편에 서 있는 당산산을 발견하고는 고개를 숙였다.

"혹 저분이 사천제일미 산산 소저가 아닙니까?"

"헐헐! 산산이는 맞으나, 사천제일미라는 얘기는 과하네. 그저 당가제일미인 소리 정도면 만족할 걸세."

그래도 조카 산산을 칭찬하는 말이 듣기 싫지는 않은지 당호유가 연신 미소를 지었다.

“아닙니다요. 이리 직접 보니 눈이 부셔 제대로 얼굴도 바라보지 못하겠는 것을요. 그런데 저 뒤편에 계신 분들은?”

마영충이 남궁유한 일행을 가리키자 당호유가 말했다.

“남궁세가의 남궁유한 가주님이네. 또한, 저분이 바로 내 숙모님 되시는 당혜 태상부인이시고. 저 뒤편의 사람들은 남궁세가가 자랑하는 폭풍대 고수들이네.”

“에엑!”

마영충이 그 설명에 크게 놀라 순간 뒤로 자빠질 뻔했다.

지금 천하를 떠들썩하게 만들고 있는 남궁세가의 가주?

전설의 남검?

그리고 혈랑대 일천을 하룻밤 새에 전멸시켰다는 폭풍대?

소문은 퍼지고 퍼져 요동 땅에서 있었던 일이 이곳 사천까지 널리 알려져 있었다.

“아이고, 아이고. 이거 너무나 귀한 분들이 오셔서 이 마영충이 정신이 다 없을 지경입니다. 이거 어찌 대접해 드려야 하나. 지금 식재료도 좋은 것이 없고, 차도 괜찮은 것이 없는데.”

마영충은 안절부절못하며 발만 동동 구르기 시작했다.

이리 귀한 손님들이 왔는데 자신의 객잔에서 대접할 거리가 없는 것이다.

“나는 신경 쓸 것이 없네. 검문관을 넘느라 어머님께서 많이 고생하셨을 것이니, 어머님에게 신경 써주게나.”

남궁유한이 그리 말하자 사십 년 만에 사천성에 온 것만으로도 배가 부른 당혜가 손을 내저었다.

"아니야. 폭풍대와 세가 무인들이 고생이 많았으니 그들에게 더욱 신경 써주게."

"알겠습니다. 이 마영충, 성심을 다해 모시겠습니다."

그러며 마영충이 남궁유한이 다가왔다.

"가주님, 이 사람이 소원이 하나 있습니다."

"무엇인가?"

"그것이, 전설의 남검이라 칭해지는 분의 손을 한 번 만져보고 싶습니다."

"손을?"

"지금이야 이 모양 이 꼴이지만, 이 사람도 소싯적에는 천하제일의 고수를 꿈꾸며 강호의 삶을 동경했지요. 그래서 보잘것없는 제 객잔을 들르는 천하 고수 분들만 보면 여전히 정신을 못 차린답니다."

남궁유한은 마영충이 왜 이리 호들갑을 떠는 것인지 알지 못했다. 조금은 이상하기도 했다. 그러나 보통 사람들은 강호인들을 사람이 아닌 신선 정도로 여기는 것을 진즉부터 알고 있었기에 별일있겠나 싶어 그것을 허락했다.

그러자 마영충이 감사하다며 몇 번이나 고개를 조아리더니 조심스럽게 손을 내밀었다.

사악!

마영충이 남궁유한의 손을 잡았다.

흠칫!

"……."

마영충이 손을 잡자마자 자신의 몸에 있던 내력이 마영충의 손을 통해 빠져나가려 하는 것이 아닌가?

'흡성대법!'

남궁유한이 소스라치게 놀라며 주작투혼수의 금나수를 써서 마영충의 손을 털어내려 했다.

그러나 마영충의 손은 금속에 달라붙은 자석처럼 남궁유한의 손에서 떨어지려 하지 않았다.

'이, 이자가……'

남궁유한은 할 수 없이 마영충의 흡성대법에 맞서 자신 또한 흡성대법을 운용하기 시작했다.

흡성대법의 '회(回)' 자결을 운용해 자신의 몸에서 빠져나간 내력을 다시 끌어오려 했다.

그러나 마영충의 흡성대법 또한 만만치 않아서 쉽사리 남궁유한에게서 빼앗은 내력을 돌려주려 하지 않았다.

'다르다. 이 흡성대법은 그자의 독특한 방식……'

남궁유한은 곧바로 혈세신마를 떠올렸다.

손의 지문처럼 흡성대법 또한 사용하는 자의 독특한 특징이 있었다.

이것은 분명 언젠가 경험해 본 적이 있는 혈세신마 고유의 흡성대법이었다.

어지간한 이였다면 단숨에 모든 내력을 빼앗기고 목내이(木乃伊, 미이라)처럼 몸이 쪼그라들며 죽었을 정도로 강력한 흡성대법.

주변 사람들이 보기에는 찰나의 순간이었으나, 지금 남궁유한은 생사의 갈림길에서 사투를 벌이기 시작했다.

한순간이라도 균형이 무너지면 허무할 정도로 간단히 죽음을 맞이하게 될 터.

한쪽은 빨아들이려 하고, 한쪽은 그에 저항하는 고요하지만 치명적인 대결이 계속 이어졌다.

그렇게 한동안이나 남궁유한과 마영충이 맞잡은 손을 놓지 않자 그것을 기이하게 여긴 당호유가 막 무언가를 말하려 했다.

그때, 그동안 눈에 띄지 않게 남궁유한을 따르던 일수라가 어느새 눈치를 채고 크게 소리쳤다.

"지금 소가주의 몸에 손을 대면 당신은 죽소!"

그 소리에 남궁유한의 몸에 막 손을 대려던 당호유가 화들짝 놀라며 뒤로 물러섰다.

"대체 그게 무슨 말이오?"

몸에 지닌 내력은 모두 빼앗겼으나 마도시대에서도 절정고수로 꼽혔던 일수라의 안목만은 여전히 살아 있었다.

남궁유한과 마영충이 흡성대법을 통해 승부를 가리고 있

는 것을 그는 단박에 알아챈 것이다.

"너희들, 경계해라! 곧 추가 공격이 있을 것이다!"

일수라가 폭풍대에게 그 말을 끝내기가 무섭게 객잔의 점소이 춘달의 눈빛이 변했다.

"젠장! 들켰다! 쳐라!"

춘달의 명이 떨어지자 객잔 안에 손님처럼 위장하고 있던 상인이나 여행객, 여인과 노인을 가리지 않고 십수 명이 일제히 뛰어들었다.

그런데 이 갑작스런 상황을 맞아 아평과 아소, 초설, 매타자는 바로 움직일 생각을 하지 못했다.

장성 너머 백두문까지 가며 실전 경험은 적잖이 쌓았으나 그것은 다 남궁유한의 지휘하에 있었다.

하지만 지금은 남궁유한이 몸을 움직이기는커녕, 입술 한 번 달싹거리지 못할 상황이었다.

그를 대신해 폭풍대를 지휘할 인물이 없었던 것이다.

그렇다고 뒤편에서 수행하고 있는 남궁세가 무사들의 재주는 별 볼일이 없었다.

그러니 어찌 됐든 폭풍대가 저들의 암습에 맞서 이 상황을 해결해야만 했다.

그러나 아평, 아소, 초설, 매타자 등은 대체 어찌해야 할지 몰라 우왕좌왕하고만 있었다.

'어쩐다.'

말은 하지 못하나 주변 상황을 분명하게 인식하고 있던 남궁유한의 속이 타기 시작했다.

이렇게 정신이 분산되자 팽팽하게 유지되고 있던 마영충과의 대결에서도 일시적으로 열세에 처하기 시작했다.

주르륵! 주르륵!

남궁유한의 등에서 식은땀이 흘러내렸다.

그의 몸에서 더욱 빠른 속도로 내력이 빨려 나가기 시작했다.

'매타자, 일단 네 단단한 몸뚱이로 저들의 암기부터 막아야 할 것이 아니냐!'

남궁유한은 속으로 그리 외쳤으나 그 소리가 매타자의 귀에 들릴 리 없었다.

그때였다.

"젠장! 뭐 하는 짓이냐? 대머리, 일단 앞으로 나서라!"

참다못한 일수라가 크게 소리쳤다.

그러자 금강불괴신공을 익히고 있는 매타자가 앞으로 나섰다.

파파파파팟! 파파파파팟!

객잔의 자객들이 던진 암기들이 매타자의 철갑 같은 몸에 막혀 일제히 튕겨 나갔다.

매타자가 나서는 것이 조금만 늦었어도 그 암기들에 일행이 적잖은 피해를 입었을 정도로 아슬아슬했다.

첫 공격이 무산되자 춘달이 이를 갈며 소리쳤다.

"저것들을 모조리 죽여라!"

점소이 춘달의 명에 따라 객잔 안의 자객들이 일제히 검과 도를 빼 들고 달려들었다.

"그 정도로는 힘들 것인디……."

매타자가 그리 말하며 막무가내로 자신을 향해 쏟아지는 검과 도를 향해 거구를 내밀었다.

자신만만했다.

"소가주님이 그랬지라. 내 몸뚱이는 세상의 그 어떤 보검으로도, 개세절학으로도 상처 하나 낼 수 없는 단단한 몸뚱이라고 말이여."

팅! 팅! 티잉~!

매타자의 그 말처럼 그의 몸에 부딪친 자객들의 검과 도는 허무하다 싶을 정도로 간단히 두 동강 나고 말았다.

그 모습에 매타자가 웃으며 말했다.

"내가 말했잖여."

그런데 거기까지는 좋았다.

휘청~!

천생 신력을 타고난 매타자가 갑자기 몸을 크게 비틀거렸다.

"아니, 이런 것이 아닌디……. 이럴 리가 없는디……."

매타자는 자신도 전혀 알 수 없다는 표정으로 말했다.

왜 몸에서 힘이 빠져나간단 말인가.

"왜 이리 힘이 없지? 오늘 아침도 일곱 그릇이나 먹었는
디……."

쿵!

매타자가 그러더니 단번에 객잔 바닥으로 고꾸라졌다.

그 광경을 목격한 일수라가 속으로 생각했다.

'저것들이 전부 흡성대법을……'

일수라가 정확히 판단하고 소리쳤다.

"계집, 품 안에서 달궈진 비도는 아껴뒀다 서방한테 아양
떨 때 쓸 셈이냐?"

"아~!"

일수라가 초설에게 그리 소리치자 초설이 그 소리와 함께
항상 몸에 지니고 다니는 비도를 자객들을 향해 뿌렸다.

슉! 슈슈슉! 슈슈슈슉!

경천육십사비를 익힌 초설의 비도가 순간 객잔 허공을 갈
랐다.

"윽! 으악! 으아악!"

일비(一匕) 일살(一殺)의 비도술에 순간 다섯의 자객들이
허공에 피를 뿌리며 죽어갔다.

"꼬맹이들, 검은 장식물로 달고 다니는 것이냐?"

꼬맹이라는 말에 잔뜩 자존심이 상한 아평, 아소 형제가 남
궁세가의 상징인 청죽고검을 빼 들고 검을 펼치려 했다.

"멍청한! 일검에 죽여라! 일검에 죽이지 못하면 저 밥만 축내는 대머리 꼴이 되고 말 것이다."

"그게 무슨……."

"닥치고, 내 말 들어라!"

아평, 아소 형제는 왜 일검으로 죽여야 하는지를 알지 못했다.

그러나 소가주와 하늘을 날며 싸우던 일수라의 신위만은 직접 목격한 바 있었기에 일단 그의 말을 따랐다.

남궁세가 기본 검법인 창룡십팔검을 배울 때부터 발검술은 물론 일검에 상대를 죽이는 것을 몸으로 익혀온 아평, 아소 형제였다.

그들이 지금은 창궁무애검법과 회풍무류사십팔검법을 익히고 있다 해도 그 기본만은 잊지 않았다.

쉬익! 쉬익! 쉬익!

둘이 모이면 여덟은 물론 열여섯의 힘까지 발한다는 형제가 검을 휘두르기 시작하자 순식간에 자객들이 썩은 짚단처럼 쓰러졌다.

그러나 단 한 번의 찌르기였으나 검이 자객들의 몸을 한 번 찌를 때마다 아평, 아소 형제의 몸속에 쌓여 있던 내력이 뭉텅이로 빠져나갔다.

두 형제는 기이하게 생각했으나 일단은 눈앞의 적을 쓰러뜨리는 데에만 온 정신을 집중했다.

그나마 다행이었던 것이 몸의 내력을 앗아가는 자객들은 그 기이한 재주 외에는 별다른 재주가 없었다는 점.

폭풍대 네 사람은 남궁유한의 지도를 받은 이들.

요동 땅에서 직접 실전을 겪었다. 그리고 소가주와 열두 수라객의 경천동지한 대결 또한 직접 목격한 바 있다.

좋은 스승의 지도를 받았고, 경험은 적으나 알찬 경험을 했다. 그리고 보고 들은 것 또한 대단한 것이었으니 실력이 부쩍 느는 것이 당연했다.

초설의 비도에 아평, 아소의 검이 더해지자 객잔 안의 자객들은 촌각도 버티지 못하고 모조리 바닥에 쓰러지기 시작했다.

그렇게 간신히 자객들을 모두 처리한 초설과 아평, 아소 형제.

"헉헉! 헉헉!"

비도를 날린 초설은 별 상관이 없었으나 자객들의 몸에 검이 닿은 아평과 아소 형제는 곧바로 숨까지 다 헐떡거리며 힘들어했다.

얼마 싸우지도 않았으나 검으로 간신히 몸을 지탱하고 있어야 할 지경이었다.

어쨌든 일행이 모두 안전한 것을 확인하자 정신이 산만해져 마음이 심란했던 남궁유한 또한 심적 안정을 찾을 수 있었다.

마음이 안정되고, 머리가 맑게 개이자 남궁유한의 뇌리에 곧 좋은 생각 하나가 스쳐 지나갔다.

'지금 내 몸에는 일수라와 열한 수라의 내력이 용솟음치고 있는 상태다. 네 흡성대법이 독특하기는 하다만 과연 그 엄청난 양의 내력을 받아들이고도 육체가 견딜 수 있을까?'

그 생각을 떠올리자마자 내력을 빼앗기는 것에 억지로 대항하는 대신 도리어 일부러 마영충의 몸에 어마어마한 내력을 밀어 넣기 시작했다.

'흥! 대단한 자라 하더니 별거 아니구나.'

마영충은 팽팽한 대치 국면을 넘어 자신이 남궁유한의 내력을 거침없이 빨아들이기 시작하자 득의양양한 미소를 지었다.

그러면서 한편으로는 크게 감탄했다.

'대단하구나. 정말 대단해. 이자의 체내에는 가히 상상하지 못할 거력이 잠들어 있었다. 이 정도 양이라면 당장에 천하제일의 자리에 우뚝 설 수 있을 것이다.'

마영충은 잔뜩 흥분해 더욱 빠른 속도로 남궁유한의 내력을 빨아들이기 시작했다.

'이 정도면 되었다. 이 이상은 무리다.'

남궁유한의 내력을 충분히 빨아들인 마영충이 되었다 싶어 남궁유한의 손에서 자신의 손을 떼어내려 했다.

그런데!

씨익!

남궁유한이 돌연 사악한 미소를 짓는 것이 아닌가?

'이, 이자가…….'

마영충이 그리 생각할 때 남궁유한이 다시 한 번 웃었다.

'흡(吸)자결이다! 네놈은 절대 내 몸에서 손을 떼지 못한다.'

남궁유한은 흡성대법의 흡자결을 운용해 마영충의 손을 옴짝달싹 못하게 묶어두었다.

그리고는 한층 더 빠른 속도로 마영충의 몸 안으로 내력을 밀어내었다.

'소, 손을 떼어야 한다!'

마영충은 소스라치게 놀라며 손을 떼려고 몸부림을 치기 시작했다.

그러나 점점 더 해일이 밀어닥치는 것 같은 내력의 파도가 그의 내부로 몰아치기 시작했다.

곧 마영충이 가진 조그만 둑으로는 그 거대한 해일을 도저히 막아낼 수 없는 지경까지 도달하고 말았다.

'으, 으…….'

마영충이 극히 괴로워하기 시작했다.

너무나 엄청난 양의 내력을 견디다 못해 마영충의 육체가 급격히 붕괴되기 시작했다.

남궁유한은 그 순간을 노리고 있었다.

'탄(彈)! 회(回)!'

남궁유한이 흡성대법의 탄자결과 회자결을 동시에 구사했다.

그러자 남궁유한의 몸에서 마영충에게 빨려 들어갔던 내력이 급속도로 회수되기 시작했다.

잠시 후.

펑!

이미 붕괴되기 시작한 마영충의 육체는 다시 회복하지 못하고 그대로 폭발하고 말았다.

바로 앞에서 몸이 터져 버린 마영충이 쏟아낸 핏물을 흠뻑 뒤집어쓴 남궁유한이 속으로 말했다.

'혈세신마의 흡성대법은 독특했다. 그러나 별 수련도 없이 마도시대에서 산전수전 다 겪은 나와 흡성대법으로 겨루려 하다니. 어리석은 놈!'

남궁유한은 형체조차 온전히 남기지 못한 채 고깃덩어리로 변한 마영충의 시체를 바라보며 코웃음을 쳤다.

"소가주님, 괜찮으시어요?"

초설이 남궁유한에게 다가와 평소 가지고 다니는 수건으로 그의 전신에 묻어 있는 핏물을 닦아주기 시작했다.

남궁유한이 그런 초설과 아평, 아소 등에게 말했다.

"앞으로 다시는 우왕좌왕하지 마라. 적이 공격하면 그저 베면 그만이니."

갑작스런 상황에 제대로 대처하지 못한 폭풍대가 부끄러운 듯 고개를 숙이며 답했다.

"다시는 그런 모습 보이지 않겠습니다."

"알아들었으면 되었다."

그러자 한 끼에 밥을 일곱 그릇이나 먹는다는 비밀(?)을 스스로 토설한 매타자가 힘겹게 자리에서 일어섰다.

매타자는 곧장 일수라에게 다가가더니 그의 어깨를 툭 쳤다.

"칼잡이 양반, 고마웠수다!"

매타자는 우왕좌왕하며 굳어 있는 자신들을 이끌어준 일수라에게 감사의 뜻을 표했다.

매타자는 나름 호의를 담아 일수라의 어깨를 가볍게 툭 친 것에 불과했다.

"윽!"

그런데 일수라는 그 힘을 견디지 못하고 뒤로 벌렁 나자빠지고 말았다.

일수라가 흉한 꼴을 보이며 객잔 바닥을 뒹굴었다.

'이런 개망신이……'

마도시대 수라대의 수좌였던 일수라다.

폭풍대에는 미치지 못했다 하나 십만마교가 자랑하는 수라대의 수좌로 도만 따지면 마도시대에도 열 손가락 안에 능히 꼽히던 그.

그런 자신이 매타자가 가볍게 툭 친 것조차 견디지 못하다 뒤로 넘어지다니.

게다가 어깨뼈가 탈구까지 됐다.

남궁유한에게 가진 내력을 모두 빼앗긴 일수라는 매타자의 신력을 견딜 수가 없었던 것이다.

"어라? 왜 그려?"

그런 내막을 알 리 없는 매타자가 머리를 벅벅 긁으며 말했다.

"이거 너무 약한디. 그래서야 사내 구실이나 제대로 할 수 있것어? 사내란 자고로 하체가 튼튼해야……."

"이, 이 대머리가!"

매타자가 뭐라 말하려는 일수라를 번쩍 안아 들더니 말했다.

"허약이 양반, 걱정 말드라고. 이 매타자가 허약이 양반을 지켜줄 것인게. 그리고 우리 같이 기루에도 놀러 가고, 앞으로 잘 지내보드라고."

"내려놓지 못하겠느냐?"

"부끄러워하기는. 성도에는 좋은 기루도 많고, 여인들도 예쁘다 하니 우리 성도에 가자마자 질펀하게 즐겨보드라고."

어느새 밤의 황제, 강한 남성의 본색을 드러내기 시작한 매타자였다.

"여인들의 나긋나긋한 손길이 죽여준당게. 우헤헤헤!"

"이, 이놈!"

일수라가 매타자에게서 벗어나려 했으나 '허약이' 소리를 듣게 된 그로서는 신력을 타고난 매타자의 손에서 벗어날 방도가 없었다.

그때, 객잔 안에 쌓인 시체들을 바라보며 당호유가 부끄러운 표정을 지었다.

"가주님, 제가 이 객잔으로 오자 했는데, 일이 이리돼 할 말이 없습니다."

당호유가 외당의 당주이기는 하나 그의 무공은 보잘 것이 없었다. 그는 인품이 훌륭하고, 사람 다루는 수완이 있어 외당주를 맡고 있었고 그 일을 훌륭히 수행했었다.

"이럴 줄 알았으면 남궁세가에 남기고 온 당가의 무사들과 함께 왔어야 했는데……."

당가의 텃밭에서 이런 암습을 당하게 한 것도 부끄러웠다. 게다가 사천에서 남궁세가의 손을 빌어 위기를 벗어난 것이 더욱 부끄러웠다.

그가 처음 당가에서 나올 때는 당가 무사들을 여럿 거느리고 왔었다. 그러나 지금 그들은 남궁세가에서 당가 장인들을 지키고 있는 중이었다.

실상 남궁유한과 폭풍대, 그리고 남궁세가 무인들과 동행하는데 당가의 무사들은 불필요하다 여긴 까닭이었다.

"아니오. 당가와는 상관없이 나를 노린 자들일 것이오."

상대는 혈세신마 고유의 흡성대법을 썼다.

자객들은 혈세신마와 관련된 자들이 분명했다.

"그러나 이 객잔을 소개한 것은 분명 저의 불찰입니다."

당호유는 연신 사과의 뜻을 전했다.

"자객이 노리고 있는 것을 알게 된 이상, 저희도 가만히 있을 수는 없게 됐습니다. 본 가에 급히 연통을 날려 호위대를 급파해 달라 하겠습니다."

"편한 대로 하시오."

남궁유한이 짧게 답했다.

그러며 속으로 생각했다.

'저들을 보건대 혈세신마가 곳곳에 신무학을 퍼뜨리고 있을지도 모른다. 혈세신마, 혈세신마……'

혈세신마가 대체 암중에서 무슨 짓을 벌이고 있는 것인지를 두고 남궁유한이 한참이나 고민할 수밖에 없었다.

'혈세신마는 제갈세가에 똬리를 틀고 있을 것이 분명하다. 하오문을 시켜 제갈세가에 대해 알아봐 달라 했으나 지금 당장은 그저 기다릴 수밖에 없는 것인가?

남궁유한이 그러며 미간을 잔뜩 찌푸렸다.

쉬익! 쉬익! 쉬익!

아평과 아소 형제가 선두에 서서 자객들을 베고, 또 베어

냈다.

일검(一劍) 일살(一殺)!

두 형제의 검이 한 번 휘둘러질 때마다 자객들이 피를 토하며 쓰러졌다.

그러나 자객들은 끝없이 달려들었다.

쉭! 쉬시시시식! 쉬시시시시식!

초설의 비도 역시 한시도 피 마를 날이 없었다.

사천성, 아니, 천하의 모든 자객들이 몽땅 사천 땅에 동원이라도 된 듯 끝없이 몰려들었다.

"젠장! 사천 땅은 평온하다더니……."

막 자객 하나를 베어 피 묻은 검을 들고 있는 아평이 투덜거리며 소리쳤다.

"형, 뒤!"

동생 아소가 뒤에서 달려드는 자객을 가리키며 아평에게 소리쳤다.

쉬익!

그런데 아평은 전혀 당황하지 않았다.

뒤도 돌아보지 않고 청죽고검을 절묘하게 휘둘러 뒤에서 덮치는 자객의 목을 한 번에 꿰뚫었다.

뒤에 눈이라도 달린 것처럼 능숙하게 검을 구사하고 있었다.

장성 밖에서 첫 살인을 경험한 후 크게 놀랐던 아평이 어느

덧 노련한 검객으로 변해 있었다.

"매타자 형, 놀지만 말고 조금 도와줘요!"

아평이 옆에서 느긋하게 말을 달리고 있는 매타자에게 소리쳤다.

"뭐, 니들끼리도 잘하는디 나까지 손쓸 것 뭐 있겠는감? 게다가 나는 이 허약이 양반을 지켜줘야 하거든."

매타자는 자존심이 꺾이다 못해 이미 증발해 버린 일수라를 가리켰다.

"내 언젠가 힘을 되찾게 되면……."

이를 가는 일수라를 보며 매타자가 웃었다.

"그전에 우리 친해져 보드라고."

"매타자 형!"

연신 자객들과 싸우고 있는 아평과 아소가 느긋하기 그지없는 매타자를 다시 한 번 불렀다.

"쩝. 알았당게. 저것들 다 뭉개 버리면 되는 것이지?"

그러더니 매타자가 아랫배에 잔뜩 힘을 주더니 떼로 몰려드는 자객들을 향해 일갈을 터뜨렸다.

"악!"

그 소리는 너무나 거대하고 위력적이어서 주변 공기마저다 뒤흔들릴 정도였다.

그 거대한 일갈에 크게 충격을 받은 자객들이 일순 중심을 못 잡고 휘청거렸다.

그 광경을 본 일수라가 자못 놀라 소리쳤다.

"폭마후(爆魔吼)!"

매타자가 말했다.

"맞어. 소가주님이 가르쳐 주며 폭 뭐시기라고 했지라."

일수라는 금강불괴신공뿐만 아니라 마도시대 절대음공 중 하나인 폭마후까지 가볍게 구사하는 매타자를 보며 적잖이 놀랐다.

'익히기가 쉽지 않은 것인데……'

"호호호! 소가주님의 말씀은 한 치의 틀림도 없구만. 매타자는 힘이 센 게 그저 아랫배에 잔뜩 힘 한 번 줬다 소리 지르면 폭 거시기가 될 거라더니."

"헐!"

일수라는 그저 아랫배에 힘 한 번 주니 폭마후를 구사할 수 있다는 매타자의 말에 그저 기가 질릴 뿐이었다.

자신조차 구사하지 못하는 것을 저리 쉽게 구사하다니.

'저치는 천재인가……'

일수라는 어딘가 모자라는 것으로만 알았던 매타자를 새롭게 보기 시작했다.

하늘은 공평한가?

남들보다 모자라는 머리 대신에 땅도 세상도 놀랄 정도의 천재성을 매타자에게 주었던가?

그사이 폭마후에 당해 연신 휘청거리며 정신을 못 차리던 자객들을 깡그리 청소하고 온 아평과 아소가 불평을 토로했다.

"소가주님은 매타자 형만 총애하는 것 같아. 좋은 것은 다 형만 가르쳐 주고."

"우리도 소가주님께 더 배우고 싶은데……."

완전히 무공 배우는 것에 맛을 들인 두 형제였다.

지금 당장에도 같은 또래에서는 적수가 없는 것은 물론이고 세상 어디에 내놓아도 고수 소리를 들을 법한 형제였다.

그러나 그들은 여전히 무공에 대한 심한 갈증을 느끼고 있었다.

"다 처리했느냐?"

뒤편에서 당혜와 당산산이 타고 있는 마차를 호위하듯 달리고 있던 남궁유한이 다가와 물었다.

"오늘은 수가 조금 많았지만, 어제보다 손쉽게 처리했습니다."

"수고했다."

그러더니 직전에 아평과 아소 형제가 말했던 것을 들었는지 남궁유한이 웃었다.

"실전보다 더한 무공이 어디 있다고 그리 투덜대느냐?"

"그렇기는 하지만……."

"아평아, 무공의 자질만 놓고 보면 매타자가 나보다도 더 뛰어날지 모른다. 머리에 든 것이 하나도 없어 완전 백지장

같다. 먹물 한 방울만 떨어뜨려도 그것이 금세 퍼지고, 아무 것도 없으니 더 쏙쏙 들어가는 그런 원리다.”

‘머리에 든 것이 하나도 없다’는 말에 매타자가 주먹으로 자신의 머리를 퉁퉁 두드리며 말했다.

“원래 머리가 텅텅 빈 것들이 보다 강한 법이랑게요. 이 매타자처럼. 으헤헤헤!”

급속도로 무공이 증진되고 있는 매타자가 크게 웃었다.

“앞으로 자객이 들이닥쳐도 너희들에게 모두 맡길 것이다. 이곳에서 실전 경험을 충분히 쌓아 나를 크게 도와야 할 것이다.”

“알겠습니다, 소가주님.”

계속해서 자객이 들이닥치면 두려울 법도 했다. 그러나 남궁유한은 달랐다.

도리어 자객들을 보다 많이 보내달라는 심정이었다.

살인을 업으로 먹고사는 것들, 백이든 천이든 죽이면 그것이 세상을 위해 공덕을 쌓는 일이라고 믿고 있으니 꺼릴 것도 없었다.

남궁유한은 아평과 아소, 매타자, 초설의 어깨를 두드려 주며 말했다.

“이대로 계속 실력이 는다면 아마 세가로 돌아갔을 때, 곽상과 진 노인이 너희들을 보고 크게 놀랄 것이다. 세가를 떠날 때와는 완전히 다른 사람이 돼 돌아가게 될 것이니. 폭풍대의 이름에 어울리는 무인들이 되는 것이다!"

곽상과 진 노인은 천하에 그 적수를 찾아보기 힘들 정도로 강한 검객들이었다.

그들에 비해 무공을 배운 지 얼마 되지 않은 이들 넷을 그들과 견준다는 것은 어불성설.

그러나 이들은 급속도로 강해지고 있었다.

선비가 사흘을 떨어져 있다 다시 대할 때는 눈을 비비고 대하여야 한다[士別三日 卽當刮目相對]고 했던가?

그 말에 딱 들어맞는 네 사람이었다.

그 이후로 두어 차례 더 자객의 습격이 있었으나 네 명의 폭풍대가 자객들을 간단히 제압했다.

처음에는 자객들의 암습에 크게 놀랐던 당호유도 이제는 어느 정도 익숙해졌는지 마음의 여유를 갖고는 아평과 아소 형제에게 다가와 물었다.

"강평 소협!"

아평은 강씨였다.

아평이 고개를 돌려 당호유를 바라봤다.

"왜 그러십니까?"

"내 듣자 하니 강 소협이 나와 동향이라는데 맞소?"

"철이 들고 제가 처음 있던 곳이 사천성 성도였으니, 아마도 그곳이 고향일 겁니다."

고아였던 아평과 아소는 고향이 어딘지 정확히 몰랐다. 대략 성도가 고향일 거라고만 추측할 뿐이었다.

"허~ 그럼, 어찌 그 먼 안휘성까지 가게 됐소?"

"가진 것이라고는 몸뚱이밖에 없는 우리 형제가 굶어 죽지 않고 사람답게 살기 위해 다른 방도가 없었습니다. 무인이 되는 것 외에는."

가진 것 없고, 배운 것 없는 이들이 그나마 성공할 수 있는 방도는 손에 검이나 칼을 드는 것이었다.

"그래서 성도에서 유명하다는 문파는 다 찾아가 봤지요. 그런데 거지꼴을 한 우리 형제를 보고는 아무도 제자로 받아들여 주지 않았습니다. 제자가 되고 싶으면 돈을 가져오라는 소리나 하고……."

"허~ 그런 막돼먹은 자들이 다 있나? 두 소협처럼 빼어난 자질을 가진 이들이 문파에 들어오는 것만도 감지덕지일 것인데 돈까지 바치라니? 그들에게는 보는 눈이 없구려."

그 소리에 아평이 웃었다.

"저희는 당가에도 갔었습니다."

그 소리에 당호유가 눈을 크게 떴다.

"정말이오? 참으로 아쉽소이다. 우리와 연을 맺었어도 좋았을 것을……."

당호유는 진심이었다.

같이 여행을 하는 동안 직접 목격한 무위는 그야말로 대단했다. 더욱이 아직 나이도 어리니 앞으로의 성장 가능성이 더

무궁무진한 이들이 아닌가?

'저런 이들이 우리 당가에 있었다면 진정 큰 힘이 됐을 것인데…….'

그때, 아소가 끼어들어 형 아평에게 말했다.

"제자가 되고 싶으면 돈을 가져오라고 한 곳 중 하나가 당가 아니었던가?"

그 소리에 형 아평은 그저 웃을 뿐이었다.

그런데 그 소리에 당호유가 깜짝 놀랐다.

"설마! 우리 당가가 소협들에게 그리 대했단 말이오? 정녕 당가가 맞소?"

"그때의 우리는 보잘것없었으니까요."

"허~ 그랬다면 이 당호유가 대신 사과드리겠소이다. 내 세가에 돌아가면 눈이 있어도 인재를 알아보지 못하고, 돈까지 요구한 그것들을 크게 벌하겠소이다."

"아닙니다. 다 지난 일인 것을요. 도리어 그 덕에 소가주님을 만날 수 있었습니다. 우리를 거둬주시고 무공까지 가르쳐주신 소가주님의 은혜, 우리 형제는 죽을 때까지 갚지 못할 겁니다."

요사이 부쩍 성숙해진 것 같은 아평이었다.

"그럼, 그럼. 우리를 거둬준 소가주님께서 우리보고 대신 죽으라 해도 우리는 죽을 수 있지."

동생 아소가 맞장구를 쳤다.

"아소, 그래도 죽는 것은 심하지 않느냐?"

그러자 아소가 정색을 하며 물었다.

"그럼, 형은 소가주님이 대신 죽어달라 할 때 죽지 않을 셈이야?"

"흐흐흐! 이 형은 몸뿐만 아니라 영혼마저 소가주님께 바친 몸이다. 죽어서 소가주님을 모시는 것보다 어떻게든 살아남아 소가주님을 모시는 것이 더 낫다 생각한다. 너도 죽는 것을 생각하기보다 어찌 소가주님을 더 잘 모실 것만 생각해."

"아, 그런 의미였어?"

"아소, 우리가 소가주님을 지킨다. 우리를 밟지 않고서는 천하 그 누구도 소가주님께 접근할 수 없어!"

두 형제의 다짐을 듣고 있던 당호유가 속으로 혀를 찼다.

'무공만 빼어난 것이 아니라 남아다운 기개마저 갖추고 있구나. 아깝구나, 아까워. 저런 인재가 우리 당가에 있었다면 더할 나위 없이 좋았을 것인데.'

그러며 속으로 다짐했다.

'이거야말로 우리 당가가 굴러들어 온 복을 제 발로 차버린 격이구나. 세가의 어떤 이가 이런 인재들을 천대했는지 내 알기만 하면 당장에……'

그런 당호유의 심정을 아는지 모르는지 아평이 곁에서 묵묵히 듣고만 있던 초설에게 물었다.

"초설 누님, 어찌 그리 표정이 어두우십니까? 저깟 자객들이 두려워서 그런 것은 아닐 것이고……."

"네가 신경 쓸 일이 아니다."

아평이 농을 걸었다.

"혹 창천장원에 계시는 곽상 형님이 생각나 그런 것 아닙니까? 님 떠난 지 몇 달 됐으니 그리울 법도 합니다."

그러자 초설이 순간 얼굴을 붉히며 소리쳤다.

"쬐그만 게 별말을 다 하는구나."

"이 아평, 이제 소년이 아닙니다. 이번 길을 통해 당당한 사내대장부가 됐습니다. 그리고 성도에 가면 매타자 형님과 함께 기루에도. 흐흐흐!"

"흥! 짐승들 같으니라고. 사내들이란 하나같이 똑같아."

기녀 출신이기에 유독 그런 부분에 민감한 초설이었다.

그런데 기루 소리가 나오자 매타자가 귀를 쫑긋 세우며 말했다.

"그럼, 그럼. 남자란 자고로 기루에 가야 진정한 사내가 되는 것이여. 그렇지 않은감, 허약이 양반?"

매타자가 일수라를 바라보며 말했다.

"그 허약이 소리는 그만둬라. 두 쪽으로 갈라 버리기 전에 말이다!"

일수라가 제법 살기를 풍겼으나 능글능글한 매타자가 그런 것에 끄떡할 리가 없었다.

“우리 허약이 양반도 우리처럼 금세 강해져야 할 것인디. 내가 걱정이 많당게.”

그 소리에 일수라가 얼굴을 벌겋게 붉히며 소리쳤다.

“이, 이…….”

툭!

매타자가 억울해 말도 제대로 잇지 못하는 일수라의 어깨를 툭 치며 말했다.

“윽!”

일수라가 신음성을 토해냈다.

“역시 허약이 양반이여.”

“윽! 그런 것이 아니라…….”

“그런 것이 아니면 뭔감?”

일수라가 심하게 주저하다 결국 입을 열었다.

“…전에 맞은 데 또 맞았다.”

그 변명 아닌 변명에 여전히 일수라를 두려워하는 마음이 남아 있던 아평, 아소, 초설마저 크게 웃었다.

일수라는 여전히 여행 내내 인상을 쓰거나 툭하면 특유의 살기를 풍겼다.

그러나 자주 보면 정도 든다고 처음보다는 폭풍대 네 사람을 보는 시선이 부드러워지고 있었다.

第七章 비천신마

無敵世家

자객들이란 자객들은 폭풍대가 모조리 다 해치우고 난 뒤에야 당가에서 급파된 호위대가 뒤늦게 남궁유한 일행에 합류했다.

"당가에서 만수당(萬手堂)을 맡고 있는 당선유가 남궁세가 소가주님을 뵙습니다."

눈매가 매섭고 얼굴에서 굳은 의지가 느껴지는 중년 사내가 남궁유한에게 포권을 했다.

당가를 상징하는 색인 녹색 경장 차림의 당선유를 보며 남궁유한이 가볍게 고개를 끄덕였다.

"오기는 왔으되, 너무 늦으셨구려."

그 소리에 민망함을 느낀 당선유가 말했다.

"책하셔도 달게 받아들이겠습니다. 입이 백 개라도 할 말이 없는 상황이니."

이렇게 늦게 온 데에는 나름의 사정이 있었으나 당가 내부의 일인지라 남궁유한에게 자세히 설명할 수가 없었다.

그러자 당가 외당주인 당호유가 말했다.

"우리 당가가 소가주님 일행을 소홀히 생각하는 것은 절대 아닙니다. 분명 무슨 사정이 있을 것입니다."

검문관 인근에서 처음 전서를 보냈는데 성도 초입에 당도해서야 당가의 호위대가 오다니.

당호유가 보기에도 분명 곡절이 있어도 큰 곡절이 있는 것이었다.

"가주, 이 어미를 보아서라도 크게 불쾌해하지 않았으면 합니다."

공적인 자리인지라 당혜가 남궁유한을 이름 대신 가주라 부르며 불쾌함을 거두어달라 청했다.

"좋은 일로 온 것이니 크게 신경 쓰지는 않겠습니다."

그러자 당선유와 당호유가 동시에 포권을 하며 말했다.

"그리 말해주시니 그저 감사할 따름입니다. 이제부터는 저희 만수당이 소가주님 일행을 모시겠습니다."

당가에는 다른 세가로 따지면 무력 부대라 할 만한 이들이 네 부류 존재했다.

십수당(十手堂)과 백수당(百手堂), 천수당(千手堂), 그리고 만수당이었다.

당가는 암기를 중히 여기는 곳, 암기를 다루는 데 있어 핵심은 손의 빠르기였다.

그 손의 빠르기를 판단해 손이 열 개처럼 보일 정도로 빠른 이들을 십수당에 넣고, 백 개의 경지에 이르면 백수당, 그리고 그 경지가 절정에 이르면 천수당과 만수당에 배속하곤 했다.

이는 당가가 자리한 당가계를 중심으로 십 리 내의 일을 처리하는 데 파견되는 당과 백 리, 천 리, 그리고 만 리 밖의 일을 처리하는 데 투입되는 당의 기준이 되기도 했다.

십 리 내의 일이라면 십수당이, 천 리를 넘어 만 리 밖이라 할 수 있는 사천성 너머의 일에까지 투입되는 곳은 만수당이라는 의미였다.

만 개의 손을 가졌다는 이들로 구성돼, 만 리 밖의 일을 처리하는 만수당을 맡고 있는 당선유이니 당가 내 최고의 고수라 칭해도 전혀 모자람이 없었다.

곧 일행이 출발하고, 남궁유한과 조금 거리가 떨어지자 사촌지간인 당선유에게 당호유가 물었다.

"선유, 대체 무슨 일이 있기에 이리 늦은 것인가?"

당선유가 그 물음에 심각한 표정을 지으며 답했다.

"십만대산의 무리들이 이곳 성도에 나타났습니다."

“십만대산의 무리들이? 그것이 사실인가?”

사천성은 지리적으로 십만대산이 있는 청해성과 바로 맞붙어 있었다.

그래서 자고로 십만대산이 움직이면 가장 먼저 긴장하는 곳이 사천당가와 청해성과 맞닿아 있는 감숙성의 공동파였다.

“지금 성도에 스며든 십만대산의 무리들을 찾아내느라 세가의 모든 인원이 투입돼 있는 상황입니다.”

“그러한 일이 있었나?”

“남궁세가 소가주의 일도 급했음을 알고 있었습니다. 그래서 가주께서는 저희 만수당에게 일러 소가주 일행부터 맞으라 했었습니다. 그런데 남궁세가 폭풍대가 거침없이 자객들을 베어 넘긴다는 소식을 듣고는 일의 순위를 바꾸었습니다. 게다가 전설의 남검 칭호까지 듣고 있는 남궁세가 소가주까지 있으니 크게 우려할 것은 아니라 판단했습니다.”

“어쩌면 그것이 합리적이었겠군 그래.”

“더구나 십만대산의 무리들이 남궁세가 소가주를 노리고 성도에 스며든 것이라면……. 당가의 안방에서 소가주가 행여 해라도 당한다면 저희 당가는 천하에 고개를 들지 못합니다. 그래서 소가주가 도착하기 전에 저희 만수당까지 모조리 투입해 십만대산의 무리들을 발본색원하려 했지요. 그런 연후에 소가주 일행을 맞으려 했었습니다.”

"그래서 어찌 되었나?"

당선유가 부끄러운 표정으로 말했다.

"실패했습니다. 십만대산의 무리들이 스며든 것은 확실하나, 그들의 꼬리를 잡을 수가 없었습니다. 간혹 마인으로 보이는 이들을 발견하기도 했으나 그들이 너무나 신출귀몰합니다. 또한, 수치스럽게도 그 마인들에게 세가 제자 몇이 부상을 입기도 했습니다."

"허～! 이런, 이런."

"그 일로 가주께서 걱정이 이만저만이 아닙니다. 십만대산 무리들이 성도로 스며든 것이 공교롭게도 남궁세가 소가주 일행의 방문 시기와 겹쳐서 말입니다."

"그럼, 우리를 노렸던 자객들도 혹 십만대산에서?"

"그리 추측해 볼 수도 있겠지요. 그러니 더욱 걱정입니다. 드러난 창 백 자루보다 숨겨진 칼 한 자루를 막기 어렵다 하지 않았습니까?"

십만대산의 무리들이 대놓고 활동한다면 걱정이 그나마 덜할 것이나, 이리 행적이 묘연하니 그것이 더 두려운 것이었다.

"사천성 곳곳에 퍼져 있는 방계들까지 모조리 소집했습니다. 세가의 비기는 알지 못해 큰 힘이 되지는 않을 이들이라 하나 어쨌든 근 일천 가까이가 모였으니 십만대산도 쉽사리 도발하지는 못할 것입니다."

그 말에 당호유가 그나마 안심하며 고개를 끄덕였다.

"걱정이구만 그래."

"세가 전체가 똘똘 뭉쳐 잠도 줄여가며 수색하고 있으니 곧 좋은 소식이 들려오겠지요. 더구나 독왕 백부님께서도 폐관을 깨고 다시 돌아오셨습니다."

그 소리에 당호유가 깜짝 놀랐다.

하북팽가의 도왕 팽가우와 함께 사왕(四王) 중 하나로 꼽히는 이가 바로 당호유에게는 백부 되는 사람이었다.

독의 종주를 자처하는 당가인으로서 강호인들이 독왕(毒王)이라 불러주는 것은 최대의 영광이었다.

또한, 독왕의 칭호에 걸맞게 그는 천하에서 열 손가락 안에 꼽히는 절대고수이기도 했다.

"백부님께서?"

"백부님께서는 십만대산과 안 좋은 기억을 갖고 있지 않겠습니까?"

당호유 역시 그 말에 절로 고개를 끄덕였다.

독왕이 가주로 있을 때, 당가는 세가 역사상 최대의 굴욕을 당했었다.

당대의 십만마교 교주인 비천신마 한평이 홀로 사천당가를 방문해 독왕을 단숨에 패퇴시킨 것.

그것만으로도 경천동지한 일인데 그것으로 그치지 않았다.

비천신마 한평은 당가 정문에 걸려 있던 당가의 편액을 허리춤에 들고는 소리쳤다.

"당가가 편액을 되돌려받고 싶으면 언제든 도전하라! 이 한평, 당가인이 십만대산에 오를 날을 기대하겠다!"

그런 연후에 한평은 당가인들이 펼친 천라지망을 뚫고 유유히 사라졌었다.

'당가계의 굴욕'이라고 널리 알려진 이날 사건으로 당가가 받은 충격은 엄청났다.

당가 남자들은 땅에 엎드려 한없이 울었고, 그중 몇몇은 수치를 참지 못해 자결하기까지 할 정도였다.

또한, 당가의 여인들은 치렁치렁 기른 머리를 자르고, 이 굴욕을 씻기 전까지는 결코 어깨 아래로 머리를 기르지 않겠다 하늘에 맹세했다.

그것이 바로 강호에서도 유명한 당가 여인들의 '당가발(唐家髮)'의 유래였다.

남궁세가를 찾았던 당산산은 허리까지 머리를 촘촘히 땋고 나타났으나 그것은 사천성 밖이었기 때문이었다.

또한, 남궁세가의 소가주를 처음 만나는데 단발머리로 가는 것이 어색했기에 특별히 가발이 허락됐던 것이다.

당산산도 사천성에 들어오자마자 당가발의 형태로 기른

단발머리로 바뀌어 있었다.

"잃어버린 세가의 편액을 반드시 되찾아올 것입니다. 십 년이 걸리든, 백 년이 걸리든! 우리 대에서 안 되면, 다음 대, 다다음 대에서라도."

그 굴욕을 바탕으로 당가는 절치부심하며 근자에는 도리어 최강의 성세를 자랑하고 있었다.

사천성에만 머물며 힘을 길렀기에 진실한 당가의 힘이 드러나지 않았으나 사천당가의 힘은 하북팽가 못지않은 것이었다.

당선유와 당호유는 굳은 다짐을 하며 남궁유한 일행을 사천당가로 인도했다.

"종가(宗家)가 보이기 시작하는군요."

당선유의 말에 당호유가 반가운 표정을 지었다.

야트막한 구릉 지형의 정상에 남궁세가의 창천장원 못지않은 크기의 큼지막한 장원 하나가 자리하고 있었다.

장원 아래쪽, 구릉을 따라 내려오면 거의 강을 방불케 하는 하천 하나가 흐르고 있었다.

당가계라고 부르는 그 하천의 동서남북으로 네 개의 중규모 장원이 자리하고 있었다.

자세히 살피면 동서남북 네 개의 장원이 중앙의 구릉 정상에 우뚝 솟아 있는 대장원을 호위하는 형세로 지어진 것을 알아챌 수 있으리라.

사천당가의 건물을 보게 된 당산산이 마차의 수렴을 걷고
는 곁에서 말을 타고 있는 남궁유한에게 말했다.

"종가를 중심으로 사천당가는 벽력뇌가(霹靂雷家), 주작시
가(朱雀矢家), 무영암가(無影暗家), 일수독가(一手毒家)의 네 수
호 가문으로 구성돼 있지요."

그녀는 벽력뇌가는 화약과 관련된 물건들을 만들고 이를
다룰 줄 아는 가문, 주작시가는 활을 중심으로 원거리 병기를
다루는 이들이고, 무영암가는 암기를 주로 하고, 일수독가는
독공 중심이라 간단히 설명했다.

"네 수호 가문에서 만든 병기들과 그곳에서 훈련된 이들이
종가로 들어와 십수, 백수, 천수, 만수의 네 개 당을 구성하지
요. 그들이 일정 시기까지 네 당에서 활동하다 은퇴하게 되면
다시 네 가문으로 돌아가게 됩니다."

정확히 말하면 사천당가는 종가와 네 개의 수호 가문을 통
틀어서 가리키는 말이었다.

"또한, 사천성 곳곳에 당가의 방계들이 나름의 삶을 꾸려
가고 있지요. 오백 년 동안 한곳에 뿌리박고 살다 보니 제법
당씨 성을 쓰는 사람들이 많아졌답니다."

왕조의 교체와 더불어 영락을 반복하는 하북팽가는 말할
것도 없고, 남궁세가조차 시대의 흐름에 따라 심한 부침을 겪
어왔다.

그러나 촉도난 사천성 안에 자리하고 있는 사천당가는 달

랐다.

전통적으로 폐쇄주의를 고수해 왔고, 중원과는 제법 거리적으로 떨어져 있는 사천성에 위치했기에 당가는 거의 외풍을 타지 않았다.

그 결과 씨족의 수만 따져 보면 세가 중에서 가장 번성한 곳이 당가였다.

조금 과장해 사천성 성도에서 돌멩이를 열 번 던지면 그중 한 번은 당씨 성을 쓰는 이가 맞는다 할 정도.

곧 당가계에 도착하자 당혜와 당산산이 타고 있는 마차가 멈췄다.

당가계의 푸른 물결을 보며 당혜와 당산산이 마차 안에서 내렸다.

또한, 당호유 역시 말에서 내려 당가계를 향해 걸어갔다.

세 사람은 당가가 처음 세워질 당시부터 지금까지 말없이 흐르고 있는 당가계를 잠시 바라보더니 무릎을 꿇었다.

그들은 머리를 숙여 당가계 수면에 입을 맞췄다.

그리고는 맑디맑은 당가계의 물을 한 모금 마시며 당호유와 당산산이 말했다.

"당가계의 물에서 태어나 당가계의 물을 마시며 자라고, 당가계의 물 위에서 귀천(歸天)하게 될 당가의 핏줄이 돌아왔습니다."

사천당가의 사람이 죽으면 화장을 한 후 당가계에 뼛가루를 뿌리는 풍습이 있다.

말 그대로 당가계에서 태어나 당가계에서 삶을 끝내는 것이다.

당가인이 사천성 밖에서 살해당한다 해도 반드시 그 시신을 회수해 와 뼛가루만은 당가계에 뿌려준다.

시신을 회수해 오기 위해서는 당가인을 죽인 자들을 응징해야 할 터.

그를 위해 그때부터는 만사를 제쳐 두고 당가가 그 일에만 몰두하게 된다.

열 명의 당가인으로 흉수를 제압하지 못하면, 백 명이 가고, 백 명으로도 안 되면 당가 전체가 그 흉수를 끝까지 추적해 멸살한다.

당가의 독과 암기가 두려운 것이 아니다.

당가계에 뿌려줄 시체 하나를 찾기 위해 세가 전체가 덤벼드는 처절한 독기와 복수심으로 인해 천하의 그 어떤 이나 세력도 당가와 원수가 되려 하지 않는 것이다.

그러다 보니 죽은 이와 함께 버려진 당가의 기문병기와 독 등도 자연스레 회수할 수 있게 됐다.

그러니 당가의 독술과 암기술 중 태반이 오백 년이 지난 지금까지도 강호에 비밀로 남아 있는 것.

당가에서 태어났으나 죽을 곳은 남궁세가로 생각하는 당혜는 당가계 앞에서 그저 고개를 숙이고 말 뿐이었다.

그녀 역시 남궁세가로 시집가기 전에는 당가계에서 귀천할 것으로 여겼으나, 이제는 아니었다.

그래도 사십 년 만에 당가계의 푸른 물빛을 다시 보게 되니 그녀의 눈에서는 절로 눈물이 흘러내렸다.

그런 당혜를 당산산이 부축하며 당가계 밖에서 안으로 들어가는 다리를 건넜다.

그 다리를 넘자 당가 가주인 당소유와 네 수호 가문의 가주들이 친히 남궁유한 일행을 마중 나왔다.

조금은 하얀 얼굴에 수염을 멋들어지게 기른 당가 가주 당소유가 사람 좋아 보이는 미소를 지었다.

사람의 얼굴에는 그 사람이 살아온 지난 인생이 모두 담겨 있다 했던가?

인자한 인상을 풍기는 당소유는 분명 넉넉하고 밝은 인생을 살아왔음이 틀림없었다.

"무어라 칭해야 할지 모르겠소이다. 소가주라 부르기도 그렇고, 가주라 부르기도 그렇고 말이오."

남궁유한이 남궁세가의 실질적인 가주였다.

하나 오대세가의 평화시대가 끝난 상황이라 해도 아직 오룡제는 존재했다.

공식 명칭을 딱히 어느 것으로 통일하기가 힘든 것도 사실이었다.

"나는 남궁세가의 가주로 온 것입니다."

남궁유한이 한 가지 의미를 담아 그렇게 말했다.

그러자 당소유가 사람 좋은 웃음을 짓더니 바로 답했다.

"그럼, 가주로 부르겠소. 남궁유한 가주, 당가계의 물을 관리하고 있는 당소유라 하오."

당소유가 시원하게 답했다.

남궁세가와 적대적인 제갈세가와 단목세가는 남궁유한을 끝까지 소가주라 칭했다. 이에 반해 남궁세가의 편에 선 하북팽가는 남궁유한을 가주라 부른다.

당소유가 남궁유한을 가주라 부른다는 것은 남궁세가의 편에 서겠다는 뜻을 언뜻 내비친 것이었다.

남궁유한이 그런 당소유를 보며 흡족한 미소를 지으며 포권을 했다.

당소유도 화답하며 네 수호 가문의 가주들을 일일이 소개했다.

그 소개를 받은 남궁유한이 그들과 인사를 나누었다.

그런데 크게 반색하는 종가 가주 당소유와 달리 수호 가문의 가주들은 시큰둥한 반응이었다.

특히, 벽력뇌가의 가주 뇌상운이 더욱 그러했다.

뇌상운은 성격이 급한 듯 에둘러 말하지 않고 직접 말했다.

"강호의 재편이라는 것, 뜻한 바가 있다면 밀어붙여야겠지요. 하나 사천성 밖에서 천지가 개벽하든 말든 우리 당가는 신경 쓰지 않습니다. 새 왕조가 들어서든 한 세가가 강호일통을 하든 우리 당가가 무슨 상관이겠습니까?"

뇌상운에 이어 주작시가의 가주 유한상이 그의 편을 들었다.

"'한 사람이 관문 막으면 만 사람도 관문 뚫지 못한다[一夫當關 萬夫莫開]' 하였습니다. 천하가 우리 당가를 적으로 여겨도 검문관만 막고 서면 그 어떤 이도 당가를 굴복시킬 수 없습니다. 우리를 사천성 밖의 패권 쟁탈전에 끌어들이지 마시오!"

당가는 대대로 사천성 안에서 내실을 기해야 한다는 동파(東派)와 이제는 사천성 밖으로도 눈을 돌려야 한다는 서파(西派)로 양분돼 있었다.

동파는 종가를 중심으로 동과 남에 위치한 벽력뇌가와 주작시가였다.

"이것이 어찌 단순한 패권 다툼이란 말이오? 정체된 강호에 새 바람을 일으키고, 고여 썩기 일보 직전인 강호를 일신하자는 정풍(整風)일 것인데."

서파에 속한 무영암가 가주 목수영이 바로 반박했다.

"왜들 이러시오? 남궁세가주께서 아직 종가 안의 땅을 밟지도 않은 상황인데."

중도파인 일수독가의 가주 일영천이 동파와 서파를 말렸다.

그러자 뇌상운이 가주 당소유에게 청했다.

"가주님! 불경임을 알면서도 한 말씀 올리겠습니다."

"해보게."

"사천성은 넓기도 넓거니와 물산도 풍족합니다. 모든 것을 자급자족할 수 있습니다. 가히 하늘이 내린 땅이라 할 만합니다."

그 소리에는 모두가 동의했다.

"이런 사천성에 우리 당가가 자리하고 있습니다. 우리 당가가 사천성 밖으로 나가 대체 무엇을 도모하겠습니까? 혹 십만마교처럼 우리 역시 강호일통이라도 꿈꾸고 있는 것입니까? 말도 안 되는 얘기입니다. 끝없이 넓은 천하를 어찌 한 세력이 일통한단 말입니까? 더 이상 원하는 것이 없는 우리 당가가 굳이 사천성 밖으로 나갔다가 당가계에 무수한 식솔들의 뼛가루를 뿌릴 이유가 전혀 없습니다!"

유한상 또한 이어 말했다.

"더구나 우리 사천성은 청해성과 맞닿아 있습니다. 청해성에 무엇이 있습니까? 우리에게 영원히 잊지 못할 굴욕을 안겨 준 십만대산이 있습니다. 우리가 강호 정세에 참견할 여력이 있다면 그것을 아끼고 아껴 십만대산을 상대하는 데 써야 할 것입니다."

당가계의 굴욕과 십만대산 얘기가 나오자 서파에 속한 목수영조차 아무런 반박을 할 수 없었다.

동파, 서파로 나뉘어 당가의 행보에 대해 이견을 보이는 이들일지라도 당가계의 굴욕에 있어서만큼은 한마음, 한뜻이었기에.

당가 내부에서도 그간 쌓아온 힘이 충분하니 사천성 밖 천하대사를 논하는 데 당가 역시 참여해야 한다는 목소리가 높았다.

그러나 당가계의 굴욕과 십만대산 얘기만 나오면 모든 논의가 일거에 쑥 들어갔다.

그 얘기는 전가의 보도처럼 휘둘러졌다.

가주 당소유는 이전부터 남궁세가나 하북팽가와 긴밀히 교감했던 것처럼 사천성 밖으로 진출하고 싶은 마음이 굴뚝같았다.

그랬기에 아우 당호유를 남궁세가에 보냈고, 딸 산산을 남궁세가에 출가시켜 혼인으로 단단히 결속을 다져 두려 했던 것이다.

그러나 당가계의 굴욕을 해결하지 못하는 한 가주인 그라 해도 당가의 뜻을 하나로 모을 수 없었다.

'허~ 뇌 가주나 유 가주의 말도 틀린 것은 없다. 어쩌면 저들이야말로 진정 당가계의 굴욕을 씻어내고자 하는 충신들일 것이니.'

당가계의 굴욕 당시 수치를 참지 못하고 자결한 것은 뇌상운과 유한상의 친아비였던 벽력뇌가와 주작시가의 당대 가주들이었다. 또한, 가주를 따라 여러 청년들이 목숨을 끊은 것도 저 두 가문이었다.

"가주님, 반드시 이 굴욕을 씻어주십시오!"

책임을 지고 마땅히 자결했어야 할 종가의 가주를 대신해 저 두 사람의 친아비와 형제들이 이 말을 남기고 죽은 것이었다.

그러니 저들만큼 당가계의 굴욕을 뼛속 깊이 새기고 있는 이들이 없었다.

'그런 과거가 있는데 내 어찌 저들의 말을 가벼이 여길 수 있겠는가?'

당소유는 남몰래 한숨을 내쉬었다.

그들은 당가계의 굴욕을 씻지 못하는 한 절대 사천성 밖으로 나가려 하지 않을 것이다.

남궁유한도 당가의 그런 속사정은 익히 알고 있었다.

그래도 천하로 진출하려는 가주 당소유의 뜻이 워낙 강하니 이번 일의 성사 가능성이 높다 여겼었다.

'그러나 막상 와서 보니 내부의 반발이 만만치가 않구나.'

정마대전의 발발을 막는 것은 물론이고 천부경의 문을 통해 계속 넘어올 마도시대 마인들을 상대하려면 당가의 힘은 필수였다.

더구나 문을 넘은 마도시대 마인들이 가장 먼저 찾을 곳이 바로 사천성과 인접한 청해성 십만대산.

그 마인들이 천하로 나오지 못하게 막기 위해서라도 최전방에서 사천당가가 싸워줘야 했다.

'역시나 쉬운 일은 없구나. 하나 그렇다 하여 좌절할 내가 아니다. 끝까지 부딪쳐 보다 보면 분명 길이 열릴 것이다.'

남궁유한은 그리 생각하며 당가 가주 당소유의 안내를 받아 당가 안으로 발을 딛기 시작했다.

성도의 중심가.

중심가를 한가로이 걷고 있는 신선 같은 풍모의 한 노인이 있었다.

그런 그의 곁을 볼품없이 생긴 종복 하나가 따르고 있었다.

얼핏 보면 여느 종복과 다를 바도 없었으나 그의 발걸음 간격은 한 치의 틀림도 없이 일정했다.

또한 그의 호흡은 가늘며 보통 사람보다 그 횟수도 적었으나, 끊고 맺어짐이 그 이상 명확할 수가 없었다.

그리고 그는 초라한 외양과는 달리 반질반질 윤이 나며 제법 멋들어진 지팡이 하나를 짚고 있었다.

"검노(劍奴), 그가 도착했다지?"

신선 같은 풍모의 은염 노인이 종복을 검노라 칭했다.

"그리 들었습니다."

노인은 은염을 연신 쓰다듬으며 검노에게 물었다.

"검에 미쳐 산을 뛰쳐나간 자네 아들은 이번에 오지 않았다지?"

그 소리에 검노가 순간 입꼬리를 씰룩거리며 말했다.

"형제들을 버린 그놈은 이미 제 아들이 아닙니다."

"어찌 천륜을 끊을 수 있단 말인가? 잘 다독여서 다시 산으로 돌아오라 하게. 자네의 뒤를 이을 아이는 곽상 그 아이밖에 없으니."

"용서하소서. 다른 명은 다 따를 수 있으나 그 명만은 따를 수 없습니다. 곽상이란 망종이 제 눈에 보이는 순간 그놈을 일검에 죽일 것입니다!"

순간 검노에게서 살기가 감돌았다.

검노는 진정으로 친아들 곽상을 죽일 작정이었다.

"그래도 그놈이 사람 보는 눈은 있나 보군. 남궁유한을 따르고 있었다니."

은염 노인이 말을 이었다.

"자네가 나를 따른 지도 참으로 오래되었군. 곽상 그 아이가 코흘리개 시절부터였으니……. 내 자네에게 산의 봉우리 하나 내어주지 못하고 이렇게 계속 부려먹기만 해서 미안하군 그래."

"당치도 않습니다. 이놈은 어르신을 곁에서 모실 수 있었던 것을 일생의 영광으로 생각하고 있습니다."

“세상 사람들은 나를 손가락질할 것이야. 무림사왕 중 하나인 검왕 곽연을 한낱 종복으로 부리고 있다 하면…….”

검왕 곽연이라는 소리에 검노가 잠시 무언가를 회상하더니 말했다.

“…그런 허명 따위 잊은 지 오래입니다. 이제는 하늘 아래 오직 검노만이 존재할 따름입니다.”

놀랍게도 검노, 그가 바로 무림사왕 중 수좌로 꼽히는 검왕(劍王) 곽연이었다.

근자에 도왕 팽가우가 사왕 중 최강이라 불린다 하지만 실제로는 검왕에게 손색이 있었다. 독왕 당천기 역시 그의 아래였다.

강호사왕 중 수좌는 뭐라 해도 검왕 곽연이었다.

“내가 죽거들랑 자네는 자네가 가고 싶은 곳으로 가게. 산을 내려가도 좋고, 아들을 만나러 가도 좋네.”

“무슨 약한 말씀이십니까? 하늘 아래 누가 있어 어르신의 털끝 하나 상하게 할 수 있단 말입니까? 정파에서 전설의 남검북도를 운운한다 하나 말도 안 되는 얘기입니다. 이미 극마지경에 이른 어르신을 고작 남검북도 따위가…….”

그 소리에 은염 노인, 당대의 십만마교 교주 한평이 지그시 미소를 지었다.

“만에 하나 그런 자가 있다 해도 어르신께 가기 위해서는 이 검노의 시체를 밟지 않고는 불가능할 것입니다. 또한, 십만 형제들이 일제히 교주님 앞에 십만의 벽을 칠 것입니다.”

“하아~ 자네는 분명 그럴 것이나, 과연 나를 위해 십만의 벽이 처질 것인지는 모르겠구나.”

“분명 그럴 것입니다. 우리는 형제, 형제를 위해 죽는 것은 당연합니다.”

불행히도 검노는 알지 못했지만 이미 십만마교 안에는 또 하나의 마교가 똬리를 틀고 있는 상태였다.

마교 교주 한평은 그 사실을 떠올리며 성도 중심가를 걸어갔다.

사천당가 전체가 눈에 불을 켜고 그를 찾고 있음에도 그는 전혀 개의치 않았다.

불패무적의 경지에 도달한 절대자가 바로 그였기에.

“어, 네놈들은 그때 그 꼬맹이들…….”

당가에 입문을 희망하는 이들을 선별하는 등룡당의 당주를 맡고 있는 당철삼이 아평과 아소 형제를 보더니 말했다.

“오랜만이네요, 등룡당주님.”

흑의에다 가슴에 폭풍이라고 수놓아진 무복을 입고 있는 아평과 아소가 가볍게 고개를 숙였다.

“대체 여기에는 무슨 일로 온 것이냐? 설마 이전처럼 생떼를 쓰려고 온 것이냐? 하나 이번에 또 소동을 벌이면 용서받기 힘들 것이야.”

당철삼은 한껏 거드름을 피웠다.

당가에 입문을 희망하는 이가 많아 모두를 기억하기는 힘들다. 하나 이 두 형제만은 똑똑히 기억하고 있었다.

나이도 어린 데다, 체력도 좋고, 근골도 빼어나 보여 입문을 시켜줄까도 했었다. 그러나 입문 시에 당연히 바쳐야 하는 은자를 가져오지 못해 입문을 좌절시켰다.

그런데 그 결정을 듣더니 이 당돌한 소년 둘이 당가 정문에서 난리를 치는 것은 물론 기루에서 기녀를 끼고 놀고 있는데 그곳까지 찾아와 자신에게 망신을 주었었다.

그러니 어찌 이 두 소년을 잊을 수 있을까?

당철삼은 한껏 거드름을 피우며 말했다.

"지금 당가에는 자리가 없다. 그러니 당가에 입문하고 싶으면 나중에 찾아오너라. 뭐, 나중에도 입문이 가능할지는 모르겠으나."

그 말을 듣더니 아평과 아소가 웃었다.

"이제는 더 이상 당가에 입문할 생각이 없어요."

"흠, 네 녀석들이 이제야 주제를 안 모양이구나. 늦게라도 알았다니 다행이다. 그런데 가슴에 그 우스꽝스럽게 새겨놓은 폭풍이라는 글귀는 대체 무엇이냐?"

아평과 아소 형제가 가슴을 쭉 내밀며 자랑스럽다는 듯 말했다.

"이거요? 저희가 폭풍대에 들어갔어요."

"폭풍대? 들어본 적이 없는 문파인걸? 어디 구석진 곳에 있는 삼류문파 정도 되나 보구나."

폭풍대라는 이름은 당철삼도 물론 들어본 적은 있었다.

남궁세가에 폭풍대가 있어, 그들이 요동의 지배자인 일천혈랑대를 전멸시켰다 했다.

또한, 요 근래 수백의 자객들을 베어 넘기며 검문관에서 이곳 성도까지 남궁세가주를 호위하고 온 이들의 이름이 폭풍대였다.

어느새 남궁세가 폭풍대의 명성은 강북 최강이라는 하북팽가 폭풍삼십육도객과 호각을 이룰 정도로 대단해졌을 정도였다.

그런데 이 년 전에 거지꼴로 찾아와 난동을 부렸던 아평과 아소를 그 폭풍대와 연결시켜 생각하는 것은 당철삼의 머리로는 불가능했다.

그리고 하북팽가의 폭풍삼십육도객이 유명해진 이래 폭풍이라는 이름을 쓰는 곳이 한두 곳도 아닌 마당이었으니.

"폭풍대라는 곳에서 한 십 년 열심히 고련한 후에 우리 당가에 찾아와 보거라. 그때는 혹 입문할 수 있을지도 모르니……. 에흠!"

그런데 그때 어딘가 모자라 보이는 거한 하나와 언제나 인상만 잔뜩 쓰고 다니는 사내 하나가 아평과 아소 형제를 알아보더니 다가왔다.

"아펑, 아소, 어디 가는거?"

매타자가 어눌한 말투로 말했다.

"아, 매타자 형님. 그리고 훗, 허약이 형님!"

매타자와 동행하고 있던 일수라를 부를 때는 웃음을 참지 못했다.

"이 꼬맹이들이… 닥쳐라!"

매타자처럼 자신을 허약이라고 부르는 아펑, 아소 형제를 보며 일수라가 살기를 뿜어냈다.

"저치들도 가슴에 폭풍이라고 쓰인 옷을 입고 있네? 너희 들 동료들이냐?"

당철삼이 또다시 거드름을 피웠다.

"폭풍대란 곳, 정말 변변치 못한가 보구나. 너희들하며 저 아둔하게 생긴 대머리에 간도 쓸개도 없이 허약이 소리나 듣 는 작자들이 있는 것을 보니."

그 소리에 일수라가 버럭 소리를 질렀다.

"이놈, 죽고 싶은 것이냐?"

일수라가 특유의 살기를 뿜어내자 당철삼은 순간 움찔했 다. 그러나 이곳은 당가의 내부, 그가 기죽을 이유가 전혀 없 었다.

"감히 내가 누구인 줄 알고 협박을 하려 드느냐?"

그리고는 등룡당에 소속된 당가 무인 여럿을 불렀다.

종종 사정 모르는 뜨내기들이 당가 정문에서 소동을 피우곤 했기에 정문 근처에는 항상 무인들이 상주하고 있었다.

순식간에 무인들이 네 사람을 둘러싸며 험악한 기세를 풍기기 시작했다.

"당가는 함부로 힘을 자랑하는 곳이 아니다. 하나 이곳이 뻔히 당가임을 알고도 소동을 피우는 것을 묵과하는 곳 또한 아니다. 그러니 좋은 말로 할 때 조용히 가던 길이나 가거라."

주변의 무인들을 믿고 자신감을 얻은 당철삼이 일수라를 위협했다.

그러나 아무리 가진 내력을 모두 잃었다 해도 일수라가 누군가?

마도시대에서도 절정의 고수로 꼽혔던 이다.

"죽고 싶은 것이냐?"

"허~ 천하의 당가 안에서 저런 소리를 지껄이다니. 일단 네 녀석의 버릇을 고쳐 준 후에 얘기를 나누겠다."

그 소리를 듣더니 매타자가 대머리를 벅벅 긁었다.

"어찌해야 한다냐? 소가주님이 이곳에서 소란 일으키지 말라 했는디. 그렇다고 허약이가 곤경에 처했는데 돕지 않을 수도 없고……."

그 소리에 자존심이 상한 일수라가 소리쳤다.

"누, 누가 네놈 도움 받는다 했느냐? 나 혼자로도 충분하다. 그러니 꺼져라!"

그 소리를 듣더니 매타자가 돌연 그렇게 소리치는 일수라의 등을 가볍게 툭 쳤다.

"어, 어~!"

그러자 일수라는 순간 중심을 잡지 못하고 바닥에 고꾸라지고 말았다.

내력이 없어도 펼칠 수 있는 사신의 공을 일수라 역시 알고 있었다. 그러나 매타자의 천생 신력은 내력의 뒷받침 없는 사신의 공으로 감당할 만한 수준이 아니었다.

그래서 요즘 매타자가 툭 치기만 해도 벌러덩 넘어지는, 보여서는 안 될 모습까지 보이고 있는 것.

"이, 이 자식이! 아무 때나 사람 치지 말라 경고했었지? 내가 내력을 되찾기만 하면 네놈의 대가리를⋯⋯."

"해남도 끝까지 날려 버린다구요? 그리고 허언도 하지 않는다구요? 어쩜 소가주님이랑 하는 말이 그리 똑같단가요. 그런데 너무 화내지 말랑게요. 다 허약이 양반이 좋아서 그런 것인디."

"이, 이⋯⋯."

능글맞은 얼굴로 웃으며 말하는 매타자를 보고는 일수라가 이를 갈았다.

처음에는 이렇게 툭 치는 것이 더 이상 기분 나쁠 수 없었고, 죽인다는 위협 또한 진심이었다.

그런데 한동안 계속 같이 다니다 보니 순박하기 그지없는 매타자가 그리 싫지만은 않았다.

이제는 죽인다, 죽인다 소리가 단순한 입버릇처럼 나오는 말일 뿐이었다.

그런데 곁에서 그 웃기지도 않는 상황을 한동안 바라보던 당철삼이 코웃음을 쳤다.

"좋은 말로 할 때 조용히 물러가거라. 너희들이 당가를 찾아와 굽실대는 삼류문파나 방회들 중 하나인 폭풍대란 곳의 소속인가 본데, 경을 치기 싫으면 썩 물러가거라."

그러자 일수라가 바로 발끈했다.

"나는 폭풍대가 아니다!"

"그럼 가슴에 폭풍이라 새겨진 옷을 입고 있는 것은 무슨 이유인가? 폭풍대가 아니며 혹 미풍대인가?"

"하하하!"

당가 무인들이 그 조롱에 일제히 웃음을 터뜨렸다.

"나, 나는 폭풍대가 아니라……."

'수라대' 라고 외치고 싶은 일수라였다.

그러나 그것을 말해봐야 무엇 하겠는가?

'왜 투마는 내가 흡성대법을 사용하는 것을 허락지 않는 것인가? 조금이라도 내력을 찾아야 이런 수모는 당하지 않을 것 아닌가?

일수라가 속으로 그리 생각하며 이를 박박 갈았다.

"형님들, 그만 가요. 가주님이 조용히 지내라 했잖아요."

더 말 섞어봐야 좋은 결과는 보지 못할 것 같은 아소가 말했다.

"그래요. 그만 가요."

당가와 연수를 위해 온 것을 이들도 알고 있었다. 그렇기에 괜한 분란 만들고 싶은 생각은 없었다.

그런데 당철삼의 입이 문제였다.

"네놈들이 따르는 그 가주인가 뭔가 하는 작자에게 전해라. 수하들 관리 똑바로 하라고 말이다. 이렇게 수하들이 세상 무서운 줄 모르고 입 함부로 놀리다가는 가주마저 언제 급사를 당할지 모른다고 말이다. 하하하!"

당철삼이 그러며 크게 웃었다.

그러자 직전까지 조용히 가자 말했던 아평과 아소가 분을 참지 못하고 순간 검을 뽑아 들었다.

"감히 가주님을 모욕하다니……."

아평과 아소가 돌연 살기를 뿜어내자 당철삼이 흠칫했다.

그러나 이 년 전의 거지 소년들이 살기를 뿜어봐야 두려울 것은 전혀 없었다.

이깟 것들이 검을 배웠으면 얼마나 배웠겠으며, 검이 늘어봐야 얼마나 늘었겠는가? 게다가 자신에게는 당가의 무인들이 뒤에 있는 상황인데.

"그 검 집어넣거라. 어디 한곳 또다시 병신이 되고 싶지 않으면."

그러며 한쪽 다리를 가볍게 저는 아소를 바라봤다.

병신 소리는 바로 아소를 향한 빈정거림이었던 것이다.

이제는 더 이상 참을 수 없었다.

"이 개자식이!"

동생 아소의 장애를 놀리는 소리를 들은 아평이 크게 소리 치며 당철삼을 향해 막 달려들려 했다.

"강 소협!"

근처에서 다급하게 아평을 부르는 소리가 들려왔다.

"잠시만 멈추시오!"

그러더니 검을 든 아평과 당장에라도 격돌할 것만 같은 당 가 무인들에게 호통을 쳤다.

"그만두지 못할까?"

그러자 당철삼이 말했다.

"외당주 형님, 저것들이 천지분간 못하고 당가를 향해 검 을 겨눴습니다!"

때맞춰 나타난 것은 바로 당가 종가의 외당주 당호유였 다.

당철삼은 사적으로 사촌 형이 되는 당호유를 향해 말했다.

"저런 버릇없는 것들은 따끔하게 징치를 해야 합니다. 형 님, 제가 알아서 처리하겠습니다."

그러더니 당철삼이 멈칫거리던 당가 무인들에게 소리쳤 다.

“저것들에게 교훈을 내려라!”

당가 무인들이 다시 움직이려 했다.

당호유가 그 광경에 크게 분노하며 소리쳤다.

“당장 멈추지 못할까! 너희들이 감히 외당주인 내 말을 거역하겠다는 것이냐?”

그 호통에 당가 무인들이 마지못해 뒤로 물러나기 시작했다.

“혀, 형님! 저것들이 당가의 등룡당주인 저를 향해 검을 빼들었습니다. 이는 당가를 향해 검을 겨눈 것과 마찬가지 의미, 자비를 베풀 때가 아닙니다.”

당철삼의 그 말에 당호유가 얼굴까지 붉게 변한 채로 다가왔다.

그러더니 소리쳤다.

“철삼이 이놈, 그 입 닥치지 못하겠느냐?”

“혀, 형님! 말씀이 지나치십니다. 저 역시 한 당을 맡고 있는 당주인데…….”

“그 입 다물라 했다.”

그러더니 당호유가 아평과 아소에게 다가와 포권을 했다.

“강 소협, 무슨 곡절이 있는지는 알 수 없으나 이 당호유의 얼굴을 봐 잠시 진정해 주십시오.”

“외당주님…….”

남궁세가의 창천장원부터 하북팽가, 그리고 이곳 사천당

가까지 동행을 한 터라 아평과 아소 형제는 당호유와 적잖은 친분이 있었다.

그런 당호유가 예를 갖춰 말하니 아평과 아소도 언제까지나 화를 내고만 있을 수는 없었다.

아평과 아소가 마음을 가라앉히며 검을 집어넣자 당호유가 한시름 놓았다는 표정을 지었다.

그때, 당철삼이 말했다.

"형님, 당가의 당당한 외당주가 어찌 저런 잡배들에게 그리 비굴한 모습을 보이십니까? 보는 제가 다 부끄러울 지경입니다."

"그 입 닥치라 했다! 네가 지금 남궁세가의 폭풍대를 잡배라 말하는 것이냐? 네가 감히……."

"허억!"

당철삼은 그 소리에 깜짝 놀랐다.

"저 거지 아평, 아소가 남궁세가의 폭풍대란 말입니까?"

"그렇다. 근래에 남궁쌍검의 별호까지 얻은 소협들이 이들이다."

그 말에 당철삼이 소스라치게 놀라 말을 잇지 못했다.

일천 혈랑대와 싸우고, 사천성에서만 수백의 자객을 베어 남궁쌍검의 별호까지 얻은 이가 바로 아평과 아소였다니.

'그럼 폭풍대라 말했던 것이 그 폭풍대? 어찌 이런 일이…….'

당호유가 아평, 아소 형제에게 다가가 물었다.

"무슨 사정이 있었는지 이 사람에게 말해주실 수 있겠나?"

그러자 아평, 아소가 자세히 설명했다.

그 얘기를 들으며 당호유의 안색이 점점 어두워져 갔다.

일전에 당가에 왔다가 돈이 없어 입문을 하지 못했다는 얘기를 두 형제에게 직접 들은 적도 있었다.

얘기를 전부 들은 당호유가 침울한 표정을 지으며 당가 무인에게 말했다.

"내가 집법당주를 청한다 전하거라."

당가의 가법을 행하는 집법당주 소리에 당철삼이 깜짝 놀라 소리쳤다.

"형님! 대체 집법당주는 왜……?"

당호유가 냉정한 표정을 지으며 말했다.

"강 소협의 얘기를 들었다. 그러니 이제 집법당주를 청해 네 얘기도 들어봐야 할 것이 아니겠느냐?"

"형님, 집법당주를 청할 필요 없습니다. 제가 형님에게 이 모함이 얼토당토하지 않음을 직접 설명하겠습니다."

"내가 집법당주더냐? 다른 곳도 아닌 세가의 인재를 받는 등룡당에 이런 의혹이 일었다면 내가 해결할 문제가 아니다. 이는 마땅히 집법당주가 엄정히 진상을 밝혀야 할 것이다."

그 소리에 당철삼이 크게 당황해 소리쳤다.

"형님, 그, 그러실 필요 없습니다. 집법당주는……."

그러나 당호유는 그 얘기는 듣지도 않고 주변에 서 있던 당가 무인들에게 소리쳤다.

"너희들도 집법당에 가야 할 것이다! 강 소협의 말대로 등룡당주가 남궁세가와 폭풍대를 모욕했는지에 대해 보고 들은 바를 한 치의 거짓도 없이 고해야 한다. 이 문제는 결코 작은 문제가 아님을 명심해라!"

엄히 명령하는 당호유를 두려워하며 당가 무인들이 답했다.

"알겠습니다!"

옳은 절차에 따라 일을 처리한 당호유가 아평, 아소 형제를 보며 말했다.

"지금 같은 때에 이런 문제가 생겨 이 사람이 송구스럽소이다. 당가의 집법당은 공정한 곳이니 믿어도 좋소. 이 사람은 믿고 있소. 남궁가와 우리 당가의 우의를 말이오다."

당호유가 일을 공정히 처리하고 짐짓 사과의 뜻까지 밝혀 왔다. 그러자 이제는 도리어 순간의 분노를 참지 못하고 검까지 빼 들었던 것이 부끄러워진 아평이 말했다.

"아닙니다. 가주님께서 몇 번이나 조용히 있으라 한 명을 따르지 못한 것 같아 제가 부끄럽습니다."

"아니오, 아니오. 내가 모시는 가주를 모욕하거나 형제에게 수치를 주었다면 나 역시 소협과 똑같이 행동했을 것이오. 부끄럽소, 부끄럽소이다."

당철삼에 대한 안 좋은 소문은 여러 차례 들었던 당호유다. 게다가 여행 도중 알게 된 아평, 아소 형제가 정직한 이들로 거짓 모함을 할 이들이 아니라는 것쯤은 잘 알고 있었다.

시시비비는 집법당이 가릴 것이나 당호유는 아마 아평의 말이 사실일 거라 믿고 있었다.

금세 당가 집법당주와 집법당 무사들이 달려왔다.

"집법당주님, 이전에도 그러했으나 이번 일은 더욱 공정히 처리해 주었으면 감사하겠습니다."

당호유의 말에 백발이 성성한 집법당주가 고개를 끄덕였다.

"외당주, 걱정 마시게. 당가 내부에 분란이 일면 언제나 우리 집법당이 한 치의 치우침도 없이 해결해 오지 않았던가?"

당가인 모두가 두려워하는 집법당주가 나타나자 당철삼은 얼굴이 허옇게 질려 소리쳤다.

"억울합니다! 이것은 모함입니다! 이 당철삼이 남궁가와의 연수를 반대하는 동파와 가깝다 해 일어난 모략입니다!"

당철삼은 지금 세가에서 가장 민감한 문제인 남궁가와의 연수, 동파 문제를 거론하며 필사적으로 구명줄을 찾고자 했다.

당가의 가법은 극히 엄하다.

다른 것은 몰라도 등룡당에서 돈을 받고 세가에 입문할 자들을 뽑았다는 사실이 밝혀지면?

가진 무공을 폐쇄당하고, 당가의 가적에서조차 지워진 채 쫓겨날 것이 분명했다.

당가의 가적에서 지워진 자가 어찌 사천성에서 살아갈 수 있단 말인가?

그것은 곧 외지를 떠돌다 죽으라는 얘기나 마찬가지였다.

'어떻게든 그 문제로 몰고 가야 희망이 있다. 이 당철삼, 이대로 죽을 수는 없다!'

"우리의 뜻은 변치 않을 것이오. 그러니 목 가주께서도 더 이상 우리를 설득하려 하지 마시오."

당가 종가의 회의실에 앉아 있는 네 수호 가문의 가주 중 벽력뇌가 가주 뇌상운이 그리 말했다.

"그러나 종가의 가주께서 남궁세가와 연수하고자 하시는 뜻은 확고하외다. 가신 된 몸으로 주군의 뜻을 따르고, 그에 힘을 보태는 것이 도리 아니겠소?"

무영암가 가주 목수영이 연수를 반대하는 뇌상운과 주작시가 가주 유한상에게 말했다.

"충성스런 가신이라면 주군이 잘못된 길로 가려 하면 목숨을 걸고라도 옳은 길로 가도록 간언을 해야 할 일이오."

유한상이 단호하게 말했다.

"허～ 그러나 이번은 가주의 뜻이 너무나 확고하시니……"

중도파인 일수독가 가주 일영천이 난감한 표정을 지으며 말을 이었다.

"가주가 그리 귀히 여기는 산산 소저 또한 남궁가로 출가시키려 할 정도요. 이번만은 두 가주가 뜻을 꺾는 것이 어떻겠소?"

종가의 가주 당소유의 뜻이 강하자 동파와 서파 사이에서 언제나 중립을 지켜온 일영천마저 서파의 손을 들어주려 했다.

"사돈, 가신 된 몸으로 주군의 뜻을 꺾는 것이 보기 좋은 모양새는 아니지 않소이까?"

목수영이 뇌상운을 사돈이라 부르며 친근감을 표시했다.

"여기서 사돈 소리가 왜 나옵니까? 이곳은 공적인 장소외다."

"에잉~ 오늘 돌아가 둘째 아가와 얘기를 해야 할 것 같소. 시아비 되는 내가 그리도 손녀를 원하는데 그 소원 하나 들어주지 못하느냐고 말이외다."

무영암가주 목수영이 한없이 무거워지는 분위기를 깨고자 농을 던졌다.

"아니, 지금 암가로 시집간 내 딸아이를 구박이라도 하겠다는 말이오? 허~ 딸 가진 죄인이라더니, 목 가주가 그리 나올 줄은 몰랐소이다."

그러더니 뇌상운이 주작시가주 유한상에게 말했다.

"저리 옹졸한 아비 밑에서 뇌씨 집 여아가 무엇을 보고 자랐겠소? 유 가주, 내년 봄에 뇌씨 집 여아를 주작시가의 며느리로 맞는다는 혼담은 취소하는 것이 좋겠소이다."

"흠흠, 그래야 할 듯싶소. 하나 그랬다가는 내 아들 녀석이 뇌씨 집 데릴사위로 들어간다 난리를 칠지도 몰라 그것이 걱정이외다. 팽가주가 남궁세가에서 한 번 그런 선례를 만들어 놓으니 부모가 혼인을 반대하면 젊은것들이 온통 데릴사위로 들어간다 난리를 피우곤 하니……. 하~ 우리 때는 이러지 않았는데. 강호가 예전의 강호가 아니며, 강호의 도덕은 땅에 떨어지고 말았소이다. 흠흠!"

유한상이 익살을 떨었다.

동파와 서파로 나뉘어 있다고는 하나 네 수호 가문 사이가 나쁜 것은 결코 아니었다. 도리어 사적인 문제에 있어서는 그리 사이가 좋을 수 없었다.

서로 사돈 관계로 엮여 있기도 했고, 가문의 아이들은 어릴 때부터 서로 교류하며 우애를 쌓는 돈독한 관계였다.

네 가주들끼리도 수시로 술잔을 기울이며 당가의 미래에 대해 허심탄회한 얘기를 나누었다.

단지 가장 커다란 문제에 있어 뜻이 갈린 것뿐이었다.

분위기가 조금 부드러워지자 목수영이 말했다.

"남궁세가주가 우리 당가에 와 있는 상황이외다. 그가 이렇게 먼 길을 왔는데 체면은 세워줘야 할 것이 아니겠소?"

"체면은 무슨 체면. 산산 소저를 데려갈 수 있는 것만으로도 감지덕지해야지. 에잉~ 기회를 봐 가주에게 내 아들 녀석과 산산 소저의 혼담 얘기를 꺼내볼까 했었는데……."

뇌상운의 말에 목수영이 웃었다.

"허~ 혹 남궁가와의 연수를 반대하는 것에 그런 사적인 이유가 개입돼 있는 것은 아니오이까?"

"그냥 그렇다는 것이오. 농은 이제 그만두고 우리가 왜 반대하는지는 목 가주가 더 잘 알고 있지 않소? 사적으로는 부친의 원수를 갚아야 하며, 공적으로는 당가의 불구대천지수인 십만마교에게 당가계의 굴욕을 씻기 전에는 섣불리 천하로 나아갈 수 없소이다."

그 말에 유한상이 고개를 끄덕였다.

고집을 꺾지 않고 있는 뇌상운과 유한상을 보며 목수영이 조금은 답답한 듯 말했다.

"이론의 여지도 없는 것이오?"

"그렇소이다."

"다른 방법은 없겠소이까?"

"당가계의 굴욕이오! 그 굴욕을 씻는 데 무슨 다른 방법이 있단 말이오? 혹 한평에게 빼앗긴 당가의 편액이라도 남궁가주가 찾아온다면 모를까……."

그러나 그것이 가능할 리가 있겠는가?

다른 이도 아닌 당금의 절대자이자 십만대산의 주인인 한평이 가져간 편액을 찾아온다는 것이.

"정말 난감하기 그지없소. 남궁가주를 이대로 빈손으로 돌려보냈다가는 그가 분명 우리와 척을 지려 할 것이오. 천하가 남궁가와 하북팽가를 중심으로 재편되려 하는데 우리 당가는 그저 멍하니 바라보고만 있어야 한다니……. 우리가 힘이 없는 것도 아니고……."

목수영이 연방 한숨을 내쉬었다.

그러나 뇌상운과 유한상은 끝내 뜻을 꺾지 않았다.

"어디 가시려 하십니까?"

남궁유한의 신변 경호를 담당하고 있는 만수당주 당선유가 남궁유한에게 물었다.

"안에만 있다 보니 답답해 잠시 성도 시내라도 구경할까 하오."

"저희가 따르겠습니다."

"되었네."

"그러나……."

십만대산의 무리들이 분명 성도에 있고, 그들의 표적으로 남궁세가주 남궁유한이 가장 유력한 상황이다.

이런 상황에서 남궁가주가 홀로 성도 시내를 돌아다닌다는 것은 말도 안 되는 일이었다.

"나는 남궁유한이오. 그들을 두려워하지도 않소."

"그것은 너무나 잘 알고 있으나 상황이 상황입니다. 저희의 호위를 허락해 주십시오."

"폭풍대로 족하오."

"저희의 심정도 헤아려 주십시오."

당선유가 부득불 남궁유한을 따라야 한다 계속 주장하자 남궁유한이 짜증을 내며 말했다.

"남궁세가의 가주 된 몸으로 그대의 허락을 받아야만 성도 시내를 구경할 수 있단 말이오?"

그 소리에 당선유가 화들짝 놀랐다.

"그런 것이 아닙니다. 어찌 제가 그리 생각할 수 있겠습니까?"

"그리 생각하지 않는다면 더 이상 왈가왈부하지 마시오. 나는 폭풍대와만 갈 것이오."

남궁유한이 이렇게까지는 나오자 당선유는 이제는 어쩔 수 없다는 듯 한숨을 내쉬었다.

"혹 무슨 일이 생기면 이 삼색효시탄을 써주십시오. 성도 시내에서 효시탄을 터뜨리면 저희 당가 전체가 만사를 제쳐두고 움직이겠습니다."

조그만 폭죽같이 생긴 삼색효시탄을 당선유가 건넸다.

남궁유한은 그리 탐탁하게 여기지 않았으나 당선유와 더 이상 실랑이를 벌이고 싶지 않아 그것을 받아 품속에 넣었다.

왠지 불안해하는 당선유의 시선을 뒤로하고 남궁유한은

곧 폭풍대 넷과 허약이(?) 일수라를 이끌고 성도 중심가로 나섰다.

사천성의 성도(省都)인 성도(成都)이니만큼 중심가에는 사람도 많고, 전각들도 줄지어 늘어서 있었다. 그중에는 화려하기 그지없는 전각들도 있어 눈길을 끌었다.

합비 또한 안휘성의 중심지라 하나 성도의 번성함에는 비할 바가 아니었다.

'역시나 이곳도 내 기억 속의 성도와는 다른 모습이구나. 마도시대가 열린 후 성도는 완전히 죽어 있는 도시였거늘……'

정마대전의 한복판에서 싸우느라 정파의 유명 문파나 세가가 자리한 지방에는 가보지 않은 곳이 없었다.

그러나 남궁유한이 본 모든 곳은 온통 죽음만이 지배하고 있었다. 활기라고는 전혀 느낄 수 없었다.

그것이 마도시대가 열리면서 더욱 심해졌다.

'나의 판단은 옳았다. 죽은 강호를 만드는 마도시대는 결코 열려서는 안 된다.'

활기찬 성도 사람들을 보며 남궁유한은 다시 한 번 마도시대의 재림을 막기 위해 모든 것을 다하겠노라 맹세했다.

그는 활기찬 사람들의 모습이 보기 좋은지 연신 미소를 지으며 성도의 한 다루로 향했다.

다루에 들어서자마자 점소이가 차에 대해 구구절절 설명하며 말했다.

"은자 한 냥이면 항주 특산 용정차를 맛보실 수 있습니다."

피식!

그 소리에 남궁유한이 웃었다.

"정녕 은자 한 냥에 진품 용정차를 맛볼 수 있는 것이냐?"

"물론입지요. 최고급 중의 최고급 용정이 준비돼 있습니다. 이 점소이 연개를 믿어보십시오."

"훗! 만약 네가 가져오는 용정이 진품이 아니라면 어찌하겠느냐?"

"헤헤! 그것이 진품이 아니라면 이 연개의 혀를 뽑아도 좋습니다요."

"그러하냐? 맹세한 것이다."

그러더니 남궁유한이 말했다.

"용정을 가져오거라. 그리고 그 맹세는 잊지 말고."

"예, 예. 물론입지요."

점소이 연개가 연신 굽실굽실하며 곧 물러섰다.

그러자 동석하고 있던 초설이 물었다.

"잘은 모르나 저희 남궁가가 사천성에는 용정을 공급하고 있지 않은 걸로 알고 있는데……."

천하의 주요 명차들은 직간접적으로 남궁세가의 손을 거치기 마련이다.

"나도 사천성에 용정 거래가 있다는 보고는 들은 적이 없다. 저 점소이가 용정이라 한 것은 분명 가짜겠지. 그렇지 않고 진짜라면 용정 유통망에 구멍이 생긴 것일 게고."

입으로 먹고사는 점소이가 잠시 거짓을 말했다 하여 혀를 뽑아 무엇 하겠는가?

남궁유한은 진실로 진품 용정이 사천성에 돌고 있는지를 알아 혹 용정 유통망에 구멍이 생겼는지를 알아보고자 한 것.

잠시 기다리자 점소이 연개가 쟁반에 도기 주전자 하나와 찻잔 다섯 개를 얹어 가져왔다.

"실망시키지 않을 것입니다."

연개가 자신만만해하며 주전자를 들어 찻잔에 찻물을 따랐다.

남궁유한은 먼저 차의 향기를 음미하고는 찻물의 맛을 맛보았다.

그는 고개를 몇 번 갸웃거리더니 점소이 연개에게 말했다.

"황산모봉(黃山毛峰)과 벽라(碧羅), 옥로(玉露), 그리고 철관음(鐵觀音)도 여기에 있느냐?"

점소이 연개가 자신있게 말했다.

"손님의 안목이 극히 높으십니다. 어찌 그런 명차들만 골라서 찾으십니까? 물론 있습지요. 갖다 드릴깝쇼?"

"가져오너라."

점소이 연개가 사라진 후 남궁유한은 인상을 찌푸리며 한참 동안이나 생각에 잠겼다.

그리고 얼마 후 네 종류의 명차들이 탁자에 올려졌다.

　남궁유한은 일일이 그 차들을 맛보더니 연신 고개를 갸웃거렸다.
　용정은 물론이고, 황산모봉, 벽라, 옥로, 철관음 모두가 진품이었다.
　물론 그 다섯 종류의 차를 생산하는 업자는 비단 남궁세가만이 아니다. 그러나 차가 생산된 성의 경계 너머로 차를 팔 수 있는 권리는 오직 남궁세가만이 가지고 있었다.
　소금도 그렇지만 차도 일단 성의 경계를 넘게 되면 수배에서 수십 배까지의 이문이 남는 큰 장사가 된다.
　그런데 남궁세가의 가주인 자신도 모르게 절강성 항주의 용정, 강소성 소주의 벽라, 호북성 은시의 옥로, 복건성 안계현의 철관음, 심지어는 안휘성 황산모봉까지 이곳 사천성에서 유통되고 있는 것이다.
　"어찌 된 영문인가……."
　아무 생각 없이 다루에 들렀다 엄청난 사실 한 가지를 알아버린 남궁유한이었다.
　이 차들을 가짜라고 여길 수도 있었고, 다른 이의 판단이 틀렸다 치부할 수도 있었다.
　그러나 남궁유한 본인이 직접 확인한 마당이다.
　'중원에서 떨어져 있는 성도의 다루에까지 퍼졌다 하면 다른 곳에도 모두 유통되고 있다는 말이 아닌가? 대체 어떤 작자들이…….'

성의 경계를 넘어 밀매를 하기 위해서는 어지간한 담량이나 조직 가지고는 어림도 없는 일이었다.

천하의 이권을 독점하고 있는 오대세가를 견제하기 위해 십만마교가 간혹 이런 일을 벌인 적이 있었다.

그리고 오대세가 사이에 사이가 험악할 때 상대에게 타격을 주기 위해서도 이런 일을 벌이곤 했었다.

'십만마교인가? 제갈이나 단목세가인가? 그도 아니면 제삼의 조직?'

남궁유한은 금세 밀매 조직을 몇 군데로 좁힐 수 있었다.

탁! 탁! 탁!

남궁유한이 생각에 잠겨 손가락으로 탁자를 두드리기 시작했다.

소주 기녀원에서 일한 적이 있어 차 맛을 알고 있는 초설만이 남궁유한의 생각을 어림짐작할 수 있을 뿐, 아평과 아소는 가주가 갑자기 왜 저러는지 당최 이해할 수 없었다.

벌컥! 벌컥!

그중 매타자는 차 맛을 아는지 모르는지 냉수 들이켜듯 비싸기 그지없는 명차들을 계속해서 마셨다.

"거참, 씁쓸한 맛까지 느껴지는 이 차들이 뭐가 그리 좋다고 비싼 돈 내고 마시는가 모르것네. 그럴 돈 있으면 기녀원을 한 번 더 가고 말겠구먼."

한번 맛을 들인 후 틈만 나면 기녀원, 기녀원 소리를 해대는 매타자였다.

일수라는 언제나처럼 꽁하고 자리를 지킬 뿐 아무 말도 없었다.

터벅! 터벅! 터벅!

그런데 그때 이들을 향해 다가오는 두 사람이 있었다.

그것을 느낀 일수라가 바로 고개를 돌렸다.

일수라는 두 사람 중 한 사람을 향해서 곧바로 호승심을 일으켰다.

'싸워보고 싶다! 능히 겨루어볼 가치가 있는 자다!'

반면 다른 한 사람에게는 감히 호승심을 일으킬 엄두조차 내지 못했다…….

'절대강자! 마도시대에서도 볼 수 없었던 희대의 강자다!'

꿀꺽!

일수라가 마른침을 꿀꺽 삼키며 그자를 노려봤다.

백발에 은염, 속세의 사람 같지 않고 왠지 신선 같은 분위기를 물씬 풍기는 노인이었다.

'이 시대에 저런 자가 있었나! 설마……?'

일수라는 곧 한 사람에 대해 생각이 미치자 눈을 크게 뜨고 그를 바라봤다.

일수라가 이처럼 느꼈는데 남궁유한이 느끼지 못했을 리 없다.

남궁유한은 고개를 돌려 자신 쪽을 향해 다가오고 있는 은염 노인을 바라봤다.

곧 노인이 기운을 뿜어내기 시작했다.

그 기운에 절로 반응해 남궁유한도 기세를 뿜어냈다.

쿠르르릉! 쿠르르릉! 쿠르르릉!

두 사람이 기운을 맞부딪치기 시작하자 다루의 바닥이 크게 요동치기 시작했다.

쨍그랑! 쨍그랑! 쨍그랑!

다루의 탁자에 놓여 있던 다기(茶器)들에 금이 가더니 곧 산산조각났다.

콰콰쾅! 콰콰쾅! 콰콰쾅! 콰콰쾅!

탁자와 의자들이 요란한 소리를 내며 박살이 나고, 다루의 벽면에 사정없이 금이 가기 시작했다.

휘익!

노인이 손을 한 번 휘저었다.

"우욱!"

그러자 내력이 전혀 없는 일수라가 피를 토하며 탁자 위로 머리를 처박았다.

그리고 내력이 약한 순서대로 초설, 아평, 아소가 차례로 정신을 잃으며 혼절하기 시작했다.

주위를 둘러보니 어느새 다루 안에 있던 모든 손님들과 점소이들은 이미 정신을 잃고 만 후였다.

쉭!

노인이 한 번 휘둘렀던 손을 다시 거뒀다.

그러며 대체 무슨 상황인지를 여전히 파악하지 못하고 눈만 말똥말똥 뜨고 있는 매타자를 향해 미소를 지었다.

"내력으로만 따지면 천하에서 열 손가락 안에 너끈히 들 만한 녀석이로구나."

노인의 그 말에도 매타자는 여전히 정신을 차리지 못하고 남궁유한만 바라봤다.

"가주님, 이게 대체 뭔 상황이라요?"

남궁유한은 매타자의 말에 답하지 않고 날카로운 눈빛으로 노인을 응시했다.

눈빛만으로도 사람을 죽일 수 있는 경지인 남궁유한의 눈빛을 받고서도 노인은 전혀 흔들림이 없었다.

도리어 눈빛에 기세를 담아 남궁유한을 공격해 들어왔다.

그러자 순간 남궁유한의 내장이 가볍게 진탕되는 것이 아닌가?

마도시대를 종횡할 당시의 내력을 거의 되찾은 상태의 남궁유한이다.

이 시대에 눈빛만으로 그의 내장을 진탕시킬 절대자가 있으리라고는 한 번도 상상해 본 적이 없었다.

그렇다고 저자는 마도시대의 인물도 아니다.

마도시대에 자신을 이리 만들 정도의 절대고수 중에 남궁유한이 얼굴을 모르는 이는 없었으니.

'이자…….'

남궁유한이 자리에서 벌떡 일어섰다.

앉아서 상대할 자가 아니다.

어쩌면 자신보다 윗줄에 있는 자인지도 모르기에.

남궁유한을 무심한 눈빛으로 바라보던 노인이 말했다.

"나는 한평이라는 늙은이다."

쿵!

순간 남궁유한의 가슴이 격동했다.

십만대산의 십만 개 봉우리 위에 우뚝 선 자, 십만의 검과 영혼을 모조리 소유한 자, 그리고 절대자!

그 역시 마인, 어느 시대를 살고 있든, 어디에 있든, 십만마교의 교주를 배알하면 곧바로 오체투지하고 경배를 해야 했다.

그러나…….

"나는 남궁유한이오."

그는 그저 짤막하게 자신을 소개했다.

"남궁유한이라……."

노인은 가볍게 미소 짓더니 말했다.

"남궁가의 가주가 십만마교의 적 백만을 베어버린다는 오대마검의 주인이라……. 이를 어찌 해석해야 할 것인가."

쿵!

그 소리에 남궁유한은 다시 한 번 충격을 받았다.

‘어찌 그 사실을 교주가 알고 있는가?’

"벌써부터 놀라지 말게. 더 놀랄 사실은 아직 말하지도 않았으니."

"……."

십만마교 교주 한평은 특유의 무심한 어조로 말을 이었다.

"그대와 나는 공존할 수가 없겠네. 자네가 죽지 않으면 내가 죽게 될 것이니."

그 알 수 없는 소리에 남궁유한이 반문했다.

"그게 대체 무슨 소리요?"

한평은 그에 대한 답을 하는 대신 검노에게 말했다.

"검을 마지막으로 들어본 것이 이십 년 전. 그러나 오늘은 마땅히 검을 들어야 하겠지. 검노, 십만마검(十萬魔劍)을 건네주게."

십만마교 교주의 상징이자 만마의 종주임을 증명하는 고금제일의 검!

그것이 바로 십만마검이었다.

스르룽!

십만마검을 건네받은 한평이 검을 뽑아 남궁유한을 향해 겨눴다.

태산 같은 무거움이 느껴지는 검.

단지 검을 겨누는 것만으로도 주변의 시간이 멈추고, 공간이 순간 정지해 버린 것만 같았다.

한평이 말했다.
"자네… 오늘 나에게 죽어줘야 하겠네!"

『무적세가』 4권에서 계속…

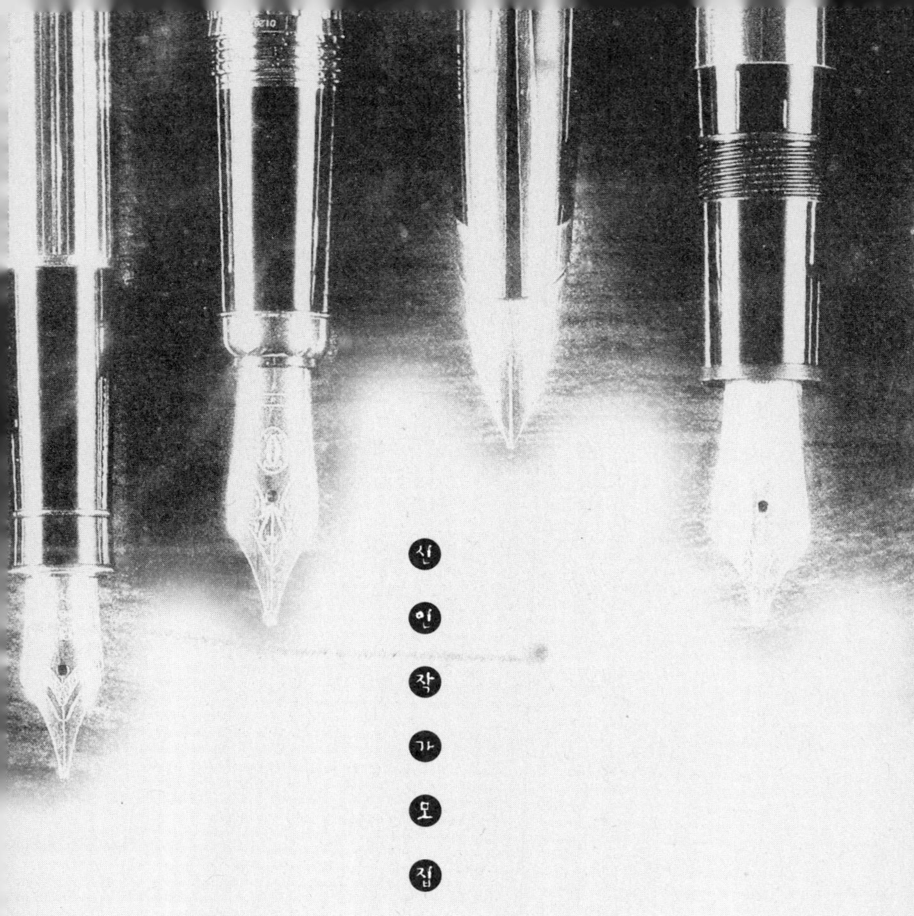

입소문을 통해 아는 분은 다 알고 계십니다!
올 한해 공인중개사 최고의 화제작!

1~2권 합본 | 이용훈 지음
3~4권 합본 | 이용훈 지음
5~6권 합본 | 이용훈 지음
용어해설 | 이용훈 지음

수험생 기본 필독서
만화 공인중개사

제목 : 만화공인중개사 쓰신 분에게 감사드립니다.

학원을 두 달 다녔어요. 근데 과연 그 숫자 외우기 그런 게 몇 문제나 나올까 생각을 했어요.
아니라는 생각이 드네요. 학원강의를 뒤로하고 서점을 갔어요. 내 머리에 가장 이해될 수 있는
책이 없나 하구요. 거기서 만화를 발견했어요. 무조건 세 번 봤어요. 3개월 걸렸어요. 문제집을 보라고
했는데 그건 시행을 못했어요. 근데 합격을 했네요.
어떻게 감사의 말을 해야 될지…….
도서관에서 만화책 들고 다니니까 사람들이 비웃더라구요. 만화책으로 공인중개사를 공부한다고
미친 사람처럼 보더라구요. 근데 그거 다 감수하고 했던 내가 자랑스럽습니다.
어떻게 감사의 말을 해야 할지… 정말 감사합니다.
부디 행복하세요. 제 나이 41살에 좋은 스승을 만난 것 같습니다.
엎드려 감사드립니다.

―본사 홈페이지에 독자분이 올린 메일 中 에서 발췌―